重返少女时

曲小蛐 著

QU XIAO OU
WORKS

天津出版传媒集团

天津人民出版社

图书在版编目（ＣＩＰ）数据

重返少女时 / 曲小蛐著 . — 天津 : 天津人民出版
社 , 2020.6（2021.4 重印）
　ISBN 978-7-201-15899-0

　Ⅰ . ①重… Ⅱ . ①曲… Ⅲ . ①中篇小说 – 中国 – 当代
Ⅳ . ① I247.5

中国版本图书馆 CIP 数据核字 (2020) 第 053061 号

重返少女时
CHONGFAN SHAONV SHI

曲小蛐 著

出　　版	天津人民出版社
出 版 人	刘　庆
地　　址	天津市和平区西康路 35 号康岳大厦
邮政编码	300051
电子邮箱	reader@tjrmcbs.com
责任编辑	玮丽斯
特约编辑	肖怂怂
装帧设计	小　乔
内页设计	蛋蛋酱
封面绘制	Tendy
制版印刷	杭州日报报业集团盛元印务有限公司
开　　本	880 毫米 ×1230 毫米 1/32
印　　张	10
字　　数	316 千字
版权印次	2020 年 6 月第 1 版　2021 年 4 月第 2 次印刷
定　　价	45.00 元

目 录

目 录

第一章

她会拿回自己应得的，活出属于自己的人生。

"不要！"

秦可一声惊叫，猛地从床上坐起身，后背冒了一片冷汗。

那些近在眼前的烈火画面仿佛还没有从视网膜上退去，眼睛依然被灼得生疼发红。

等窗外两三声蝉鸣声慢慢传进耳朵里时，秦可紧绷的身体才慢慢松懈下来。

原来……她还没有死吗？

眼前发暗发红，是因为在这透进窗的阳光里睡得太久，她没适应过来吧。

秦可刚要放松下来的身体却突然一滞。

蝉鸣声？

可她明明记得那人将她囚困在别墅外面时，正是飘雪的严冬。

那她怎么可能听得到蝉鸣声？

而且，她此时睡着的这张床，还有眼前这个看起来并不算大的单人卧室，分明是她上高中时和养父母还有姐姐秦嫣一起住过的房子……

难道……

秦可像突然想到了什么，瞳孔猛地一缩。她顾不得其他，一把掀掉了身上盖的薄薄的被子。

两条白皙如玉、骨肉匀停的小腿裸露在她的眼皮子底下。

没有蜿蜒而丑陋的伤疤，更不见令人头皮发麻的断骨——眼前这双小腿白皙娇嫩，犹如无瑕的美玉，姣好的形线一直延伸到小巧的足踝处，美得宛如天工。

这是她身上令霍重楼最迷恋的部位，后来这双小腿被毁掉后惹得他暴怒。在无数个只有月色入窗的夜里，在床上呜咽的她只能感受到他在那伤疤上发了疯似的亲吻……

如果眼前这一切都是真的。

那噩梦般的短暂一生……竟然只是个梦吗？

这里是她最美好的现实世界——任何不幸都没有发生，她没有在姐姐逃婚后被养父母骗到霍重楼的身边，更没有被姐姐秦嫣害得失去双脚变成一个残废，只能被霍重楼囚困在他的别墅里。

秦可欣喜得几乎要掉下眼泪来。

几分钟后，翻遍了整个熟悉又陌生的房间，秦可终于找到了自己的手机。

她指尖微微颤抖着，点开了日历。看清上面的年月日，秦可手一松，手机掉在地上的羊毛毯上。

她顾不得捡，抬手捂住脸，眼泪顺着下巴滑下来。

是真的。她终于从噩梦中醒来了。

现在的她就要进入高一，正是美好得像花儿一样的年纪。

噩梦里的一切都没有发生。

"嗡嗡嗡……"

不知道过去多久，掉在地毯上的手机突然振动起来，唤回了秦可的意识。

她擦干脸上的眼泪，弯腰捡起手机。亮起的屏幕上显示的是来自"姐姐"的新信息。发信人似乎很急切，连着发来了几条消息。

"小可，你决定好了吗？"

"今天就是填报中考志愿的最后一天了，如果你再不抓紧这个机会，以后后悔可就来不及了！"

"我知道你很犹豫，但舞蹈毕竟是你母亲最热爱的，难道你不想替她完成这个遗愿吗？"

秦可拿着手机的手指略显僵硬，然后慢慢收紧，直至指尖一点血色都没有。

她咬紧唇瓣，眼睛里同时交织着难以置信、绝望以及恨意等复杂情绪。

这些信息，她并不是第一次看到了。

因为这些信息就是她那场噩梦的开始啊。

在那场噩梦里，秦可为这件事情恼恨了许多年，所以对这件事的一切都刻骨地记得——梦里也正是在这个日子，养父母家的姐姐秦嫣终于说服了她把原本填写的QD中学初中部直升高中部的志愿，改成了同城的艺术院校。

在梦里，一直到几年后知道了秦嫣的真面目，她都不懂秦嫣这样做的目的到底是什么。

直到后来一次中学聚会，她终于从旁人的玩笑声里得知了真相——在升高中前，QD中学突然传开了一个谣言：说高中部的霍峻，看上了初中部一个叫秦可的女孩儿。

而秦嫣就是霍峻的忠实爱慕者之一。

就是为了这样一个可笑的自私目的，才上高中的秦嫣就利用秦可生母的事情，轻易地攻破了秦可的心理防线，让秦可的人生滑向深渊。

梦里秦嫣对自己的所作所为毫无悔意。

现实里也会这样吗？

卧房的门被敲响时，秦可坐在窗前的书桌后。一听见声音，她满怀警觉地回头。

卧房的房门被打开，养母殷传芳的脸露了出来。

秦可咬了咬牙，强迫着自己露出一个温和、单纯的笑容。

就像原本的自己一样。

"妈。"

"小可，也别太用功，下楼吃晚饭吧？"

"嗯，我这就下去。"

"对了，再过几个月就是小可的生日了吧？"

秦可身体僵了下："是……是啊。"

"真好，我们小可还有三年就要成年了呢。"

秦可猛地攥紧了手，指甲狠狠地抠进掌心里。

殷传芳笑着关门离开。

她显然并没有注意到秦可的不自然，事实上，她也根本不像表现得那样在意自己这个养女。

而只剩下秦可一个人的房间里，女孩儿慢慢转过身，眼里浸满了泪。

这句和梦里一模一样的"关心"的话，她到底还是听到了。

秦可曾经以为他们是真心对她好的。在父母离世后只有殷传芳和秦汉毅愿意收留她。所以哪怕她能够敏感地觉察到他们在自己和秦嫣之间有太多的偏心，她也一直隐忍。

但在那场梦里，秦可才得知殷传芳和秦汉毅之所以会收留她，是因为只有等到她成年，他们才能得到那份记挂在她名下的遗产。

梦里，他们谋夺了原本应由她继承的遗产后，就毫不犹豫地甩开了她这个"包袱"。

这么多年他们无时无刻不关心她的生日，每年都会提前很久就为她庆祝。发现真相前，秦可甚至还一直以为那是他们对她的爱的表现……

原来梦虽然醒了，但现实却没有变化。

秦嫣，还有她的父母，都和秦可在噩梦里所知道的一样——卑劣、虚伪、自私、不择手段。

他们曾在梦里毁了她的一生。

而现实里，他们仍旧在这样做，毫无负疚或者悔改。

命运的齿轮在转动，同样的人和同样的选择再次摆在她的面前。

秦可咬紧泛白的唇，攥紧指尖。

这一次，她不会再被养父母欺骗，不会再信任这个心如蛇蝎的姐姐。

她会拿回自己应得的，活出属于自己的人生。

现在，一切都还来得及。

秦可走下木质的窄楼梯。

她对这个房子还有印象，不过并不深刻。她只记得是老式二层小楼，家里空间并不大，单层只有几十平方米的样子，连楼下吃饭的餐厅都与厨房挤在一间，显得十分逼仄。

此时，秦嫣一家三口正在那小餐厅里吃饭。

看见秦可下楼，原本心不在焉的秦妈眼睛一亮，连忙放下碗筷，走过去伸手抓住秦可的手腕，冲她眨了眨眼，拉着她往外走。

身后传来殷传芳有点急躁的说话声。

"妈妈，你不赶紧吃饭，拉着妹妹去做什么啊？"

"我们有点事，很快回来。"

秦妈应着声，有些急不可耐地拖着秦可出门。

她并没有注意，在她身后的女孩儿一反从前天真的模样，正用一种冰凉的眼神看着她的背影。

秦可永远也忘不了，梦里秦妈逃婚后落魄后悔，被自己接济。但是后来又因嫉妒霍重楼对她的予取予求而狠心把她推向驶来的汽车。她更忘不了那车从腿上轧过去时钻心的痛……

也是在那场车祸后，秦可才知道秦妈从最开始就是心如蛇蝎，只是秦可天真痴傻，把豺狼当成亲人。

而此时，秦可当然知道秦妈为什么这样着急。

"小可，填志愿的事情，你考虑得怎么样了？"终于把秦可拉到门外，秦妈迫不及待地问道。

秦可低下头，似乎有些犹豫。女孩儿优美而纤细的颈子露出来，像是单手就能折断。

白皙娇嫩、吹弹可破。秦妈眼神里掠过嫉妒的情绪。

她清楚地知道，远不止这漂亮的脖颈，自己这个"捡来"的妹妹那张清纯、娇俏的脸蛋，有多让学校里那些男生移不开眼。她一定不能让秦可出现在霍峻的视线里。

秦妈暗中咬牙，面上还强笑着，继续劝道："小可，你听姐姐的，做自己喜欢做的事情才是最重要的——而且你有舞蹈天赋，如果不去艺术院校，那就太可惜了。"

秦妈观察着秦可的表情，刚准备继续说什么，就突然见面前的妹妹抬起了头。

仍是那副单纯的笑脸。

"我已经考虑好了，现在就去学校里找老师改志愿。"

"真的？！"

秦嫣按捺不住惊喜地叫出来，随后才发现自己有些失态了，连忙掩饰过去，拉着秦可的手笑。

"姐姐太为你高兴了！不过我看时间也不早了，如果你要改志愿的话，那一定得在今晚八点前啊。"

"嗯。"

秦可不着痕迹地从秦嫣那里抽回自己的手，垂眼笑了笑。

"我现在出发，晚饭回来再吃，你们不要担心。"

"用不用姐姐陪你去？"

"不用，我自己也可以的。"

"那你早去早回啊。"

"嗯。"

转身出了楼前小院的铁门，秦可脸上的笑容一点点凉了下来。在有些暗下来的天色里，女孩儿轻轻吸了一口气。

她懒得与秦嫣多费口舌地纠缠，索性装装样子，去学校里溜达一圈。刚好也熟悉一下她的母校——QD中学。

熬过了最后一点修改志愿的时间，秦可漫无目的地走在校园里。

QD中学是Q城最有名的私立中学。它的盛名，一方面是因为它那令其他普通高中无法比肩的升学率；另一方面，则是因为这里还是富家子弟的聚集地。

在Q城的圈子中，有钱的大少爷和大小姐们都被送来了QD中学，借那升学率"镀金"。

这部分学生只是学校里的极少数，却享受着远超普通学生的权益，他们目无纪律，什么都像，唯独不像学生。

而这些人中，最风头无两的那个人就是霍峻。他是里面玩得最疯、最狂，却也最特立独行的那个。

他有一副俊美、张扬的长相，也有不以为意的嬉笑怒骂；会弹一手漂亮的钢琴，也会打一对二的狠架；能拿让人瞠目结舌的理综满分，也能在第二回稳坐全校倒数第一名的位置。

他就是个彻头彻尾的肆意妄为的疯子。

这样一个人跟秦可完全是两个不同世界里的人，几乎没有交集。

所以她一直到现在都不明白，包括在梦里，那关于霍峻喜欢自己的谣言，到底是谁传出来的？

如果秦可记得没错，她第一次看见霍峻就是现在这个时间点的几天以前。

那是个傍晚，天色昏暗。

路过QD中学后门的长巷回家时，秦可听见风里的呻吟和叫骂哀求混杂在一起，从漆黑的长巷里传来。

秦可下意识地看过去。

昏暗里是一身晃眼的白衬衫，只是沾了灰尘。身形瘦削的少年从巷子深处走出来时，身后倒着模糊的身影。

而少年神情冰冷，眉骨微动后抬眼望过来。

秦可当时吓傻了，抱着怀里的书本，一动不动地站在原地。直到不知什么时候，神色淡漠的少年逆着路灯的光走到她面前。

临过巷口，他停住，慢慢地侧身瞥了她一眼。

大约过了两三秒。

秦可看见他扯了一下嘴角。那个笑又轻又淡，光下漆黑的眼里，透着冰雪似的戾气。

他抬手，食指在唇上一抵。

漆黑的眼望着她。

"嘘，乖乖女。"

语调轻忽玩味，又像藏着深邃情绪，然后那人离去。

"咚——"

校园里突然敲响的晚钟，蓦地拉回了秦可的意识。

她皱着眉回过神。

这是她记忆里和霍峻的第一次见面，之后不久她便改了志愿，升入Q城的艺术院校，和那人没了交集。

直到后来，她被学校安排到一个剧组做艺术群演，结果遇上剧组内拍戏的爆破道具爆炸。

如果不是霍峻突然出现，那么梦里那一世，她早就死在了那场客串演出里。

只可惜，后来秦可在医院里醒来时，救了她的霍峻已经没了踪影。

一直到那场梦结束之前，她都没能再和那人见一面，说一句"谢谢"。

秦可心情复杂地慢下脚步，又有点疑惑地偏过头——她总感觉自己好像忘了点什么事情。

"小可！你怎么在学校里啊？"

秦可耳边突然冒出个声音。

她抬头看到对面是一张陌生感多过熟悉感的脸，只隐约记得是初中同学，却叫不上名字来。

所幸那个女生也没注意到她的迷茫，只兴奋地拉住了秦可的手。

"你听说了没？今晚霍峻名下那个咖啡厅有校内专场，正在举办新生舞会，QD的学生都可以随便进，瓜果饮品全免单——而且听说霍峻还会当场弹钢琴呢！"

"宋丽丽，快走啦，再晚就赶不及了！"

"来啦来啦——小可，你也一起啊！"

秦可还愣怔着，那女生已经被她的同伴拉着往秦可身后跑走了。而秦可在记忆里也慢慢翻出了这段埋了很多年的残旧往事。

咖啡厅……校内专场……

秦可的瞳孔突然轻轻缩了一下。

记忆中，梦里的她并没有去。而梦里的霍峻在这一晚喝了被人下了东西的饮料。夜里，之前与霍峻结仇的十几个外校男生埋伏在后巷，让他住了半年的院。

最重要的是，他当晚被折断了手，从此再也弹不出动听的钢琴曲。

这些都是后来梦里的秦嫣无比惋惜地提起过的事。

秦可眼神微晃，她继续往前走了几步。

直到她眼前突然掠过梦里那人喊着她的名字，冲进剧组化妆间时狰狞而俊美的侧脸。

秦可的脚步蓦地一停。

站在原地迟疑了两秒，女孩儿转过身，顺着刚刚那几个女生离开的方向，快步追了过去。

在天色暗下来前，秦可终于在QD中学后街的尽头找到了那间咖啡厅的门牌。

她刚准备走过去，便见对面长街拐角处的三四个女生转进这条街里。看清了为首的秦嫣，秦可眼神一顿，闪身藏到旁边的立牌后。

"终于找到了，就是这里了吧？"

"是。我上次来时，门外那安保也不让我进，这次总算没人把门了。"

"那快走吧，他们说霍峻已经到了！"

"嫣嫣，你今晚穿得真漂亮，霍峻一定会注意到你的。"

"是啊，好羡慕你啊！秦嫣，我要是也有你这么好看就好了！"

"对了，嫣嫣，秦可那边怎么样，你说服她了？"

听到自己的名字，秦可眼神微动。然后秦可就听见熟悉的秦嫣的声音响起，带着嘲弄。

"她？我三言两语就哄得她去改志愿了。你们放心吧，等再开学时，学校里就不会有她这么碍眼的一号人了。"

"那看来，学校里没人能跟你抢霍峻了……"

一群女生的交谈声消失在门内。

又耐心地等了一分钟，秦可才慢慢从立牌后走了出来。

斑驳的灯牌光下，女孩儿白皙、俏丽的瓜子脸上，乌黑的瞳子慢慢凝沉。

她停顿几秒，转身走进那间咖啡厅。

两分钟后。

秦可站在众多学生之间，皱着细细的眉，叹了声气。这声叹息很快就淹没在无边的喧嚣声里。

秦可小心地避开一位像触了电的女同学，总算躲到了一片稍微清静点的空地。

她抬眼打量了一圈四周的环境，眉心蹙得更紧了。

因为有活动，咖啡厅被装饰了很多各式各样的彩灯来庆祝。

秦可有轻微的夜盲症。最不适应的就是这种半昏半暗的灯光场景。除了头顶晃来晃去的灯光照得她眼晕之外，她几乎看不清这里一米之外的任何人。

就连张口"啊"一声，她也听不到自己的声音。

这样怎么找得到霍峻？

秦可正忧心着，突然感觉脚下踩到了质地不一样的地面。

她低下头看过去，借着一束刚好打下的射灯灯光，看清了脚底的地面——铺着一层酒红色的天鹅绒地毯。

秦可眼睛微亮。

她飞快地转回身，向前摸索了两步，便在黑暗里触到一方质感冰凉而光滑的黑色物体。

那是一架三角钢琴。

秦可记得之前那个叫宋丽丽的女生说过霍峻今晚会弹钢琴。那么只要她在这里等着，不必去找，也能等到霍峻出现吧？

秦可安下心，在这充满嘈杂声的环境里被压抑的心情都跟着愉悦了不少。

她挪动脚步，摸索着坐到旁边的钢琴凳上。

斜对面。

在一片借着几级台阶抬起地势而可俯瞰整片场内的高台角落里，搁着一张环形沙发，沙发前的水晶几座上摆放着形形色色的瓶瓶罐罐。

常来的人都知道这是霍峻几人的专座。即便他们不在，也没人敢碰这位子。

故而多数时间里，这张沙发都是空着的——而今晚却不同。

沙发一侧，有两个男生手里拎着杯子，时不时在空中碰一下。而在他们对面，一道身影倚在沙发最里面。

黑色的薄夹克从头罩下，遮住了他的上半身。下面薄T恤被这散漫的睡姿抻起一点，露出线条凌厉的腰腹，漂亮紧实的肌肉线条引人遐思地没进裤腰里。

向外，那双修长的腿踩着薄靴，被黑色裤料裹出利落长直的美感，正随意地搭在对面的水晶几座上。

台阶下的舞场里，不知有多少目光装着无意，反复地看过来。

而在这鼓噪的音乐声里，这人却睡得丝毫不受干扰。

直到有人踩上台阶，走近沙发，一躬身掀掉了他头上罩着的夹克外套。

"小霍爷，还睡呢？"

斑斓的射灯光落下，照上一张白皙、俊美的脸。

薄唇，挺鼻，桃花眼。

搭在眼睑下的细密眼睫毛抖了抖，眼睛睁开，混着浓重睡意的漆黑眸子露了出来。光在瞳仁里转过半圈，涤掉了被吵扰的戾气，终归清明。

男生压着不耐烦的情绪，轻轻"啧"了声。他拍掉那人递来的杯子，收回双腿，踩到地面上，绷着肩背捏了捏眉心。

被拍开了手的人也不恼火，反而"嘿嘿"笑了声，坐到男生旁边。

"小霍爷，你这是昨晚'鏖战'了一夜？不然怎么一副没精神的模样？"

霍峻没说话。

对面无聊地碰了一杯的兄弟俩抬了头。

其中一个嬉笑着说："那可不？霍家老爷子连夜急召，把这个不肖孙子孀到了S城，真正的'鏖战'一夜。"

"这么刺激？"

之前掀夹克的卫晟闻言，幸灾乐祸地笑了起来。

"小霍爷，你都快成年了，你家老爷子还没放过你，还试图让你改过自新呢？"

想起那一通批斗，霍峻也嗤笑出声。

他漫不经心地一抬眼，刚要说什么，几级台阶下，突然钻出两道身影来。

最前一个穿着艳红色的抹胸裙，眼影亮得在光下一闪一闪的。

正是秦嫣。

"峻哥。"她手里捏着一只高脚杯，神情羞赧里带着点大胆，"听说今天是你生日，我能敬你一杯吗？"

霍峻提着杯子的指骨一停。

旁边卫晟嬉笑，压低了声凑过来，说："这可是个用心的妹子啊，都知道你今天生日了？"

霍峻冷淡地看了他一眼，扫落视线。他嘴角一扯，懒洋洋地靠进沙发里，伸脚往水晶几座上一踩，眼神轻蔑，说："你听谁说的？"

秦嫣脸色一白。她的相貌在高中部算是数一数二的，可现在怎么也没想到霍峻会这样不给她面子？

对面的乔瑾和乔瑜显然也有些意外。两人对视一眼，坐在外面的乔瑾笑了笑。

乔瑾说："峻哥过生日不看日子，看心情。不过这杯果汁也不能浪费了，不如敬我怎么样？"

秦嫣这会儿正尴尬得下不来台，闻言自然是求之不得。

她偷偷看了霍峻一下，见对方视线都没再往她身上落，不由得气闷，提着裙角上了台阶。

乔瑾招呼着她和同伴女生一起坐到了沙发上。

刚坐下几秒，卫晟突然亮了眼。

"小霍爷，我怎么看见你的宝贝钢琴被人碰了？"他看了两秒，又笑："你可真能祸害人。瞧这是什么乖乖女，都被你祸祸到这里来了？"

被卫晟这话引着，环形沙发上几人的目光都顺着他的视线落下台阶。

混在摇头晃脑的人群间，三角钢琴旁那道清纯、纤弱的身影格外扎眼。

"这不是那个秦可吗？"乔瑾惊讶地说。

乔瑜："还真是。"

旁边的秦嫣脸色一变，手指蓦地揪紧了裙角，慌乱地看了过去。

她怎么来了？

卫晟："你们认识？"

"那哪能不认识？我们学校里现在到处盛传峻哥对这个秦可有意思呢。"乔瑾揶揄着转回来。

"真的假的？"卫晟扭过头去，难以置信地看向霍峻，"小霍爷，敢情你喜欢这样清纯型的啊？"

乔瑜："这也太纯了，现在这时代还扎马尾、穿小白裙？"

秦嫣紧张地攥紧裙角，扭过头去看霍峻的神情。

霍峻没搭理他们。侧颜清厉的男生只低垂着眼，看不出情绪地睨着那边。

乔瑜说得对，女孩儿的衣着看起来和这里格格不入。

棉质小白裙很完美地勾勒出她的身形曲线，雪白的小腿、纤弱的手臂、形线优美的颈子都裸露在外面，是最容易勾起男人野性的那种清纯的美。

霍峻喝了一口水，喉结在凌厉的颈线上慢慢滚动了一下。

旁边的卫晟笑着说："我跟你们打赌，这小姑娘肯定是第一次来。"

"废话，"乔瑾，"人家可是三好学生，每学期都拿学校里一等奖学金的那种，跟我们可不一样。"

"未来栋梁啊。"

卫晟见霍峻还盯着下面，有点意外，笑着凑过来。

"怎么，小霍爷真心喜欢？"

霍峻眼神晃了下，没说话。

他依稀记得自己第一次见这女孩儿时，她好像也是穿着这一身白裙。

那是个午后，在QD中学后面的那片小树林里，他仰在松软的草地间睡了个安静的午觉。

不知道什么时候睁开眼，他就看见灌木丛外一个穿着小白裙的女孩儿，在这个没人的角落里跳舞。

不像有经过系统的舞蹈训练，动作偶尔有些笨拙。

还是哭着跳的。

那是霍峻第一次见人哭着跳舞，也是他第一次见人哭得那么安静，眼圈泛着红，唇瓣咬得发白，白皙的鼻尖都微微红了，看起来非常伤心。

却偏偏看得他想……

"嗨，真别说！"

卫晟突然将手臂搭到霍峻肩上，把霍峻飞远了的神思拉了回来。

霍峻皱着眉眼给他掀下去。

卫晟往前探身，朝对面乔瑾、乔瑜兄弟俩笑着说："这特别清纯的女孩儿看久了，还真是越看越有味道啊。"

"怎么说？"

"你们自己看啊，那词怎么说来着……肤若凝脂——白得一掐一个红印子，声音肯定也细细软软的。"

砰。

话声未落，卫晟被一把摁进了面前的果盘里。

他狼狈地坐起身。对面的乔瑾和乔瑜一愣，然后幸灾乐祸地笑出了声。

旁边，霍峻慢条斯理地擦了手，眼皮倦懒地耷拉着，薄唇微动。

"闭嘴。"

他眼神深邃地想了一会儿，有点轻蔑又不满地哼笑一声。

也不知道这少爷发哪门子疯，卫晟抹掉了脸上的果汁，终于回过劲。

"这是小霍爷的宝贝，说不得是吧？行行，兄弟明白，兄弟给你安排！"

坐在一旁的秦嫣咬了咬唇瓣，欲言又止。

而卫晟已经抬手，叫来了人。他伸手指向那钢琴台，"把那位小姐恭恭敬敬地请过来。"

说完，卫晟转回来，皮笑肉不笑，说："这样行了吧？"

霍峻轻啐，抿了口水，没抬眼。

"她不会来。"

旁边的秦嫣没说话，但眼神稍稍松了。显然，她也是这么认为的。

一分钟后。

秦嫣难以置信地望着台下跟在侍者身后走过来的那道熟悉的纤弱身影。

而沙发上，踩在水晶几座上的霍峻放下腿，眯起了眼。

灯光昏暗，再大的音乐声听久了也麻木了。

秦可之前为奋斗中考，几天没睡好，此时坐在钢琴凳上不一会儿就犯起了困。

理智没能坚持多久，她便伏在钢琴盖上睡了过去。

秦可又做了那个梦。

她孤身一人，坐在空荡荡的大卧室里，满眼都是红色。

她记得，在霍家老宅霍重楼和秦嫣举办婚礼那一晚，秦嫣被毁容的霍重楼吓得连夜逃婚。秦家父母一把鼻涕一把眼泪地跪在地上哀求秦可，要秦可代替秦嫣嫁给霍重楼。

她答应了。

秦可心里惊慌，想去拉当时床上的女孩儿，告诉她快逃，跑得远远的，不要被这家人再欺骗和坑害。

然而下一瞬，眼前光景一闪。

柔软的大床上，女孩儿已经被男人擒住手腕压在了那片柔软的艳红色婚床里。

"为什么是你？"

男人声音嘶哑，带着被烧毁的、如同破碎的乐器一样难听的残音。那张被火烧毁的脸狰狞可怖。

秦可阻止不了，她的意识像飘在了半空中，只能看着婚床上的女孩儿咬着牙、噙着泪。

"本来……就是我……"

"你是自愿的？"

那一个一个的字音像是从牙缝里挤出来的，带着一种秦可听不懂的仿佛椎心泣血的疼。

秦可的意识一阵恍惚。

原来那时候，那个男人还这样问过她？她那时候大概已经被吓蒙了，完全不记得了。

而梦里那人仍嘶哑低声："早知道，我就不该……"

秦可一怔。

"小姐？这位小姐？"

耳边声音突然拽人出梦，喧嚣入耳的音乐一瞬间将秦可带了回来。秦可惊起一身冷汗，蓦地坐起。

但她的意识仍停留在梦里男人那句未完的话上。不该？霍重楼说不该什么？

秦可脸色发白，却怎么也想不起来。

面前侍者似乎也被她突然的反应吓了一跳，回神才连忙恭敬地开口："小姐，抱歉打扰你了。不过，小霍爷发话，邀请你去那边一坐。"

还受梦里霍重楼的余惊，一听见那个姓，秦可就本能地坐直，问："小霍爷？谁？"

那侍者一愣，打量了秦可一眼，才确定对方不是装不知道，他有点无奈地说："霍峻，小霍爷。这咖啡厅就是他名下的，您坐的这钢琴凳也是他的专座。"

听到"霍峻"两个字，秦可才松了口气。

见女孩儿无辜的模样，侍者心里也难免动了恻隐之心，又小声地补充了句："小霍爷最不喜欢别人碰他的东西，叫小姐过去，应该也是为了这钢琴的事情。"

"谢谢。"秦可冲对方点头，"劳烦你带我过去。"

听秦可答应得这么痛快，侍者又愣了一下，最后还是转身在前面带路。

"小姐请跟我来。"

跟着侍者走在昏暗的舞场边，秦可慢慢捏紧了指尖。

距离十九岁只剩下三年时间。她不想重蹈覆辙，只能避开爱她爱得偏执又疯狂的霍重楼。

从秦家那里，她会拿回应该属于自己的一切。至于霍峻，今晚替他躲掉厄运，她也算偿还了在剧组被救的恩情，可以了却梦里没能再见第三面的遗憾了……

前面的侍者突然停身，秦可跟着一顿。

她本能地抬头，看到了倚在台阶上方的环形沙发上，从水晶几座上慢慢放下穿着薄靴的长腿的男生。

霍峻。

"小霍爷，这位小姐请过来了。"

侍者毕恭毕敬地躬身，退到一旁。

于是，秦可和台阶上的男生之间再无半点障碍。

霍峻捏着杯子的漂亮指节顿了顿。几秒后，没骨头似的倚在沙发上的他慢慢直起上身，向前俯压。

挽起袖子的手肘撑上笔直踩地的腿。那张原本似乎满溢着不耐和寡淡薄凉的面孔上，嘴角蓦地轻轻弯起。

"让过来就过来，你怎么这么听话？"霍峻说。

秦可一愣，抬头。正撞见那漆黑的眼里闪过令她似曾相识的情绪。秦可突然没来由地背后一栗。

"别啊，小霍爷。"沙发上，卫晟眼珠子转了转，笑着打圆场，"对我们小妹妹那么凶干吗？"

"谁是你妹妹？"霍峻冷冷地瞥了卫晟一眼。

卫晟翻了个白眼："得得得，不是我的，你的，你妹妹行吗？"

他转回来，看向秦可，说："秦可同学是吧？来，上来坐，别理他。小霍爷就这德行，跟个疯子似的。"

他尾音低了下去，显然也有点忌讳。

秦可踩上台阶，皱着眉。

他说得没错，霍峻确实像个疯子——她能感觉到霍峻此时反而因为她肯听话来而生气了。

秦可打定主意还了恩情就走，一分钟不多留，更不会和他有一点牵扯。

她心里稍松下来，目光在环形沙发间一扫。直到触上一双情绪十分复杂的眼眸，秦可才意外地停住了。

"秦嫣？"

这下轮到其他人愣了。

卫晟："你们认识？"

秦嫣收敛心里的嫉妒，笑得亲和友善，说："她是我妹妹。"说着，秦嫣冲秦可招手，"小可，来这边坐。"秦嫣伸手拍了拍身旁的沙发空处——刚巧，就在远离霍峻的另一边。

秦可目光微闪。秦嫣此时这点小聪明，秦可已经看得一清二楚了。

只不过不等秦可开口，懒散地耷拉回眼皮的霍峻抬了抬眼。

"你不是听话吗？"他往身旁一歪头，打量着秦可，懒散没正行地笑，眼神却凉凉的，"坐我旁边。"

秦可身影微僵。

霍峻嗤笑："怎么了，你现在不愿意了？"

秦可垂眼，细密的眼睫毛卷起漂亮的弧度来，说："太挤了。"

那声音很轻，像是叫台下音浪一吹就散成无数的绒毛，往人的每一个毛孔里钻。

霍峻心里没来由地有点烦躁。他抬脚往水晶几座上一踩，长直的腿屈起凌厉的线条，拦在女孩儿腿根前。

视线向下一压，霍峻勾起个充满戾气的笑，说："那坐我腿上——这里宽敞。"

秦可愣了下。

连对面碰杯的乔瑾、乔瑜兄弟俩都直愣愣地转过来，又凑到一起低声说话。

"峻哥吃错药了？他平常不是最烦女生往上缠？"

"不知道啊。"

卫晟机灵，在旁边转了转眼珠子，笑嘻嘻地开口："小霍爷，瞧你凶得，再吓着你这小妹妹。秦可同学，你别怕啊，我往外挪挪，这不就宽敞多了。"

秦可迟疑了一下，感觉到霍峻的目光慢慢盯上来，她终于还是点下头。

"谢谢。"女孩儿轻声说完，拢着白色的裙角坐到霍峻和卫晟之间的沙发空处。

沙发有点出乎意料地软，坐下便深陷进去。秦可身上穿着的白裙是一年多前买的，随着女孩儿身高增长，原本便有些短了几厘米的裙子随着她往沙发上一坐的动作，裙摆更是往腿根滑了一截。

白皙的细腿晃眼。

感觉到身旁一束微炙的目光落过来，秦可有些不自在地垂下头，伸手去扯裙角，尽可能向膝盖下拉拢。

耳边嘈杂的音乐声里，隐约有人低低地哼笑出声。随后，一件黑色薄夹克被扔到女孩儿的腿上。

秦可指尖一停，下意识地转身看向旁边的霍峻。犹豫了一下，秦可轻声说："谢谢。"

低着眼的少年没看她，晃了晃手里的玻璃杯，清隽、白皙的侧颜上没什么情绪。

"你来这里就是为了说谢谢的？"

秦可一惊，慌乱地抬眼。在那人脸上没看出任何敌意后，秦可才心虚地松了口气。

然后她就反应过来，霍峻指的是她之前对卫晟也道过谢的事情。

"不是。"秦可压低了声音，"我……有话想对你说。"

"对我？"

霍峻终于抬起了头，凌厉、薄削的眉尾一挑。他搁下酒杯，眼底一点点晃进光，像是谑弄又像是更危险的情绪。

"那你说。"

秦可的话哽在喉咙里。

她总觉得霍峻好像误会什么了。不然他看她的眼神不该是现在这种……让她感觉自己像被什么盯上了似的。

不安的感觉开始侵蚀秦可的心脏，她突然觉得自己今晚很可能做了一个错误的决定。

这会让她招惹上不该招惹的人。

秦可咬了咬唇，但此时已经是箭在弦上，不得不发了。

而且，让她放任这个梦里曾经不顾一切冲进剧组爆炸现场救了她的少年不管，她也做不到。

这样想完，秦可打定了主意。

她微微向前俯身，尽可能地贴近霍峻耳旁，说："今晚你不要从后巷走，有十几个人在那里埋伏你。他们……他们想折断你的手。"

霍峻握着杯子的手一顿，耳边女孩儿的声线里带着微微的颤动。

"你别轻敌。"秦可又补充了一句。

鼻翼间缭绕的气息，被那蓦然接近的淡淡花香冲得全散了。那香味搅得霍峻眼里一片混沌。

"有人想在你喝的东西里下药。"

"谁？"

霍峻终于醒神，抬眼，蓦地笑着说："你吗？"

秦可被质疑得心里微恼，却不意外。她压下眼睫，说出自己准备好的托词："外校的人告诉我的。"

霍峻目光一闪。

"那你为什么要告诉我？"他肩背绷紧，胸腹俯身向前，眼底露出些攻击性，却只是笑，"想救我一命，让我对你感恩戴德、唯命是从、什么都听你的？"

秦可心想：这人真的是个疯子，完全没有正常人的逻辑思维。

她绷住脸："你帮过我，你不记得罢了。我只是还你的情……现在我们两清了。"

说完，秦可起身想离开。

但她的手腕却被身后的人抓住。秦可压着恼然回眸，说："放开我。"

霍峻眼眸深深地盯着她。几秒之后，钳在她手腕上的指节慢慢松开。

秦可心里一紧，揉着手腕便慌忙往台阶下走。

她的身后追来懒散里藏着薄凉的笑："秦可，那你听过《农夫与蛇》的故事吗？"

高台沙发上，卫晟几人看着女孩儿落荒而逃的背影，神色诡异。

"什么《农夫与蛇》？"卫晟转回头看霍峻，"你们怎么还讲起故事来了？"

霍峻从那个背影上慢慢收回眼，压下眸里偏执的情绪，轻轻嗤笑一声。

卫晟侧过身来，说："就这么看着人跑了，不追回来？"

霍峻说："为什么要追？"

卫晟："过了今晚，我们小霍爷就成年了啊。"他冲霍峻挤眉弄眼地笑了笑，"可以做点成年人能做的事情了。"

霍峻瞥他，冷笑一声，说："滚。"

"不懂享受啊，小霍爷。"卫晟撇嘴。

霍峻没再接话。

他拿起手边的杯子，晃了晃，突然问："你说今晚如果没有她，我被人下药的概率有多大？"

"什么下药？下什么药？"

卫晟听蒙了，半天都没回过神。

只听霍峻轻轻笑了声，"概率确实挺大。"

卫晟："到底什么玩意儿？"

霍峻不理他，起身。

卫晟："小霍爷改主意准备去追人了？"

"不追。"霍峻轻嗤。

卫晟："那你干吗去？"

霍峻躬身，在一堆瓶子里扒拉了下，随手拎起个水晶厚瓶，懒洋洋地掂了掂，抬脚往后巷走去。

留在身后的笑意懒散，尾音里带着一丝戾气。

"寻仇。"

因为离开得过于匆忙，跑出咖啡厅后，秦可才注意到手里仍紧紧攥着那件黑色的薄夹克外套。

她步伐一停，但还是没有转身去还这件外套。

实在是霍峻最后那一眼与梦里的霍重楼太过相似了，几乎让秦可忍不住生出一个极为恐怖的猜测。

"不会的。"

秦可摇头，甩掉那个想法。

且不说两人名字都完全不同。霍重楼是S城里有名的霍家大少，而霍峻不过是这Q城里一个玩得疯了些的富家子弟罢了。

而且她分明记得，梦里霍家的管家告诉过自己，霍重楼是小时候便意外毁容，所以霍峻绝不可能是那个人……

秦可慢慢平复呼吸。

她低头看了一眼自己手里的薄外套，上面带着一点淡淡的混杂气息，不知道是在咖啡厅里浸染的，还是从那人身上沾染的。

踌躇几秒，秦可捏着外套，神思郁闷地往秦家的方向走去。

秦可回家后，没多久秦嫣也回来了。她脸色难看，第一件事就是先到二楼秦可的房间外，敲开了房门。

秦可刚洗完澡。

她有些轻微的洁癖，不喜欢那些混杂的味道，此时听见敲门声，便擦着湿漉漉的长发走到房门口。

木门打开。

对上门内女孩儿清纯、娇俏的瓜子脸，秦嫣眼底掠过嫉妒的情绪。但这种情绪很快便被她遮掩住，努力露出一个温和的笑。

"小可，你今天怎么会突然去咖啡厅呢？"

秦可对她的到来并不意外，只淡淡地说："我去学校里改志愿，遇到了宋丽丽，她邀请我过去的。"

"这样啊。"秦嫣讪讪地应下，随口问了一句，"你改志愿还顺利吧？"

秦可擦着长发的手轻轻停了一下，随即恢复了动作。秦可仍是那副淡淡的语气："我去学校里的时候，老师已经走了——没来得及改。"

秦嫣的脸色唰地变了，表情都有一瞬间的狰狞："怎么……怎么可能会没来得及呢？"

掩在长发下，女孩儿嘴角很轻地弯了弯，她说："可能是我注定不该改志愿，所以老师提前走了。"

"这怎么会？"秦嫣还沉浸在希望落空的打击里没回过神，也根本没有注意到秦可的表情和言语。

"那你……"

秦嫣还想说什么，秦可却早于她开口："姐姐，我有点累了，我们明天再聊吧。姐姐晚安。"

说完，不等秦嫣开口，房门被女孩儿轻笑着、眼带歉意地合上。

望着面前紧闭的房门，秦嫣愣了好一会儿，脸色变换。

又站了几秒，秦嫣才眼神晦暗地转身，往自己的房间走去。

她总感觉这个天真的便宜妹妹身上好像发生了什么她不知道的变化——她

以为能够完全被自己操控在手里的秦可，开始一点点脱离她的掌控了。

　　八月初，QD中学开学。

　　作为私立中学，QD中学和其他高中最为明显的区别之一，就是每年暑假最后一个月用来"军训"学生。

　　算起来也就是提前一个月开学，而且是每个年级每一年都要参加，QD中学的学生们对此很有怨言，但这已经是QD中学的传统之一，也没人能改变。

　　高二和高三的老生已经被大巴车带走，新生们则需要先在校内张贴的红榜前找到写着自己名字的对应班级。

　　第一张大榜前站的人最多。榜前也有许多学生在低声议论。

　　"这就是今年的精英班啊，真羡慕他们。"

　　"什么精英班？"

　　"简而言之，就是全校最厉害的学生。都说QD中学高中部有两类学生：第一类，普通班学生；第二类，高一到高三年级，每个年级唯一的一个精英班的学生。"

　　"精英班的学生享受最优师资，甚至在单独的一栋楼上课——就连周末节假日的课余活动安排，也是那三个班一起活动，跟我们普通班完全不同。"

　　"所以精英班就是成绩最好的那批学生吧？"

　　"这还真不一定。"

　　"为什么？"

　　"里面的大多数学生都是成绩最好的——但众所周知，这每年的精英班里，总会有那么几个学生是被'送'进去的。"

　　"这也行？"

　　"有什么不行的？那都是真正的精英家庭出身。"

　　不知道是不是被这句话打击到了，前面很快就没了动静。

　　站在两人身后的秦可轻轻皱了下眉。她低下头，看了看自己手里单独拎着的手提袋子——里面放的是之前霍峻给她的那件黑色薄夹克。

　　原本秦可想在开学时送到他们班，让人帮忙递给他后就直接走，结果到了学校她才发现，高二和高三的学生已经提前去了Q城郊区的军训基地。

而且，如果她记得不错的话，那霍峻就是高三精英班的学生。

而她自己……

"这精英班的红榜好像完全是按中考成绩排的吧？"

"是啊。"

"今年我们高一的精英班的第一名叫秦可，听名字是个女生——真想见识一下，到底是何方神圣。"

秦可转身往新生教室走去。

QD中学的三个精英班确实像他们说的那样，在学校东南角一栋单独四层的小楼上。

一层一个班级，高一的精英班在二楼。

秦可刚从旋转楼梯上到二楼，就看见了在走廊尽头的教室门。

教室里，学生基本已经到齐，看起来是随意坐的。对于能进到QD高中部的精英班，学生们眼神里都充满了激动和骄傲。

秦可安静地走进去。她刚找了个位子坐下，就见前面讲台上的人直起腰说话了。

"我是你们班的班主任宋奇胜。"

班主任是个中年男人，个子有些瘦小，戴着一副平框眼镜，表情里透着点世外高人的漠然。

他往下看的目光让秦可觉得自己和其他人在这位宋老师眼里，更像是一堆叽叽喳喳的小鸡崽，而非新生。

"去军训基地的车已经等在楼下了，大家收拾好东西准备上车。"宋奇胜道。

还兴奋着的新生们傻了眼。教室里安静了好几秒，眼见宋奇胜就要带头离开教室，终于有学生回过神。

"老……老师，不再说点什么了？"

宋奇胜脚一停，看过去，说："说什么？精英班的欢迎词？"

宋奇胜嘴角动了动。

秦可不太确定那能不能算是个笑容，在这之前，她已经见过个子瘦小的男人用一种睥睨的眼神扫过全班了。

宋奇胜又说："军训还没开始，何必在个别连军训都未必熬得过去的学生身上浪费我的欢迎？"

说完，宋奇胜头也不回地走出了教室。

"下楼，集合。"

在宋奇胜离开后，充斥着不满噪声的教室里，秦可露出踏进校门以后的第一个笑容。

她突然觉得，未来三年可能不会像她以为的那么无趣。

被激出好胜心的精英班学生们是很可怕的。

用了不到两分钟，高一的精英班已经在无班干部指导的情况下，在楼下列成了方阵。全凭自觉，所以是按身高排的。秦可很不幸地站在了队首。

男女各两列，和秦可一样不幸的还有站在她旁边的女生。大概是出于这种患难与共的心情，那女生很快就主动跟秦可搭话："我叫顾心晴，你呢？"

犹豫了一下，秦可还是开口："我叫秦可。"

女生不大的眼睛突然睁大了，她说："你就是秦可？班里第一名？"

秦可沉默了。

这时，宋奇胜从车上下来了。

顾心晴还在絮絮叨叨向秦可表达"敬佩之情"。

宋奇胜已经走到班级前，说道："勉强有点精英班的样子。"

看见列成方阵的学生们，宋奇胜挥了挥手，说："一列一列地上车，女生在前半车，男生在后半……"

"宋老师，能不能让我们搭个顺风车啊？"一个男声突然从大巴车后方冒出来，打断了宋奇胜的话。

秦可蓦地一滞。因为梦里在艺术院校的三年，她对声音极为敏感。所以她很确定这个从大巴车后传来的声音，就属于那晚咖啡厅里，跟在霍峻旁边的男生之一。

秦可下意识地抬眼，看向走过来的几人。

果然，为首的人便是霍峻。

看见霍峻的第一眼，秦可几乎是下意识地想往回避。

可惜已经来不及了。

霍峻原本正与身旁另一个男生说着什么，此时突然抬头，望向了队伍的最前端。

站在第一排的秦可身形微僵，第一时间压下视线。但那目光加身的感觉仍然无比强烈。

之前开口的是乔瑾，此时他已经笑嘻嘻地走到宋奇胜的身旁。

"宋老师，怎么说也是师生一场，让你们班的车搭我们一程，这要求不过分吧？"

宋奇胜皱眉，说："你们班的车呢？"

"走了啊。"

宋奇胜没有说话。

"真不怪我们，就迟到了一两个小时而已，他们以为我们不去了，直接开走了。"乔瑾的表情还怪委屈的。

宋奇胜知道学校里这几个有名的公子哥，懒得和他们纠缠，挥了挥手，说："搭吧。"

乔瑾应了声，转回来，又装模作样地冲着新生里左半边的女生们一躬身："Lady first（女士优先）。"

后面两人停住，乔瑜忍不住笑着抬脚踹乔瑾："峻哥在，少装样。装了学妹们也不看你。"

这是实话。

从霍峻一露面开始，高一精英班里女生这边的说话声就陡然被压到最低。连秦可身边一直喋喋不休的顾心晴都闭上了嘴巴。

她们的目光或明或暗地往三人中为首那个神色凌然的少年身上落。

而那人从出现后没多久，目光就只盯着一个方向了。

秦可努力低头。

顾心晴迟疑道："秦可，那个霍峻是不是在看我们这边呀？"

秦可："不是，你看错了。"

顾心晴："哦……"

"别磨蹭，男生最右一列，上车，后面跟上。"宋奇胜扬声。

新生们纷纷回过神，排着单列的队往车里进。随着时间推移，秦可高吊起来的那颗心慢慢放了下去。

霍峻喜欢她这个谣言只是在少数人里传过，完全不足信。而且霍峻跟她根本没什么接触，说不定过了这次军训，霍峻已经不记得她是谁了。

这样自我安慰过后，秦可心情平定了不少，她跟在班里最后一个走到队前的男生身后，带着自己这一列往车门方向走。

男生们上完车，秦可刚到大巴车门前一两米的位置，始终停在门旁的霍峻突然动了。

他往前一迈，拦住半个车门，薄薄的唇轻轻弯了起来。

"乖乖女。"这是秦可记忆里初遇的那个熟悉而让人不安的笑和腔调，"那天，你说的是对的——你救了我一命。"

秦可抿了抿嘴，说："不客气。"

秦可此时已经感觉到身后投来的好奇目光，她重新迈步，想绕开霍峻上车。

但在即将擦肩的时候，那人却蓦地转身，正面挡住她的去路。

"我一定——"距离瞬间被拉到最近，"会好好报答你。"

一声低笑收尾，那人转身，先于秦可进到车里。旁边，乔瑾和乔瑜目光古怪地看了秦可两眼，也跟了进去。

秦可站在原地僵了两秒，才迈开步子上车。她心底轻叹，如果再回到那天晚上救霍峻之前，她可能会先犹豫五分钟了。

坐着大巴车颠簸了两个小时，高一新生们才终于到了Q城远郊的军训基地。

这里原本是Q城郊外的一处军区练兵基地，从几年前开始空下来，每年都会借给Q城附近的学校搞军训。

军训基地偏离市中心，基本被山水环绕，四周多是村镇。想离开这里就只有一条经过基地门口的大路——而QD中学的军训月里，所有学生都是按部队规矩办事，严禁之一便是擅自离开基地。

高二和高三的老生们都经历过一次以上的军训，早于新生到达，他们驾轻就熟地进入各自的临时宿舍。

故而高一新生们到达时，偌大一个练兵场空无一人。

伴着练兵场上被大巴车扬得漫天的黄沙尘土，新生们一个个面如苦瓜，不情不愿地下了车。

军训总教官拿着喇叭站在练兵场边上搭得很随意的主席台上，扯着沙哑的嗓子对着蔫头蔫脑的新生们吼："各班清点人数——按编号进入宿舍！"

精英班的学生们很有一马当先的精神，几乎是以最快的速度在他们的大巴车旁列队集合。

等他们都集合完了，基本已经空了的大巴车上下来了三个人。

站在大巴车旁，负责高一精英班的年轻教官眉毛一皱。

"你们三个，怎么回……"

话声戛然一顿。看清三人长相，年轻教官硬撑起来的气势立刻短了一截。

离得最近的秦可毫不怀疑，这一瞬间年轻教官脸上掠过去的情绪大概可以概括为"苦不堪言"。

手扶腰带的教官几步走过去，压低声音："你们怎么从高一的车上下来了？"

"郝教官？"

乔瑾定睛一看，乐了，说："今年又是您带新生精英班？缘分啊，我们三个留级了呀。"

郝教官脸一黑。

乔瑜也笑着说："哥，你就别吓唬郝教官了。"

乔瑾："哈哈，开个玩笑啊，郝教官，别紧张。这次高三精英班的临时宿舍还是C区001和002吧？"

郝教官不情愿地应了声。他有些避讳地看了一眼站在最后面斜搭着帽子半遮着脸的霍峻，扭开头闷声说："高二和高三早就在宿舍集合打扫卫生了——

某人99%不能守约的约法三章

制定人：秦可

霍峻先生性格过分偏执，为了治好霍峻的"疯狗"病，现对他实行严格的管理条约。

条约如下：

1.不准发疯。

2.不准打架。

3.不准（在公共场合）耍流氓。

以上，请问霍峻是否同意？

同意 霍峻

2021年5月20日

霍峻补充： 不准再叫我哥

秦可： 哥？哥？哥？哥×N

霍峻： ……听你的

你们赶紧归队吧。"

乔瑾和乔瑜对视一眼，笑着要走。结果一回头，两人才发现身后的霍峻走向了另一个方向。

秦可眼睁睁地看着霍峻当着愣住的教官和安静的其他人的面走到自己面前。

霍峻停下来。男生比她高了约有二十厘米，站到她面前是全然俯视的角度，眼皮都懒散地耷拉着。

那眼神却叫秦可不安。

这样盯了她约有两三秒，霍峻抬了眼，很轻地笑了声："晚上见。"

说完他转身走了。

秦可心想：疯子。

两分钟后，秦可就懂了霍峻那句话的意思。

"新生会演是军训的传统，在每个军训月的第一天晚上进行。"宋奇胜板着脸道，"每年都由校学生会安排，高一新生负责出演节目，一下午加一晚上的准备时间。"

宋奇胜从身后拿出一张表格说："根据你们入学前填的个人信息表里的'爱好特长'栏，校学生会在每个班挑出了几个学生——下面我念到名字的人出列。"

秦可垂下眼。她很清楚地记得自己只填了两个字：读书。她一点都不担心校学生会的人会安排她上台表演一段"即兴阅读"。

除非他们疯了。

宋奇胜："顾心晴，秦可……"

精英班填了爱好特长的学生尤其少，到最后集合的也不过四人。

上前的秦可犹豫了一下，开口问："宋老师，我的'爱好特长'栏里填的是读书，学生会那边是不是搞错了？"

宋奇胜皱着眉转过来，看清秦可的长相后，他神色一松，说：你是秦可吧？"

"是。"

"你的情况比较特殊——校学生会文艺部副部长、高二年级的秦嫣是不是你姐姐？她说你有舞蹈底子，亲自举荐了你。"

秦可漠然地垂眼。

梦里的这个时间节点上，没有改志愿上艺术院校前，她的舞蹈根本没受过系统训练，跳得一塌糊涂。

而秦嫣很清楚这一点。秦嫣是想让她出丑，当着全校……尤其霍峻的面。

按照校学生会文艺部要求，被选出来的新生们需要到练兵场斜对角的团部会议室集合。

路上顾心晴像只叽叽喳喳的小麻雀，始终绕在秦可的身旁，说："原来你是秦嫣学姐的妹妹啊！我之前就听说过她，她的舞蹈算是业余舞者里跳得最棒的那一批了。之前文艺部办晚会，学校里好多男生逃课都要去看她呢。"

秦可没有说话。

顾心晴却依旧单方面聊得兴奋。等离开学生密集的区域，她目光四下扫了扫，然后神秘兮兮地凑了上来，说："不过，霍峻好像跟你很熟的样子，你怎么跟他认识的？"

秦可眼神一凝，几秒后才轻声说："我跟他不熟。"

"嗯？可是今天不管是上车前还是下车后，霍峻好像都对你……"顾心晴在形容词上卡了壳，过几秒才醒悟，"嗯，反正就是对你很不一样。"

秦可一怔。梦里的她对霍峻的了解并不多。所以霍峻对她表露出来的不正常的态度，也只被秦可当成是这人的本性体现。

她迟疑了一下，问："有什么不一样，霍峻对别人不是这样的吗？"

"当然不是！"顾心晴表情和语气都夸张起来，"他可是QD最不好招惹的人，不管对谁都是爱答不理的——上一届高三，现在已经升学离开了的那一届里有我们QD的前任校花，她之前好像是因为故意碰了霍峻，就被直接说滚。"

顾心晴说完，露出点心有余悸的表情。

"霍峻是一点怜香惜玉的意识都没有的，对男生和女生一视同仁……所以，我还从来没听说过或者见过他对谁像刚刚对你那样——"

秦可自觉接话："和蔼可亲？"

顾心晴沉默了一下。

几秒后，顾心晴没忍住，直接笑出了声："哈哈哈哈，和蔼可亲——秦可，你也太可爱了吧！"

秦可无奈。

说话间，她们已经走到会议室门外。

门是大敞着的，其他班的高一新生也在陆续过来。进到里面，秦可下意识地扫了一圈。

与其说是间会议室，不如称为一间空旷的大房子更合适。

在这"荒郊野外"，地上难得铺着老式的木地板。整个房间很大，约有一两百平方米的样子，房间里什么设施都没有，只在边角摆着些落了灰的舞台器械。正对面还有一面占据了整面墙的镜子。

秦嫣此时就跟文艺部的其他人站在那镜子前，似乎拿着本子在商量什么。

不知是谁提醒，她抬头望向了门边，在和秦可目光相撞后露出了一个和善的笑容，还冲秦可轻挥了挥手。

然后她低回头，笑着和别人说了几句话。

秦可微微垂眼。

她都不用听，也知道那些人一定是在说"你们姐妹关系很好吧""你对你妹妹真好"之类的话。

梦里的秦嫣最初也是这样，在其余人面前永远是一副好姐姐的模样。倒是秦可安静寡言，在秦嫣的刻意营造下，不知在多少人那里落下了"木讷""没良心"的印象。

秦可正走着神，突然感觉自己衣袖被身旁的顾心晴拉了拉。

她转过头去。

"秦可，有件事我不知道该不该说，但是还是想提醒你一下。"顾心晴小心地往她耳边凑了凑，"我听说高中部有人传你姐姐也喜欢霍峻，所以你还是小心……"

虽然顾心晴余下的话没有说完，但秦可已经了然。她有些意外地看着顾心晴。

顾心晴被盯得有点不安："我是不是不该说……"

"谢谢。"

"嗯？"

两人没有来得及再交谈，文艺部的高年级学生似乎结束了会谈。

秦嫣转过身，面向新生，面带微笑地拍了拍手。

"大家安静一下——我们先分成几个大组。第一组，舞蹈类，在这排集合；第二组，歌唱类，在这一排；第三组，乐器类……"

秦可和顾心晴都属于舞蹈类，两人走到对应的组别里时，秦嫣正笑容满面地站在最前面。

"舞蹈这组是由我负责，我是秦嫣，你们叫我嫣嫣或者学姐都可以。"秦嫣笑着晃了晃手里的纸，"我们这组的节目单已经敲定，共有一支单人舞，两支双人舞，外加一支群体舞蹈。我念到名字的请出列，我会给你们介绍节目和安排练习。"

秦可一直等到组内只剩自己一个人。

秦嫣给前一组介绍完双人舞后，满怀歉意地走到秦可面前，说："小可，这支单人舞还是交给你，姐姐才能放心。"

秦可垂眼一瞥，节目单上的四支舞蹈里，那支单人舞的难度最高。

她眼神闪了闪，说："我没有接触过这个……"

秦嫣笑着安慰，说："没关系，我这里有教学视频。这支单人舞对于别人来说很难，但对你来说问题不大，你天赋比她们好，上手肯定比她们快。"

"好。"秦可道。

听秦可答应下来，秦嫣眼底掠过快意的情绪，但很快她便掩藏下来。

"对了，你这支单人舞和顾心晴那组双人舞都需要一名钢琴伴奏。但乐器类那边他们都有自己的节目，所以我们是从文艺部的高二学长里选了两个人帮你们伴奏。"

秦嫣说着，转过身冲镜子前的一人招了招手。

"许中恺。"秦嫣又转回来，对秦可说，"他是你的钢琴伴奏。这是教学视频，你们研究一下……不过这里只有一台老式钢琴，可能要让顾心晴他们组先练习，所以……"

秦嫣一副歉意的模样看着秦可。

秦可停了两秒，淡淡地笑着说："没关系，姐姐，我知道你是相信我的能力。"

秦嫣笑容僵了下，随即点头，说："当然了，你可是我的妹妹，我当然最相信你了。"说着，秦嫣就要抬手拍秦可的肩。

秦可不着痕迹地转身避开，说："那我先去准备了，姐姐再见。"

说完，秦可向许中恺走去。

几分钟后。

活动室里突然响起一阵熙熙攘攘的吵闹声。正在和许中恺熟悉乐谱和舞蹈节拍的秦可不解地扭过头。

许中恺："我去看看什么情况。"

没过一会儿，许中恺便回来了，脸色有点不好看。

秦可问："怎么了？"

许中恺："顾心晴是你们班的吧？她那组出了问题。刚刚她给她们组的钢琴伴奏送水，结果不小心撞洒到对方手上，水温太高，已经烫得起水泡了。"

秦可一愣。

随即她皱起眉，说："那你能同时给我们两支舞蹈弹钢琴伴奏吗？"

许中恺苦笑着说："你应该也看出来了，对于钢琴，我只能算是入门，配合你这一支舞蹈的乐谱都困难，更别说再加上她们组了。"

文艺部几人已经重新聚到了一起。

顾心晴似乎是急哭了，眼睛通红。

秦可站在不远处看了几秒，想起顾心晴之前给自己的提醒，到底没忍心袖手旁观。

她走过去，轻声问："怎么样了？"

"李放的手今天是肯定弹不了钢琴了。"文艺部的部长皱着眉，"不过秦嫣搬救兵去了，希望有用。"

"救兵？"秦可一怔。

旁边有人开口："嗯，还好秦嫣说她和霍峻认识，希望她能把人请回来吧。"

"秦嫣和霍峻认识？真的假的？"

"我觉得困难。"

"是啊，就霍峻那性子……我都不敢想，谁请得动他？"

"等等看吧。"

大约过了五分钟，秦嫣脸色难看地从会议室正门走了进来。

"霍峻……可能有事，过不来。"

"我就知道。"

文艺部部长表情冷了下来。

顾心晴眼圈顿时又红了。她别开脸，难受地拽了拽秦可的衣袖，说："我是不是闯大祸了？"

秦可无声地叹气。

文艺部几人面色纠结，都抿着嘴不说话。

几秒后，有人轻声说："我试试吧。"

众人目光落过去，秦可安抚地拍了拍顾心晴的背。

然后秦可抬头说："我再去问一下霍峻……看他能不能来。"

旁边，秦嫣的脸色瞬间难看了。

第二章

我只要她。

军训基地的临时宿舍资源非常充足，足够三个年级每个年级一个区，然后每个班占两个大宿舍。

而QD中学军训多年成了传统，已经有了不成文的规定：A、B、C三个区依次对应高一、高二、高三三个年级；区内，从精英班开始排起，每班各有男女分开的两个大宿舍。

C区001。

对应高三精英班男生宿舍。

宿舍外就是一片等宽的沙地，在军训基地里水泥地是个稀罕物，除了食堂内，其他地方基本见不到——黄沙漫漫风萧索就成了最常见的景观。

所幸今天风不大，只是太阳格外毒。

宿舍门正对着的两排双杠上，穿着白T恤和灰色长裤的男生坐在其中一根单杠上，腿微微屈折起来，被长裤包裹出修长的线条，穿着薄靴的脚随意地踩在对面的另一根单杠上。

棒球帽压在黑色的碎发上，一点阴影落下来，印在在炽烈的阳光下一样透着冷意的脸庞上。

在所有人都规规矩矩地穿着军训迷彩服的"背景布"下，这张俊美的面孔更加扎眼。

C区男生宿舍的旁边就是双数号的女生宿舍门口，几乎每一间都有人在或明或暗地偷望着这里。

"啊……我要热晕在这里了。"

乔瑾靠着双杠蹲着，热得像条哈巴狗。

"教室里没有空调就算了，连那种简陋的风扇也没有！这哪是军训基地，这是人间地狱吧？"

乔瑜也苦不堪言，他仰起头，看了看单杠上的少年。

"峻哥，我们真不回去？"

霍峻单手扯掉了棒球帽，这燥热同样让他有些心情烦躁。

只不过想起那条小白裙，这点情绪也就被另一种截然不同的情绪给覆盖过去了，霍峻薄唇轻轻弯了下，笑了。

"不回。少搞特殊化。等军训结束，一起回去。"

蹲在地上的乔瑾快哭出来了："哥，我的亲哥——高一和高二两年的军训月都特殊化过来了，怎么到了第三年就突然改了主意，非得来凑这一趟热闹了呢？"

霍峻不答。

乔瑾也没指望他能说什么——早隔了一个暑假就定好的不来军训基地，霍峻却突然在军训月开始的当天改了主意，他们怎么问也没问出答案。

乔瑾正准备再说什么，旁边突然飞过来一颗小石头。他抬头一看，是乔瑜扔过来的，乔瑜努了努嘴，示意他看旁边。

临时校舍地基很矮，要从练兵场那边走到路旁，再踩着七八级台阶下来。

迎着中午晃眼的阳光，一个穿着军训迷彩服的女孩儿走下台阶，向着他们这里走过来。

"秦可？"

乔瑾又惊讶又意外，仰头看向单杠上面。单杠上拎着棒球帽仰在阳光里的少年也是一愣。

几秒后，他低下头，漆黑的眸子望下去。

秦可在双杠旁边停住。

乔瑾离得最近，笑嘻嘻地撑着杆起身，说："让我猜猜，峻哥刚刚眼也不眨地拒绝了秦妈，我们秦可妹妹就来了，啧，这是要吃准我们峻哥啊。"

棒球帽从上面被扔下来，掷到乔瑾后脑勺上。

霍峻舔了舔嘴角，嗤笑一声，说："谁是你妹妹？"

乔瑾："是我说错了，我们峻哥的秦可妹妹。"

霍峻："滚一边去。"

乔瑾耸了耸肩，弯腰绕过双杠，抱着手臂跟另一头的乔瑜凑到一起，嘀嘀咕咕地笑起来。

霍峻一撑单杠，跳了下来。

少年衣角带风。阳光把那清新的薄荷香味与皂角的气息纠缠到一起，酵出风里悠长的余韵。

等秦可回神，霍峻已经居高临下地站在她眼前了。那双漆黑的眸子和它主人的身高一样具有压迫感。

秦可不着痕迹地退了半步。她将手里拎着的袋子抬起来，说："谢谢。"

霍峻眼皮微垂，视线轻扫。

那白皙、细滑的手裸露在炽烈的阳光下，让人不免担忧会被晒伤。顿了两秒，他还是伸手接过，将袋子里的东西拎出来。

一件黑色的薄夹克外套。

霍峻嘴角一挑。

暑假前在咖啡厅，他早就注意到这件衣服被女孩儿慌乱之下一起带走了。

他垂着眼，低笑："我还以为这衣服会被你直接扔进垃圾桶里。"

之前乔瑾和乔瑜见了袋子，此时也好奇地过来看。看清霍峻手里拿起的外套，乔瑾揶揄道："可别是扔进垃圾桶又捡回来了吧？峻哥洁癖可严重了。"

秦可心里一紧。

说起洁癖严重的话，霍重楼也……

摇了摇头，晃掉心里又浮起来的那个不靠谱的想法，秦可强作镇定："衣服已经洗过了。"

霍峻沉默几秒，突然问："你洗的？"

"嗯。"

"亲手？"随着说话声，霍峻的目光落到女孩儿纤细、白皙的十指上。

这个话题方向似乎有点让人不解，直觉告诉秦可还是尽快转开的好。

秦可攥了攥手，开口道："今天上车前，你跟我说过一句话。"

霍峻身形一顿。

他抬起了头，轻轻眯起眼看向秦可，那目光极具侵略性，让秦可有一种被当作猎物的感觉。

她无声地轻轻吸了口气，说："你说，我救了你，你会报答我。"

霍峻仍是一言不发。这样盯了她约有十秒，他才蓦地轻笑，低头说："你想要什么——考虑清楚，只有一个机会。"

他顿了顿，在秦可即将开口时蓦地出声，嗓音被压得沙哑："一个机会。无论你要什么，我都满足你。"

他说完直起身，意味深长地望着她。

秦可眼神闪了下，但她没有半点犹豫。

"弹今晚的钢琴伴奏，就做这一件事，今天以后我们谁也不欠谁，两清。"

霍峻盯了她两秒。

"两清？"

"嗯。"

"好。"他舔了舔牙齿，压低了笑声，也压下了眼底的戾气。

看见霍峻跟在秦可身后走进来时，整个活动室内陡然沉默。顷刻间鸦雀无声。

直到两人走到近前，其他人才逐个回神。文艺部部长尴尬一笑，目光有点复杂地看向秦可，稍作停顿，又落向她身后神态慵懒的男生。

"峻哥，新生不懂事，惹了祸，还麻烦到你这儿了。"

霍峻哂笑，未置一词。

其他人看向秦可的目光却丝毫不因为霍峻的沉默而有所消解——桀骜不驯得近乎冷漠，这才是他们习惯的霍峻。

也因为这样，他们就更无法理解：秦可到底怎么请来的霍峻？

文艺部部长压下心里的惊异，笑着对秦可说："秦学妹，这件事也麻烦你了。许中恺已经等你很久了，你们尽快熟悉乐谱——"

"你让我来，却不是给你伴奏？"

突然响起的声音打断了部长的话，然而其他人都不敢在脸上露出不满。就连文艺部部长都连忙转身，看向霍峻。

而霍峻只盯着女孩儿。

已经准备走开的秦可脚步一顿。在那些注目下，她只能按捺下情绪，轻声道："我有自己的钢琴伴奏，需要你帮忙的是另一组。"

霍峻唇角一弯。那双漆黑眸子里的温度却瞬间凉了下来。

"秦可，你拿我当什么使唤？"

其他人僵住。

秦可一噎，她心里没来由地有些气恼，感觉莫名其妙，遂扭过头看着身后的霍峻。

男生的怒气不言而喻——可她甚至都不知道他又是因为什么发疯。

此间，霍峻冰冷的视线也一点点勾勒着女孩儿的身影。

他眸色沉下去。

越看秦可越觉得漂亮。她并不是美得有多惊艳，只是她身上的每一分、每一寸都贴合着他的心意恣意生长，连眼睫毛微卷起的弧度都让他忍不住……

霍峻的眼神深了些。

几秒后，他低下头，蓦地嗤笑出声。

"行，我认栽。"他轻舔上颚，抬眼，"但这条链子只能牵在你的手里，秦可。"

那似曾相识的眼神让秦可身影僵了一下。

她回神再想去看时，男生却收敛了情绪，重新换上那副疏懒模样。他看向旁边愣着的文艺部部长，说："要我帮忙可以。"

文艺部部长迟疑了一下，说："峻哥，你的意思是……"

霍峻露出个笑容，歪头看向秦可。

"我只要她。"

霍峻这话一出，其余学生全都傻眼了。

只有两人反应不同：秦可微微皱起眉，回视霍峻；而在秦可身后不远处，秦嫣的表情顿时难看下来。

秦嫣在原地站了几秒，仍旧没能压下内心的不甘心。她撑起一个有些发僵的笑容，快步走到了三人之间。

"部长，这件事交给我处理吧。"

"可是……"

"毕竟是我们舞蹈组发生的问题，秦可是我的妹妹，霍峻学长……"她微微压低声音，冲着文艺部部长露出一个温柔的笑容，"我和霍峻学长也认识。"

文艺部部长也是高三年级的学生，对于霍峻那些传闻可是听了整整两年，他巴不得把这烫手山芋扔出去。

因此一听秦嫣肯主动接手，他没犹豫几秒就点头答应了。

"好，那就交给你了。"临转身走前，他低声嘱咐，"尽量顺着霍峻来，可别招惹他，再闹出什么岔子啊。"

秦嫣咬了咬牙，面上微笑不变，说："我知道了，部长。"

文艺部部长一离开，秦嫣便调整笑容转回身来。

秦嫣走到霍峻和秦可之间。

"峻哥，许中恺和小可的合作是我们部里之前就敲定了的，你看能不能通融一下？"

秦可不作声。

秦可知道秦嫣抱着什么样的心思，只不过秦可也确实不想和这个随时会发疯的霍峻合作，所以此时便置身事外。

而霍峻听了，嗤笑一声。他冷冷地瞥向秦嫣。

"你叫什么？"

秦嫣脸色发白，下意识地扫向四周。

刚刚去请霍峻帮忙前，她还跟部里人说她和霍峻认识，如果让他们听见霍峻这话……

还好其他人已经散了。

秦嫣松了口气，又有些尴尬地咬了咬嘴唇，但还是冲霍峻挤出个柔软的笑："峻哥，你忘了？我叫秦嫣，是文艺部的副部长。"

霍峻神色冰冷，说："那我说我只要她，你听不懂人话？"

在男生丝毫不再掩饰戾气的漆黑眸子的注视下，秦嫣心里一抖，嘴唇上的血色也褪了个干净。

恐惧终于压过她心里的不甘。到此刻，她才想起霍峻那些可怕的传言。

秦嫣情不自禁地退了半步，脸色发白地看向秦可，笑得难看。

"小可……既然霍峻学长坚持跟你合作，那就改为你俩一组吧……许中恺和顾心晴那边，我会跟他们说的。"

秦可眼神一闪。

心知在场其他人加起来恐怕也不敢反抗霍峻，她无声叹气，只能冲秦嫣露出一个单纯的微笑。

"我知道了，姐姐。"

秦可有梦里的舞步记忆，有艺术院校舞蹈专业的专业课打底，再加上残废之前的无数次表演经验，秦可并不惮这一场小小的新生会演。

秦嫣给她的那支舞蹈，也只是对原本的她会非常困难而已。

如今，在脑海里储备多年的专业知识前，秦可只需要让天赋条件极佳的柔韧身体去习惯一些动作的强度和精度，就能够非常漂亮地完成这一支舞蹈了。

唯一的弊端就是……

秦可放下手臂，微微皱起眉，转头看向身后的人。

那束称得上炽烈的目光丝毫没有因为被窥视对象"抓到"而有所回避，反而因为她的对视，眼眸里跃动的黑色火焰一样的情绪更加兴奋和热烈了。

秦可心想霍峻不但是个疯子，可能还有点变态。一想到自己招惹了这么一个人，秦可就觉得有点头疼。

她无声地叹了口气，走过去。

"霍峻学长，你已经熟悉过曲谱了？"

刚要开口的霍峻身形一顿，几秒后，他蓦地嗤笑一声，抬起那双桃花眼，似笑非笑地睨着秦可

"你叫我什么？"

这张脸不适合说话，闭嘴的时候再像个疯子，至少也是个赏心悦目的疯子。但想到今晚的合作，秦可只能耐心地重复："霍峻学长。"

霍峻面上的笑容淡了下去。

他这样一言不发时，目光很容易让人不安——秦嫣之前便是被这样的目光吓退的。只是秦可还算淡定，那双琥珀色的眸子只安静地看着他。

霍峻心里像被一只面无表情的小猫伸爪挠了一下。说不清的烦躁涌上心头，霍峻舔了舔牙齿，哂笑："你还真是一点都不怕我？"

他从倚着钢琴的姿势直起身，轻轻抬起眼："你到底知不知道我是谁？"

秦可微皱起眉，说："我为什么要怕你？"

霍峻气笑了。

他侧过脸，目光往旁边一扫，那些偷偷落来的目光就全被他吓了回去。然后霍峻转回来，咬着薄唇，嗓间发出了很轻的笑声。

"那天在后巷埋伏我的十几个人，你知道他们是什么下场吗？全都进了医院——其中一个差点进重症病房。"

霍峻语落，蓦地伸手扣住了女孩儿纤细的手腕，把人往前一拽。

少年垂下眼帘，眸里漆黑。清俊、白皙的脸上面无表情。

"现在你再问一遍——为什么要怕我？"

秦可被他捏得手腕都有点疼了。

可是近距离看少年这张未退尽稚嫩的俊脸时，她只能想起梦里剧组那场爆炸里，喊着她名字冲进去的人。

她见过他最狰狞的神色，是为了救她——奋不顾身。

女孩儿蓦地笑了。

白净的一张瓜子脸上，笑意清浅而柔软，琥珀色的眼眸里像是漾着光。

那光竟然让霍峻觉得晃眼，不敢对视，却只想独占。

他神思一晃。

听见女孩儿开口问："那你也会打我吗，霍峻？"

"你怎么知道我不会？"

"那你试试。"

霍峻有生以来第一次被人"威胁"，竟然还真怕了。

而秦可看见少年眼底那一瞬间掠过去的、罕见的狼狈躲闪的情绪，心情一下子愉悦起来。

她垂眼笑了，但很快便收敛了："霍峻学长，我们熟悉一下谱子？"

"不准你那样叫我。"

秦可抬眼看他。眼神干净，黑白分明。而霍峻怀疑自己从里面看出了"你能拿我怎么样"的意思。

像一只兔子朝着一只独狼挑衅。

霍峻气笑了，眼神发狠："再让我听见一次——我亲得你说不出话。"

秦可一僵。

几秒后，她乖乖地跳过了这个话题，说："我们熟悉一下谱子吧。"

从女孩儿的语气中听出她怕了，霍峻盯着她。

她还真怕了？

片刻，压下心里的躁意，霍峻转头看向女孩儿手里的乐谱。

当晚八点，新生军训动员会演在练兵场进行，全校学生都穿着迷彩服，搬着马扎坐在主席台下。

后台有文艺部的人跑回来汇报："群舞节目成功谢幕，没出岔子。"

"好。"

再次在节目单上划掉一个名字，文艺部部长松了口气。只不过看到下一个节目是"女子单人舞"时，他又皱起眉。

"秦嫣。"

秦嫣从不远处走过来，说："怎么了，部长？"

"你妹妹秦可那边，问题不大吧？这支单人舞难度确实很高啊。"

秦嫣笑了笑，说："小可的妈妈就是个舞蹈家，她没问题的。"

部长一愣，"你跟她不是亲姐妹？"

"不是。"秦嫣目光闪了闪，表情中露出点落寞，"秦可的父母去世得很早，她一个人无依无靠，是被我爸妈收养的。"

"天啊，秦可竟然是孤儿？"

旁边有人听见，纷纷惊讶地看过来。

"秦嫣，你爸妈也太善良了吧？"

"是啊，秦可能遇到你们一家，可真是幸运。"

秦嫣把额前的碎发拂到耳后，温柔地笑了："没什么。只是你们不要在她面前提，也不要跟别人说……我怕小可难过。"

"秦嫣，我要是有你这样一个姐姐就太幸福了！"

听到那些夸奖，秦嫣笑而不语。

又过了一会儿，她转身走到文艺部部长身旁："部长，你还在担心小可的单人舞？"

"嗯。"文艺部部长皱着眉，"这万一跳砸了，可是要在全校面前闹笑话的。"

秦嫣眼神闪了闪，随即她笑着开口："前面几支舞蹈都很棒了，就算小可发挥得不好，老师也不会怪我们的。最多新生们笑一笑，刚好还能让气氛轻松点，也就过去了。"

文艺部部长心不在焉地叹了声气。

"也是，没办法。这支单人舞本来就是吴清越老师指定的，别说新生了，咱文艺部内也就你能跳得不错——死马当活马医吧。"

秦嫣淡淡一笑，眼神里却掠过快意的神色。

她今天在霍峻那儿受的辱，待会儿就能让秦可在全校师生面前还回来了。

她才不信秦可那种从未经过专业系统训练的人，能把这支舞跳得多漂亮。

两分钟后，台上传来主持人嘹亮的报幕声："下面，请欣赏高一秦可同学带来的女子单人舞，《坠光》。"

灯光未亮，音乐先起。

《克罗地亚狂想曲》的节奏在第一时间击中了台下的学生，他们本能地呼吸一室，微微嘈杂的练兵场内瞬间哑然无声。

一束追光打下，落在了舞台中央。

一袭白色舞裙的纤弱女孩儿伏在地上。随着音乐声起，她的指尖牵动手腕，手腕牵动小臂，小臂牵动上身，腰肢慢慢摇曳而起……

在她慢慢舞动柔软的身体贴地而起时，钢琴声蓦地响起，雄浑和低回交错而起，仿佛硝烟弥漫，天空低沉，雨幕将临，万物沉落……唯独那一袭白裙，犹如战火纷飞里一朵羸弱无名的白色小花，慢慢绽开在硝烟残余的尘土与石隙里……

低沉舒缓的节奏之后，明快激昂的节奏忽起。舞台中央的一袭白裙也跟着飞舞起来，纤细、修长的腿直立，足尖在地面轻点，白裙被转起，如同一朵洁白的伞面飞快地旋转，精准、曼妙地踩住了每一个钢琴琴声的节拍，那裙摆几乎在空中晃出令人迷乱的影子。

舞者下颌高昂，眼神冷艳绝美，像是满含不甘和挣扎，她的舞美得明艳逼人，和着那动人的钢琴声。钢琴声里的愤怒与挣扎，节奏里的奔涌与宣泄，全部都被那具柔美而纤弱的身影一一诠释。

钢琴声的节奏越发强烈，场中舞者足下的动作也越来越快，悲怆的绝望从她的舞姿里渲染到整个舞台与灯光，如同战火灼红了入目的一切。生命的希望从绝望中孕育而出，如歌如泣。

直到最高点，钢琴声戛然而止。

而在那一瞬间，那抹纤弱的身影也像是被什么击中了，蓦地停滞在空中。

几秒后，舒缓的钢琴声重新流淌而出。

舞台中央的舞者胸口剧烈起伏着，却以一种绝美而绝望的姿态，慢慢无力地伏倒在地，像是最后一丝生命逝去。

灯光暗下，音乐声停。

一切重归寂静。

整个练兵场上几千人，足足沉寂了十秒钟。

这十秒之后，犹如雷鸣的掌声如同发了疯，席卷了整片基地。

站在后台的秦嫣傻了，难以置信地紧紧地盯着台前的方向，目光仿佛要刺透那层厚重的帷幕——她无法相信这样像狂欢躁动一样的掌声，怎么会是献给秦可的呢？

明明秦可的舞蹈跟她相比差远了！

难道是……

秦嫣眼神一紧，指尖也蓦地攥住——对，一定是因为霍峻，这掌声一定是给霍峻的。她听过太多人弹这首《克罗地亚狂想曲》了，但除原版之外，这是第一次让她像被击中了灵魂一样，鸡皮疙瘩都忍不住起来了。

一定只是因为霍峻。

"秦嫣！"

一个激动的声音突然叫回了秦嫣的意识，她仓促回神，抬头看见激动地跑过来的文艺部部长。

"秦可真是个大宝贝啊！你怎么不早把她推荐出来？早知道她有这样的实力，之前群舞的领舞也该让她来跳才对！"

秦嫣的身形蓦地僵住。

半晌后，她才露出一个难看的笑容："我刚刚……没有去前台。小可她，"秦嫣艰难地张口，"小可她跳得很好？"

"岂止是好！"

文艺部部长激动得脸都涨得通红，额头上青筋绷着。

"简直是完美啊！秦可有丝毫不逊色于任何省级大赛冠军的实力——你们姐妹俩可真是憋得住，竟然一点风声都不透露？"

"霍峻也完全是真人不露相！我的天，刚刚有那么一瞬间，我闭着眼几乎要以为是马克西姆附身了呢！"

"秦可和霍峻配合得也太好了吧！我完全被带进去了，鸡皮疙瘩根本消不下来！"

"是啊，我都不敢相信，他俩真的是第一次同台表演吗？"

"部长，你快挖人吧！让他们来我们部门，我已迫不及待地想看到他们更多的合作了！"

"哈哈，你是不是被惊到疯了，先不说秦可，你确定谁敢去挖峻哥来部里？"

越来越多被这支舞蹈惊艳到的文艺部的人围上来，七嘴八舌地夸赞方才那震撼全场的舞蹈与钢琴伴奏的合作。

在那些涌过来的称赞和夸奖里，秦嫣笑得快比哭都难看了。

她的手攥得越来越紧。

怎么可能呢？

明明暑假之前，她还见过秦可跳舞，根本就是一个只有天赋却全无半点技法的初学者。

秦可怎么可能有他们说得那么厉害？甚至……甚至好像连自己都远远不如秦可？

一想到这个，秦嫣的表情都有点扭曲了。

"秦嬷，你要去哪儿啊？"

"我……"被喊住的秦嬷笑容僵了下，随即摆了摆手，"我去祝贺一下小可。"

"哦，应该的，那你去吧。"

"嗯。"

秦嬷快步向着更衣室方向走去。

后台，更衣室外。

"你们配合得实在太完美了！"顾心晴激动地晃着秦可，兴奋得眼睛都发亮了。

"尤其是最后那段节点，钢琴声戛然而止，你也突然停住——那一瞬间，我感觉自己呼吸都停了。之后收尾的动作简直完美，教学视频里根本没有吧？你们是怎么想出来的？"

秦可被晃得头有点晕。

直到听见最后一句，她眼神微动。抬眸，秦可望向不远处凌乱搁置着的舞台器械旁，单手插着裤袋倚在那儿的少年。

似乎是第一时间就察觉了她的目光，那人蓦地抬眼对上她的视线。

几秒后，霍峻冲她露出了个很轻的笑容。

秦可撇开眼，无奈道："那不是我们设计的。"

激动的顾心晴蓦地一滞，"什么意思？"

秦可："那是霍峻的失误。我也不清楚具体原因，他突然停了弹奏。"

顾心晴瞪大了眼睛："然后你们就心有灵犀地配合续接了一段堪称完美的谢幕？"

秦可皱眉，随即开玩笑似的开口："我对你这句'心有灵犀'的用法不敢苟同。"

"可可，你在我心目中已经是'女神'了！你这是什么样的反应和临场发挥啊！"

顾心晴十分激动："不行，我一定要把这段救场给你传播出去！"

秦可伸出去的手臂捞了个空。不等秦可阻止，顾心晴已经像个小疯子一样跑走了。

片刻后，霍峻走到秦可面前。

他轻轻眯起眼，说："一个暑假，你好像变化很大。"

正想应付过去的秦可浑身战栗了一下，几乎下意识地抬头看向霍峻。

只是霍峻并未注意。

他正侧身望着舞台，台上已经换了下一个节目，然而他的眼中却好像仍留着女孩儿轻盈明艳、柔美有力的舞姿……和他之前见过的笨拙完全不同。

"我们暑假之前……认识吗？"秦可强自镇定下来，微微绷着神经问。

霍峻转回身。

他微微眯起眼，漆黑的眸子里亮着点说不分明的情绪。

"是我认识你。"

秦可一怔。

霍峻："去年夏末，我见过你在西南那片小树林里跳舞。"

他一停，哂笑，说："你是哭着跳的，很丑。"

尽管真正的那段记忆已经距离自己很多年了，但秦可还是知道霍峻说的是哪一天——她亲生父母的忌日。

梦里每到那一天，她都会自己一个人找个安静的角落跳一支舞，希望天上的他们能看见。

只是做梦她都不知道……霍峻竟然也看见过。

也就是说，到这个时间节点，他早已注意她一年多了？

"你在想谁？"耳边突然有个声音逼近。

秦可回神，抬眼，见霍峻不知何时神色突然变得阴沉了。那双黑眸里有了一丝戾气。

他俯身把她逼到了更衣室的门上，额头青筋冒出，声音也阴沉下来："你那天又是为谁哭的——秦可？"

秦可心想：又来。

对着眼前不知道被拨到了哪一根神经的霍峻，秦可心里叹了口气。

"霍峻学……"

最后一个字及时收住，想起某人的威胁，秦可自动跳过了称呼："这件事应该跟你没什么关系吧？"

霍峻轻轻眯起眼，表情看起来有点危险。

他紧紧地盯了秦可几秒，见女孩儿丝毫没有畏缩和坦白的征兆，霍峻按捺住性子和暴躁，嘴角一扯。

"那你告诉我，是不是为了你那时候的男朋友？"

秦可："嗯？"

这人大概已经不是一般的不正常了。

但秦可现在显然不敢坦然谏言，她只能压着叹息，轻声道："中学生不能早恋，学长。"

霍峻眼里的火焰一跳。几秒后，他无声地笑了。

"你没交过男朋友？"

秦可忍了忍，才没把"我今年十六岁"这句话甩到他那张俊脸上。

而事实是，对着这人眼底那点变态的兴奋，直觉也告诉她不要这么干。

于是，秦可乖乖地点头，说："没有。"

"很好。"霍峻直起身。

好什么？

少年却不说话了，只垂眼睨着她，漆黑的眸子里星火乱跳。须臾，他轻轻舔了舔嘴角，手往裤袋里一插，霍峻转身走人，唯独懒散的笑声还留在身后。

"叫学长也不行。"

秦可心想：霍疯子。

站了几秒，她也转身进了更衣间。

几分钟前。

秦嫣紧攥着拳，僵硬地站在表演者谢幕下台的木质楼梯旁边。她的目光紧紧地盯着帷幕后斜对面的更衣室门外。

"妈妈，你站在这里做什么？"一个部员的声音从后面传来。

秦嫣连忙收敛神情，说："没事。"

然而对方已经顺着她的目光看到了更衣室外面——身高腿长的男生正凭着

身高优势，把还穿着舞蹈服小白裙的女孩儿堵在更衣室门口。

他俯压着身，似乎在对女孩儿说些什么。从这个角度看过去，两人之间离得很近。

这个部员愣了一下，压低声音惊呼："那是霍峻和秦可吧？他们什么情况？还有之前霍峻肯答应来伴奏的事情……难不成霍峻真的喜欢秦可？"

"当然不是！"秦嫣想都不想就开口否认，说完才自觉失态，连忙用强笑掩盖过去。

"小可是我的妹妹，他们之间如果真有情况，我怎么可能不知道呢？"

"也是。"部员应了一声就被人喊走了。

秦嫣仍站在原地，紧紧地盯着秦可的方向，直到那两人分开才转过身，准备往回走。

只是她刚走出两步，就迎面遇见了文艺部里另一个副部长——高昊。

高昊同时也是秦嫣班里的班草，两人从高一开始就互相关注对方。如果不是因为秦嫣还惦记着霍峻，那可能上学期两人的关系就更进一步了。

"你是来找我的？"

秦嫣见高昊隔着几米远的距离就将目光落到自己身上，心里那点因为之前的场景而生出的妒忌稍稍冲淡了些。

她冲高昊露出一个漂亮的笑容。

如果是以前，高昊早就被她迷得不知东西南北了。

然而今天，高昊却只扫了秦嫣一眼，就把目光转落到她身后，在找了一圈后才失望地重新落回目光。

"嗯，我是过来找你的。"

秦嫣脸上笑容微僵。

她直觉高昊的情绪不对劲，不等她主动验证，就听见高昊小心地问："我听部门里的人说，秦可是你妹妹？"

秦嫣僵住。

几秒后，她低垂了眼，声音仍旧温柔，说："嗯，怎么了，你找她有事？"

高昊没察觉秦嫣的情绪变化，呼吸都有一瞬的微微急促。

然后他又连忙按捺下来。

"她舞蹈跳得真的很棒，人也漂亮，我想跟她做个朋友。你能介绍我俩认识一下吗？"

秦嫣面容狰狞。竟然连高昊都对秦可有了心思。

"我们关系一般。"她冷冷地说，张口就想拒绝。只是话说到一半，她又突然想到了什么似的，表情微动。

想起自己之前看到的更衣室外那暧昧的一幕，秦嫣握了握指尖。

几秒后，她抬头，冲高昊露出一个明媚的笑容。

"不过我们怎么也是一年多的朋友了，我还是能尽量帮你一下。"

"真的？"

高昊没觉察秦可前后的态度转折，他只兴奋地一攥拳："那这件事就拜托你了，我等你的消息，秦嫣！"

"嗯，"秦嫣微笑，"放心吧，我一定帮你。"

看着高昊兴奋离开的背影，秦嫣慢慢收敛了笑容，眼神转为阴沉。

果然就像她之前担心的那样，秦可一进到QD高中部，就把她的风头全都抢过去了。

长得漂亮、会跳舞、学习好……这又有什么用？秦可跟个傻子似的在她家里住了那么多年，她才不信自己会玩不过秦可！

秦嫣低头，表情频频变换。她一边谋划着什么一边离开了。

之前整个白天都在忙排练，秦可还没来得及回班里的大宿舍。这会儿自己的节目结束，她便打算趁着这个空当提前回去。

秦可换下舞蹈服，从后台绕回宿舍，结果先见到了站在后台门旁的一个老师。

"老师好。"秦可习惯性地礼貌问候了句，准备绕开。

对方瞥见她，刚要点头，就突然顿住，说："你就是刚刚那个跳《坠光》的秦可吧？"

秦可停住脚，有些茫然地看向对方。

那老师回过神，笑起来，说："我是吴清越，这次节目的总负责老师。

《坠光》那支舞蹈就是我亲自选的。你让我很惊艳，我没想到你们这批新生里能有把这支舞蹈的完成度提到这种程度的学生。"

在吴清越的夸奖声里，秦可神游天外了。

她记得吴清越，甚至可以说印象十分深刻。

吴清越表面上只是QD的一位普通的行政老师，但事实上背景和来历都十分了得。

梦里，姐姐秦嫣在得知这件事后，就一直伪装善良讨好这位老师，最后也确实被她得逞了。无论是后来的自主招生指导还是再后来的推荐信，吴清越都给了秦嫣极大的帮助。

而如果秦可记得不错，那这个学期正是秦嫣讨得吴清越欢心的关键节点。

秦可的目光闪了下，回神。

她面前的吴清越也结束了对她的夸奖，面带笑容地说："你如果专攻舞蹈方面，以后会有很大成就。不过我知道你的情况，你的文化课成绩更好，我也不好影响你的选择。"

他一顿，欣慰地笑了。

"我还是你们这次军训的总负责人。之后军训里有什么问题，你可以随时来团部办公室找我。"

"我会好好考虑的，"秦可点头，"谢谢吴老师。"

吴清越笑着摆手："嗯，你回去吧。"

秦可应了声，转身出了后台。

踏入夜色前的最后一步，秦可停住转身，看了一眼主席台的方向，然后重新转回来。

她神色冷淡。

秦嫣，你最好别再主动招惹我。否则，别怪我把你想要谋取的一切，全都碾成粉末。

军训第一天，QD中学就给新生们来了一场下马威。

早上五点半，秦可在床上睁开眼。

大宿舍内一片悄然，只隐约听得到房间深处几个女生酣睡的呼吸声音。

秦可掀开被子，无声地下了床，从床头拿起学校统一分发的脸盆和洗漱用具，走向宿舍门。

门被拉开。

天尚未完全亮起，外面集合的几个教官站成一排，听见那细微的动静，齐刷刷地抬头看过来。

秦可心想：被几个教官同时拿眼睛看着的感觉绝不算好。

尴尬了几秒，秦可默默地走出来，关上了门，然后淡定地往这一排宿舍最边上的水池位置走。

走出去几米，她还听见了教官们的说话声。

"新生里竟然还有起这么早的？是不是老生偷偷给他们泄露情报了？"

"不可能。"

"对，就她一个起来的。"

而几十秒后，秦可就知道自己逃过了一场怎样的"劫难"。

只见站了一排的教官们突然原地解散，各自跑步到对应班级门外。几秒后，尖锐的哨声突然就在整片宿舍上空连成了一片。陆续折腾了两分钟，才有新生哀号着从大宿舍里"爬"了出来。

而在第一批"洗漱大军"赶到水池前蜂拥而上抢夺那数量少得可怜的水龙头时，秦可已经淡定地端着脸盆回到了宿舍里。

到集合时，还有人"军容不整"，狼狈地站在队列里。

秦可站在队首，被教官们一眼认了出来。

尤其是高一精英班的那位郝教官，更是指着秦可训斥其他人："怎么人家就能齐齐整整、五点半压着起床哨声洗漱完，你们就非得睡到太阳兜头。人与人之间的差距就这么大吗？"

感觉已经有女生不满的目光落了过来，秦可心里叹了一声。

迟疑几秒，她开口道："报告。"

女孩儿的声音让教官一愣。不只是因为这声音轻柔、干净却丝毫不拖泥带水，也更是作为第一次集合，教官们已经习惯了新生们无组织、无纪律地张口说话，这还是第一个不用他们教训，就知道喊报告的学生。

郝教官欣慰地笑了，还和隔壁两个班的教官得意地交流了一下目光。

"说。"

秦可微微挺胸："我不是早起，是认床，睡不好。"

郝教官愣住了。

精英班学生们回过神，纷纷大笑。连之前安静地听了全程的隔壁班学生都跟着笑了起来。

郝教官的脸拉了下来。

"笑什么笑？今天全天，所有学生集体三万米拉练。现在，集合整队，去食堂吃早餐！"

见郝教官没有迁怒自己，秦可心里松了口气。相较于得罪可能会相处三年的同班学生，她更倾向于在教官那儿冒险。

还好结果不算差。

然而十分钟后，秦可就知道自己还是想得太简单了。

食堂外。

给各班学生介绍完规则，郝教官的目光便落到秦可身上。

"每个班都需要一个班长负责这一个月里班级和教官之间的琐事交接——我知道你们新生还没来得及选，所以都是教官任命临时班长。"

"就刚刚那个认床的女生，我看你不错，以后高一精英班就由你来管。"

秦可："是，教官。"

郝教官微微一笑："出了问题，我找你。全体队友，立正。"

全校学生排成各班方阵，齐聚食堂门外的场面绝对称得上壮观。

教官严令在前，没人敢动，更没人说话。

这样安静的环境下，从旁边台阶上晃晃悠悠地走下来的三道身影便格外扎眼了。

迎着许多学生的注目，眯着眼走在前面的乔瑾打了个哈欠。

"峻哥，好像还没开饭，都在外面罚站呢。"

乔瑾的这句话并没有得到回应。

按照宿舍序号，秦可他们班排在最靠近台阶的一侧。

看见霍峻，郝教官头都大了。而三人此时已经走到了高一精英班旁边，眼见着就要绕道向前。

郝教官没办法，说："班长出列。待会儿你指挥队伍按列入内。"

"是。"

秦可话音刚落，在第一时间就感觉到了某束落在自己身上的视线。

而郝教官已经快步过去，将霍峻三人拦在精英班旁边说："现在是集合列队时间，你们三个不能这么大摇大摆地过去。"

乔瑾没心没肺地笑着说："郝教官，吃个早饭还得先罚站？这还有没有人权了？"

乔瑜帮腔："要不别罚站了，体能训练吧。郝教官，你前年跟峻哥的那一场比赛不是还剩几项吗？今早一起比了？"

这话一出，郝教官黑了脸。

旁边班里却有学生无声地笑起来。顾心晴就是其中之一。

见秦可不解地看她，顾心晴悄悄地凑过来，压低了声音跟秦可解释："可可，你没听说过？前年霍峻作为高一精英班新生来参加军训，太随性散漫，被当时的郝教官拎出来想'教训'一下。两人约定比试体能训练，我听说第一项就是俯卧撑——霍峻愣是把郝教官给比趴下了！"

秦可听得有点惊讶。

军队内最基本的就是体能训练，这些教官随便拿出来一个，在体能上应该也碾压几个成年人。

年年带精英班的郝教官更是其中的佼佼者。霍峻竟然体能比他还……

她下意识地抬头去看郝教官面前的男生，却正撞上了那人幽深的视线。

秦可心里一紧。随之她又稍稍放心了。这毕竟是集合列队时间，霍峻总不会在这种时候……

不等秦可这口气松完，她就听见那个熟悉的声音响了起来。

"班长？"霍峻慵懒地走上前，两步便停到秦可身边，他的手插着裤袋，上身往前一折，半垂着漆黑的眼，"升官了啊。"

精英班其他人神色各异。

郝教官都愣了下，皱眉问："你们认识？"

霍峻不说话，眼睛一眨不眨地望着秦可。

秦可也没开口。

最后还是乔瑾笑了声，说："当然认识，郝教官，你不知道，这是我们峻哥的小妹妹，峻哥可疼她了！"

霍峻身形一停。他回眸冷淡地扫了乔瑾一眼，薄唇微动，最终却没否认。

直到教官去向教官食堂，空地上稍有动静。

秦可这才微皱眉，看向霍峻。

"小妹妹？"

乔瑾连忙上前暖场："秦可学妹，昨天看你和峻哥在舞台上合作得那么亲密无间，就当义结金兰了！"

这次不用秦可说什么，霍峻冷眼瞥过去，长腿一伸就给了乔瑾一脚，说："金兰个头。"

听到乔瑾提到昨晚舞台上的配合，秦可终于想起自己一直没来得及问的问题。

她犹豫了一下，低声说："昨晚钢琴曲最后一段，"她看向霍峻，"你为什么突然停了？"

霍峻蓦地垂下头。那道梦里缠了他一夜的纤弱身影像是再一次映入眼帘。

灯光影绰，腰肢摇曳。明艳、妖娆，美得惊心动魄。

他想自己是从最后一个重音就失控了。甚至有那么一瞬间，他恍惚觉得自己已经暗自看她跳舞看了很多年。久到每一个动作、眼神都能轻易勾起他心底最深沉的欲望。

霍峻缓缓抬了头，眸里压着漆黑。

两秒后，他轻轻嗤笑了一声，说："我忘了。"

秦可没来得及多言，进食堂的序列临到他们班，她只能指挥班里学生，带头离开。

看着女孩儿消失在食堂门内的背影，霍峻轻轻眯起眼，一动不动地站着。

他身后的乔瑾和乔瑜对视了一眼。

乔瑾小心地试探："峻哥，你不会真的对秦可……"

霍峻视线扫落，说："对她怎么？"

乔瑾被那一眼刮得背后发凉，没敢说话。

霍峻转回身，眸子漆黑幽深。

半晌后，他嗤笑了句："你不是说了？这是三好学生、未来栋梁。"

霍峻舔了舔干涩的唇角，垂了漆黑的眼，说："不碰这种乖乖女，就算是我做人的最后底线。"

食堂内。

军训基地里精英班的学生依旧有特殊待遇。

按照之前教官给的序号，秦可很快就在整个食堂的东侧尽头找到了他们班的几张圆桌。

而相邻位子，已经站满了学生的几桌，显然就是高二和高三年级的精英班众人。

离着还有几米，领着全班走在前面的秦可脚步一顿。

秦可抬头望着的方向，秦嫣站在桌旁，笑吟吟地向秦可挥手："小可！"

不知道有意还是无意，秦嫣的声音恰好足以让精英班的学生们都听得到。

须臾之后，秦可就听见身后传来班里新生的低声议论声。

"秦可竟然和高二的秦嫣学姐认识？"

"她们什么关系？"

"不知道啊……"

秦可眼神一闪，抬眸，秦嫣已经面带笑容地走到秦可面前。迎着新生们打量的目光，秦嫣笑得很温柔。

"小可是我的妹妹，她性格内向，不太喜欢说话，以后跟你们一个班，希望你们能多照顾她一下，麻烦你们啦。"

"啊……应该的。"

"学姐别客气。"

听见男生们回应，秦嫣的笑容更明显了几分。

秦嫣转头看向秦可。

"小可，你……"

秦嫣话音刚起，两人身旁不远处又响起个男声。

"秦嫣？"

秦嫣笑容一滞，而开口的高昊已经从他们班里跑了过来。

高昊的目光一直落在秦可身上。

到此时停脚才有点不舍地离开，他看向秦嫣，一边给秦嫣使眼色，一边开口对秦可说："你就是秦嫣的妹妹吧？我听秦嫣提过你好几次了。"

他摸了摸后脑勺，似乎有点不好意思："我看了你昨天跳的单人舞蹈，真的非常惊艳。"

旁边的秦嫣终于调整好了有点不自在的神色。她露出笑容："小可，我给你介绍一下，这是我们班里的高昊，也是文艺部的副部长。"

高昊立刻顺势伸出手。

"你好，秦可，很高兴认识你。"

看着伸到面前的那只手，秦可微微垂着眼，不动声色。

高昊。

她当然知道。

梦里，秦嫣在高二年级开始交往密切的朋友，还是个试图对她动手动脚的人渣。

面前这场景，和梦里秦嫣第一次把来家里玩的高昊介绍给她时的场景差不多。

秦嫣，你又要"故技重施"了吗？只可惜这次的结果，我会让你很失望的。

秦可眼底划过一丝嘲弄的笑意。

但很快那情绪便淡去。她抬手，只礼节性地碰了一下高昊的手。不等对方像梦里一样猛地收紧，她已经直接抽回了手。

"你好。"

食堂门口。

霍峻停住脚步，面无表情地望着东侧尽头。

乔瑾在他身旁冒头："那不是高二那个高昊吗？我听说他在追秦嫣啊，这怎么又盯上秦可了？"

"高昊哄女孩儿的段数高得很。"

乔瑜也笑着补了一句。

乔瑾说："峻哥，这样下去，小心你明天就多个'小妹夫'。"

霍峻冷笑了一声，漆黑的眼里像是被撒上了一层薄霜："他敢。"

基地食堂里，三餐都是站着吃的。

秦可班里全是新生，彼此不熟悉，明明一张桌子有十二个人，却安静得像只有一两个人在吃饭。

顾心晴得算个例外。

"可可，"趁没人注意，顾心晴凑到秦可耳边，小声地说，"你抬头看看对面，霍峻一直在盯着你呢。"

秦可："我不看。"

顾心晴："你为什么不看？"

秦可："影响食欲。"

顾心晴："胡说。单论脸，霍峻长得也是秀色可餐了！"

秦可没解释，她抬起头。果然第一时间就落进一双漆黑的眼眸里。

对视两秒，秦可再次面无表情地低下头。

一只兔子被狼盯着，就算那狼长得再秀色可餐，兔子还能有食欲吗？

秦可在心里叹气。

"我吃完了，先去集合点。"

"可是可可，你还没吃几口饭呢。"

"我不吃了。"

秦可转身，刚要跨出第一步就突然顿住了动作。

她抬起眼，看向身前。

"秦可学妹，只吃这么一点不行，今天的'山野拉练'会非常辛苦的。"

站在秦可面前的人正是高昊，此时他正一脸真诚又温柔地看着秦可。他伸出手，把自己拿着的早餐牛奶递到秦可面前。

"收下这个吧，饿了的时候可以拿出来喝一点。"

感觉到三个年级的精英班的老生和新生们都已经开始往这里看，秦可有点头大。她不想和高昊在这儿纠缠，只得伸手接过。

"谢谢学长。"

"学妹客气了。"

高昊算是比较擅长察言观色的那种人，尤其在异性关系上更是会拿捏分寸。此时见秦可热情不高，他便点点头离开了。

等高昊一走，秦可没什么情绪地垂下眼，瞥向自己手里的早餐奶。

顾心晴凑过来表达她的羡慕之情。

"真好，竟然还有高昊学长给你送早餐奶。怎么样，他这款你喜欢吧？"

秦可没说话，只是眼神里掠过点嘲弄。

她对高昊这种人一丁点兴趣都没有。

只是不等秦可说什么，她面前突然出现一道颀长的身影。

霍峻双手插着裤袋，侧身站在她面前，转回来时眼里沉得漆黑。

两人对视几秒。

男生薄薄的唇角一弯，那双眸子里却没有半点笑意。

霍峻不说话，只抽出了左手，摊开了白皙、修长的手掌，垂眼看着她。

气氛诡异。

连旁边的顾心晴和其他偷看着这边的学生都不明所以，只大气不敢出地看着两人，猜测这是个什么状况。

秦可却再清楚不过。

她在心里叹气，身体已经自觉做出动作——细白的手将刚从高昊那里接过来的早餐奶，搁在了男生的手上。

霍峻轻轻眯着眼，蓦地收拢手掌。可惜女孩儿警觉，手逃得比兔子还快。

扑空了。

霍峻低眼看着手里的早餐奶，蓦地低笑了一声。

"他不是个好人。"霍峻抬眼看秦可，"你知道吗？"

秦可没答应，只轻声反问："那你是吗？"

霍峻眸里一沉。

只是秦可似乎也没有要等他答案的意思。她轻轻捏了捏发麻的指尖，冲霍峻微微一点头，便转身走掉了。

等秦可背影消失在食堂门外，乔瑾和乔瑜兄弟两人才一左一右地走过来。乔瑾最先停在霍峻身旁，看了一眼霍峻手里捏着的早餐奶。

"峻哥，"乔瑾抬头，表情复杂，"我从幼儿园毕业以后，就已经再也没抢过小女生的东西了。"

霍峻低头，看了两秒，冷笑了一声。

他手一扬。

砰的一声，那盒早餐奶被直接甩进了旁边的大垃圾桶里。砸到筒壁后，早餐奶滚了两圈才落到底。

周边几桌的学生噤若寒蝉。

而霍峻冷着一张俊脸，面无表情地插兜走了出去。

早上食堂的事情，搞得精英班的新生们心有余悸。

这效果一直延续了半个上午。

拉练途中，被临时委任班长的秦可在队伍前后巡游时，学生们总是对她露出一种"不知道什么时候她就会被霍峻弄死所以一定要离远点"的敬畏眼神。

对此，郝教官误会得很彻底，休息期间对秦可大有赞赏："你立威很快啊，看来我还真是选对人了。"

秦可不想说话。

精英班三个班仍是按照学校惯例，作为标兵带头走在其他队伍前。而高一精英班则在队伍的最前面。

秦可此时已经感受了半个上午来自身后的某束若有若无的视线，此时只想把自己缩到最小，让谁也看不见。

学生们的午餐是在山上吃的。

就地休息，路边阴凉处不多，在队伍正前方的三个精英班附近更是只有一颗中等体型的高树。

树下的那一片阴凉里，霍峻坐在一块嶙峋的山石上。

他旁边仍有空处，却没人敢坐。

连稍稍靠近的都没有，其他人显然宁可在这毒烈的阳光下面曝晒着，也不敢稍微靠近霍峻半分。

乔瑾和乔瑜倒是一个靠着树，一个索性半躺在了石头旁的地面上。

"峻哥，下次你就是打死我，我也不来这种地方了。"乔瑾靠着石头，军训帽子扣在脸上，声音从帽子下面传出来，"这哪是人过的日子，这是把我们当军犬用吧，啊？"

乔瑾有气无力地哼哼了半天，都没听见什么回应。他忍不住伸手摘了帽子，仰起脑袋看向石头上坐着的男生。

这一校学生里还是唯独霍峻敢撒野——其他人老老实实穿着军训迷彩服，他却还是那一身利落干净的白T恤和深色长裤，只是黑色的棒球帽被他摘了一半，帽檐半耷拉在细碎的发前。

藏在下面的俊脸上，那双漆黑的眼一瞬不瞬地望着某个方向。

乔瑾顺着霍峻的目光看过去。

即便是混在一堆完全同款也没造型的迷彩服里，女孩儿那张娇俏、白皙的瓜子脸依然十分出众。

她的脸蛋被阳光晒得有点红扑扑的，正和身旁的女生说着什么，扎起来的黑色马尾随着身影微微晃动着。

在这燥热的夏天里，更撩拨得人心烦意乱。

乔瑾收回目光，偷偷指了指霍峻，无声地给乔瑜做口形："这是认定了啊？"

靠在树上的乔瑜耸了耸肩，显然也是无可奈何的模样。

不等两人再做交流，霍峻突然站起了身，毫不犹豫地向着秦可的方向迈步。

乔瑾一愣，坐直身说："峻哥，你干吗去？找秦可啊？"

霍峻侧回身看他，须臾后轻轻眯起眼。

乔瑾笑了："峻哥，你早上刚说过不动乖乖女是你做人底线呢。"

霍峻沉默片刻，轻轻嗤笑了一声说："不是你说她是我妹妹？"他转回身，舔了下唇角，"我疼妹妹，不行吗？"

经过军训拉练这半个上午的折磨，秦可才突然意识到一个问题——除了梦里在艺术院校修习舞蹈的那三年以外，她的体力一直算不上好。

刚上高中的这个时间点，刚经历了一年的中考折磨，她的体力就更差了。

如果说其余学生还只是因为这长途跋涉和烈日曝晒而有些不适，那她此刻的身体反应应该更接近于……

秦可伸手试了试自己额头的温度。

然后她无声一叹。

轻度中暑。

方才一直咬着牙坚持跟在队伍前后时还没什么感觉，这会儿停下来休息，那根弦儿一松，反而是四肢无力，她感觉她随时都能倒下来。

此时大家都累得席地而坐，拿出各自准备的午餐。杂七杂八的味道一混，扑鼻而来。

秦可被熏得皱眉，下意识伸手按了按胃部，翻江倒海的恶心感在那里酝酿着。

"可可，你怎么不吃东西呢？"

坐在秦可身旁，顾心晴见秦可从坐下来后好像就没什么动作了，好奇地转过来看她。

这一看之后，顾心晴愣了下。

"你脸上怎么……尤其是脸颊，好像都红了？"

"应该是晒的。"秦可抬手，轻轻压了压通红的脸颊，"我皮肤比较……敏感。"

秦可一直都是身上一掐一个红印儿的肤质。经过了这一上午的曝晒，脸上的皮肤早就受不住，带出一种病态的嫣粉色。

再加上她体力差的原因，梦里不知道惹得霍重楼为此发过多少"疯"。

秦可晃了晃头，抿紧微微干涩的唇瓣。

看来真是晒昏头了，不然怎么会想起他来呢……

"那你这是晒伤了吧？"顾心晴反应过来，焦急地问，"我去找教官？"

"教官不是集合开会了？"秦可摇了摇头，"等他回来吧。"

"好。不过你声音听起来也有气无力的，是不是身体也不舒服？"

"没事，忍忍就……"

秦可的话没有说完，一道修长的人影自上而下，落到了她面前的地上。

那人影停住。

秦可抬头看过去。那人站在背光的位置，身后烈日金黄，晃得人眼睛都发花。

秦可本能地一抬手，遮在眼前。这才借着那点荫翳看清了来人。

黑色棒球帽，白皙俊脸。

霍峻。

第三章

聪明的话就乖一点,被我咬一口会死。

显然秦可不是第一个发现他走过来的,这一秒,那些对天气和拉练的埋怨声都被慢慢压到了听不见的地步。

就连旁边人咀嚼午饭的声音似乎都被压到了最轻。

而秦可现在实在没有体力也没有心情应付霍峻。所以她在和霍峻对视了两秒后,便轻声开口:"你有什么事吗?"

霍峻没说话。他目光在身影停住时便有些冷厉,此刻上上下下把女孩儿扫过一遍,眉便皱了下。

"你中暑了?"

秦可一噎。

她确实没想到霍峻能看出来,而且只用了两秒的时间。

于是根本没给她措辞的时间,霍峻已经一拎裤脚,皱着眉眼蹲下来。他伸手,修长的指节并拢着贴到女孩儿的额头上。

秦可怔住。

既是被他手上的温度凉了一下,也是被这突然的亲密弄蒙了。等她回过神再想躲时已然来不及了。

旁边顾心晴此时也顾不得怕霍峻,连忙急声问:"可可真的中暑了?"

霍峻漆黑的眸子中带着点戾气,轻轻扫了秦可一眼。

然后他就着下蹲的姿势,蓦地向前倾身,双手从女孩儿纤细的腿弯和纤瘦的肩后一抵。

霍峻直接将女孩儿打横抱了起来。

"怎么……"

"你快看！"

"看什么啊！别推……"

其他人目瞪口呆。

不知道谁手里端着的午餐盒没拿住，汤被旁边另一个惊着的学生不慎撞了一下，热汤洒了半身。

惊叫声做背景音，逐渐漫开的混乱里，霍峻神色阴沉地把人抱着，穿过就地休息的三个精英班，一直走到了树荫下面。

连刚开始只想看热闹的乔瑾和乔瑜都被这阵仗惊得不轻，手忙脚乱地爬起来或者站开到一边。

秦可也要疯了。

霍峻刚刚没给她丝毫准备的时间，等她全然回过神的时候，她已经被这人抱到树荫里的山石上坐着了。

"霍峻，你……"在那些因震惊而纷纷投来的目光里，秦可恼得声音都微微发颤，又惊又怒地推开他伸过来的手，"你是不是有病？"

她压低了声音骂他。绯红的脸颊上更添了三分娇色。她连这种时候还会顾念着给他留面子，刻意把声音压了下去。

霍峻低头盯了她几秒，蓦地哑声笑起来。

"对，我就是有病。"

他眼里像墨一样的颜色在里面翻搅不息，像要把她刻进眼底那样用力地注视着她。

霍峻抬手摘掉自己的棒球帽，往女孩儿头顶一扣。

他嘴角一咧，冷淡地笑了。

"狂犬病。"

秦可无语了。

"聪明的话就乖一点，被我咬一口会死。"

他向前低了低身，声音被炽烈的阳光晒得久了，慵懒沙哑。

"也可能会被吃得一点骨头都不剩。"说完，他竟然还低低地笑了声。

秦可心想：狂犬病做错什么了要被你这样抹黑？

秦可怀疑自己有种"磁铁"的体质。不然为什么无论是梦里还是现实中，这些疯子总是前赴后继地往她身上扑？

这几秒"亲密交流"的工夫，树荫内外的学生终于回过神。离着最近的还是高三精英班的。

同班两年多，他们什么时候见过霍峻这样把一个女孩儿捧在手心里的？

此时一个个都兴奋起来，有人自然忍不住了。

"峻哥，这是今年新入学的小学妹吧？难不成是'小嫂子'"？

"那我们以后见了面，是不是得喊'小嫂子'啊？"

"可别胡说。"乔瑜最善察言观色，一见山石上秦可冷了脸，生怕她说了什么真惹恼霍峻，便连忙插话，"这是峻哥的妹妹。"

"啊？"

其他人目光一扫。有实诚的挠挠头，有些疑惑地说："这长得还真不像啊。"

乔瑾嗤笑了声："你长脑子了吗？谁跟你说是亲的，是峻哥的干妹妹。"

几个男生沉默了。

过了两秒，有人不怀好意地笑出声："原来是干妹妹啊？"

坐在石头上的秦可的脸色几乎是唰的一下就白了。

梦里因为霍重楼和秦嫣那场虚名无实的婚礼，秦可就是霍重楼名义上的妹妹，也曾经不知道几次听见过这样带有明显的侮辱性的称呼。

这是秦可最不能容忍的事情。

"也就是峻哥，干妹妹也能找到这么漂亮的。"

"羡慕不来。"

在那刺耳的笑声里，秦可气恼地站起身。

几乎同时，她见身前的霍峻过去就给了那人当胸一脚，耳边是冰冷的声调："你再说一次？"

秦可那口气一松，中暑的症状立刻来了。她眼前一黑。绵软无力的身体再也撑不住，在一片惊慌声里倒了下去。

意识消散前，她只记得自己落进一个滚烫的怀里。

秦可是在军训基地的医务室里醒来的。

她一睁开眼，旁边的人就有所察觉，蓦地转过身来看向她："可可，你终于醒啦！"

看清顾心晴的模样，在这恍惚的几秒里，秦可只觉得自己心里好像掠过一丝遗憾。

就好像……她期待这一秒看到的是另一个人一样。

秦可没敢往下想。

她露出一个很淡的笑，脸色苍白得惹人垂怜，说："我是昏过去了？"

顾心晴："基地的医生说，你是中暑晕过去了，还好只是轻度的，所以在这里躺一会儿降降温，之后别再曝晒就会好了。"

秦可点头。

跟着她才想起来，说："我是在基地？"

"不然呢？"

"昏过去前，我们不是在拉练的半路上？"

那还是山路，折磨得秦可不轻。

她皱了皱眉，说："那我是怎么下来的？"

一提起这个，顾心晴眼睛都亮了。

"你是真没印象了啊？霍峻把你背下山的啊！可可，你以后说你和霍峻不熟，我是再也不信了！你没看见你昏过去的时候，霍峻那表情阴沉得跟要打人似的。"

顾心晴似乎想起什么来，夸张地哆嗦了一下，摇头。

"他背着你一路跑回来的。以前他们说霍峻体力多好多好我还不信，这次我可真是信了！"

想起那崎岖又漫长的山路，秦可不由得有些担心："那他没事吧？"

"别的没什么事。"顾心晴挠了挠额角，"但是好像一开始有教官拦着想接手，结果还被背着你的霍峻拿腿撂倒了。"

顾心晴尴尬地冲秦可笑。

"所以他在医务室待了没一会儿，听说你没事以后，就被一个教官叫走了。"

顾心晴摆了摆手，说："不过你也不用担心他，这基地里要是有人真能制得住霍峻，他高一那会儿也就不会闹得基地里鸡犬不宁了。"

秦可松了口气。

学校里传闻霍峻很有背景，确实是轻易降不住的。她想了想，便也不那么担心了。

两人又闲聊了几句后，医务室的门突然被人推开。

"小可，你没事吧？"焦急的女声响起，秦可抬头，就见满眼噙着泪的秦嫣跑到了床边，激动地抓起她的手，"你可吓死我了！"

情真意切到这种程度？秦可心情微妙地一顿。几秒后，秦可若有所感，抬了下视线，目光越过秦嫣的肩头。

门外，被秦嫣视作巴结对象的吴清越老师正推门走进来。

果然。

秦嫣是不会放弃任何能在吴清越面前树立形象的机会的。

秦可在心里轻笑了一声。下一秒，她想到了什么似的，眼神微闪。

当着吴清越和顾心晴的面，秦嫣情真意切地关心了秦可两分钟，表情真挚得像来探望得了绝症的妹妹。

秦可心里毫无波澜，但面上依旧乖巧安静。所幸她以前就是这样不爱说话的性格，所以秦嫣入戏很深，也没发现不对的地方。

直到吴清越都有点看不下去了。

"秦嫣，少说几句，让你妹妹好好休息吧。"

背对着吴清越，秦嫣的眼神一顿。她有些嫉妒地看了一眼面前的秦可。

那些只知道看脸的男生也就算了，可在秦可那晚跳完那支舞蹈之后，连吴清越对秦可的好感度都上升了，几次在秦嫣面前问起秦可将来的打算。

这次要不是吴清越主动提出要来看望秦可，秦嫣才不会到医务室这种味道难闻的地方来呢。

心里咒骂了几句，秦嫣面上却只温柔地笑，伸手擦掉眼角的泪痕。

"我是太担心了，都没注意到自己说了这么多，小可，你不会嫌姐姐唠叨吧？"

秦可摇头，说："不会。"

吴清越插话，说："秦可，我听医务室的医生说了，你身体的免疫力和抵抗力都有点差，还属于很容易被紫外线晒伤的敏感肌肤。怎么不提前跟老师说呢？"

秦可满怀歉意地抬头，说："抱歉，吴老师，给您添麻烦了。我只是不想搞特殊化，以为自己能坚持走完全程……确实没想到会这么不争气。"

吴清越眼里露出赞赏。

"你们这些倔孩子啊，就是好强。好强是好事，但身体条件许多是先天决定的，逞强就不好了。"

吴清越沉吟片刻。

他之前一直没下的决定，在听到秦可方才那番话后，终于敲定下来。

"这样，"吴清越转向秦嫣，"秦嫣，你们文艺部不是每年军训月都要有一组人负责每天重画板报吗？"

一听这话，秦嫣心里咯噔一下，表情都差点没维护住。

"这个，确实是有板报组……"

板报组是QD中学军训月里最特殊的一组学生组别。因为板报每天都要更换，工作量很大，所以组内学生除了画板报，理论上根本没有时间参加军训。

尽管板报颜料多少有点伤手，但能够找到这样完全合乎校方规定的方式避开让他们晒成煤球的军训项目，学生们自然是打破脑袋地想往里面挤。

板报组有限的那几个名额，也一直被文艺部历届的成员戏称为"兵家必争之地"。

秦嫣都是今年升上文艺部副部长之后才稳定地拿了一个名额，她当然不甘心让秦可这么轻易地享受跟她一样的殊荣。

"不过，吴老师，今年的板报组名单好像已经被我们部长交到板报组的负责老师那里去了。"秦嫣斟酌着用词，怕吴清越听出自己的私心。

没想到吴清越却毫不在意地摆了摆手说："没事，你不用担心，我不会让你去得罪人的。我直接找你们板报组负责老师就是了。"

秦嫣一噎，慌忙补救："我不是怕得罪人……"

但吴清越的眼睛已经转向病床上的秦可。

"秦可，等你今天休息好，就直接跟秦嫣去板报组吧，之后的军训你不需要参加了。"

秦可着实没想到吴清越会这样帮自己，在梦里从秦嫣嘴里听到而拼凑起的印象里，吴清越是个鲜少会动用特权的人，更别说是为了一个才见过两面的自己。

秦可对于之前突然冒出来、一闪而过的那个想法，慢慢有了点信心。但她面上只苦笑着道："吴老师，这样会不会太好？"

"有什么不好的？"吴清越极为难得地开了个玩笑。

"你可是精英班学习最拔尖的苗子，又在舞蹈上有天赋。你已经十全九美了，为你那一点点小瑕疵做个掩护，这很过分吗？"

话说到这儿，秦可自然不能再多言，她只笑着点头。

"谢谢吴老师了。"

吴清越说："没事。那你好好休息，有什么事情就去找我。办公室的位置我跟你说过了。秦嫣，照顾好你妹妹。"

"好的，吴老师，您放心。"

看着吴清越离开的背影，秦嫣嫉妒得牙齿都快咬碎了。等医务室的门关上，秦嫣背对着房间调整好表情，才笑容温柔地转回身去。

"小可，我去给你安排板报组的事情，你有什么事情的话再让人找我，好吗？"

秦可点头，眼角微微弯着。

"嗯，好。"

秦嫣一走，房间里的顾心晴长松了口气。然后她表情古怪地看向秦可。

"可可，为什么你们姐妹俩相处起来的氛围，给我感觉就那么……奇怪呢？"

见过秦嫣受挫抓狂却只能强忍的模样，病床上的秦可心情正好。闻言，她轻轻歪了下头，笑意柔软，还难得多了点俏皮。

"怎么奇怪了？"

顾心晴道："你别这样看我。"

秦可无奈，觉得好气又好笑："你那脑瓜里一天到晚都装的什么？"

顾心晴也笑开了。

"不过说真的，可可，你和秦嫣之间……怎么说呢，可能就是太太太客气了，尤其是秦嫣对你，被她说得，我都起鸡皮疙瘩了。"

秦可一愣，随即颇有深意地盯着顾心晴。

顾心晴被她看得发毛："干……干吗这样看我？"

"没什么。"秦可莞尔一笑，"只是突然发现，原来你也不是我想象中那么天真。"

顾心晴愣了几秒，回过神。

"你和秦嫣是真的——"一到尾声，她又连忙压低了音量，"是真的不和啊？"

"嗯。"秦可眼前晃过梦里的种种，眼底忍不住掠过恨意，但很快她就压了下去，转而冲顾心晴淡淡地笑着说，"这件事我只跟你提过，你自己知道就好，不要跟外人说了。"

"放心吧，可可，我一定会保护好你的！"

顾心晴一攥拳，一副肩负重担的模样，惹得秦可再次忍不住笑了。

临近晚上，秦嫣才又出现在医务室里。

"小可，我已经给你安排好板报组的事情了。你放心吧，大家不会排斥你的。"

"谢谢姐姐。"

"没事，这是我应该做的。"

听秦嫣把功劳往自己身上揽的时候，秦可心里就忍不住想笑。

另一方面她却也寒心，毕竟梦里那个天真无知的自己，就是这样一点一点被秦嫣骗进绝路里的。

秦嫣坐到了秦可的病床边，像是突然想起了什么。

"对了，因为你对板报不熟悉，组里需要找个学长指导你一下，你又跟其他人不熟，所以我特意请高昊来带你，吴老师那边也同意了——"

秦嫣抬头，冲秦可温柔地笑："你没问题吧？"

又是高昊。某些人还真是贼心不死。既然如此，那不管结果如何，都是他们自找的。

秦可眼神一冷，但她很快遮掩过去，轻声道："当然。"

秦嫣表情松懈下来，笑容都更明显了几分。

"那就好。我刚刚已经跟他说了，他应该很快就会过来……"

话声未落，医务室的门被叩响，随即有人推门而入。

秦嫣听见声音，站起来转回身，说："你这么快就……峻哥？"

门外从夜色里踏进来的少年步伐一停。黑色的棒球帽被轻轻抬了下，露出他俊美白皙的面庞和一双凌厉的眼。

他的目光在秦嫣那里冷淡地扫过，便落到她身后病床上的女孩儿身上。

像是有一点火星在黑眸中擦过。

看着床榻上乖乖巧巧地缩着手脚安静坐着的女孩儿，霍峻眼底蓦地跳跃起黑色的火焰。

他舔了舔牙齿，喉结轻轻滚了下，迈开长腿走过去。

秦嫣终于回过神，脸色不太好，但还是强笑着，道："峻哥，你怎么来了？"

霍峻眼皮都不带抬一下的，只沉沉地盯着病床上的人，手里拎来的小果篮被他搁在床头。

"我背回来的人，不能看？"

话音刚落，他还冲秦可轻轻咧了下嘴角，眼底笑意很深，又带着点戾气。

秦可叹气，道："谢谢。"

霍峻："怎么谢？"

秦可脸微绷，没什么情绪的杏眼轻轻睨着他："你想怎么谢？"

像被女孩儿这一个细微的小表情挠到了心尖上，霍峻哑然失笑。

霍峻说："那我得好好想想。"

他话声刚落，医务室里又响起了敲门声。

这次进来的确实是高昊了。一看清房间里的三人，高昊愣了愣，在霍峻那极有压迫力的视线下，他硬着头皮开口："我是按吴老师的要求，来带秦可去板报组先报个到的。"

秦可刚被霍峻那眼神瞧得想钻被窝，闻言立刻答应道："麻烦学长了，我这就走。"

说完，没给霍峻再开口的机会，女孩儿下了床榻。

在霍峻阻拦之前，医务室的门已经再次被关上了。

霍峻面无表情，轻轻眯起眼。

此时，秦嫣眼底终于掠过一丝快意。她故意叹了口气："小可好像喜欢高昊吧？我还没见过她对哪个男生这样殷切的。"

霍峻眸色一沉。

几秒后，没有像秦嫣想象中那样反应，少年反而低笑了声。

霍峻侧过身，看向秦嫣，冷笑了一声。

"你什么意思？"

秦嫣被那目光刺得挂不住表情。几秒后，她做出一副委屈的神色。

"峻哥，你别迁怒我。我其实也跟小可提过你对她很好，但是小可一直都没有在意……"

霍峻蓦地轻轻嗤笑了一声，打断她，说："你喜欢我？"

秦嫣一呆。显然她完全没想到男生会突然拆穿她。

"挑拨没用。"

霍峻眼里漆黑，笑声里带着一丝戾气。

"我乐意给她做备胎，够了吗？"

少年说完之后，便头也不回地离开了，秦嫣气得浑身都在发抖。

她抬起手，用力地咬了咬指甲尖，脸色时而铁青时而苍白。一双眼睛里的情绪更是沉浮不定，视线在屋里无意识地乱转。

不知道过了多久，秦嫣才慢慢平静下来。

而此时她的脸上已经没有了别的情绪，与平常在同学们和老师们面前伪装出来的温柔无害截然相反，此时秦嫣的眼底分明闪烁着让人不寒而栗的阴冷光芒。

她走到旁边的凳子前坐下，然后拿出手机，拨了一通电话出去。

响了几十秒，对面才接通。

"你有什么事，非得这时候打电话过来？"对面压低了声音，是高昊。

秦嫣眼神发冷，但语气中却听不出太多的情绪来，她只是短促地笑了声，有些尖锐刺耳。

"高昊，你是想跟我玩过河拆桥？不过秦可你还没追到手呢，现在就跟我断交情是不是不太划得来？"

一听秦嫣话里明显带了生气的意思，高昊便有些怕了。他和身旁的人温柔地解释了几句，才拿着手机绕到旁边

"我的姑奶奶，是我错了行不行，你到底有什么事情？"

秦嫣眼神一闪。

"秦可那边，你找个借口把她甩了，然后来医务室一趟吧。"

"别啊。"对面高昊有些急了，"这是好不容易才找到的我和她独处的机会，怎么能扔掉？"

秦嫣声音一冷。

"你是想就跟她独处这一次，还是真想和她的关系更进一步啊？"

"我当然……"

"想和她关系更进一步，你就听我的！"秦嫣眼神闪了闪，语气稍稍放缓，"我有个办法，你来我再告诉你。"

沉吟许久，高昊咬了咬牙。

"行。我这就过去。"

秦嫣冷笑着收起了手机。

从小到大，无论长相还是学习成绩，秦可总是比她好，她们站在一起时，所有人的目光总是看着秦可。秦可对她来说就像是个阻碍一样，一直一直地缠着她！

凭什么秦可什么都比自己强！甚至就连霍峻……

秦嫣气得狠狠地踹开了旁边的凳子。

就连那么不可一世的霍峻，她苦求而不得的少年，竟然都能说出乐意给秦可做备胎的话！

既然这样，那索性她就把秦可毁掉好了。

秦嫣脸色狰狞地想。

"有人在吗？"

医务室的门突然被人敲响，门外是个有点熟悉的女声。

秦嫣心里本能一惊，连忙收起神情，开口道："进。"

顾心晴推门进来迎面撞见秦嫣，似乎愣了下，然后才反应过来。

"秦嫣学姐好。"

秦嫣记得她，是秦可班里的学妹，之前还一直陪在秦可的身旁。这样想着，秦嫣露出一个微微僵硬的笑，道："学妹是来找小可的？她今晚有事，去板报组那边了。"

"哦，不是不是。"顾心晴连忙摆手，"是我把外套落在医务室了，晚上太冷，所以过来取一下。"

顾心晴指了指空床上的长外套，小心地问秦嫣："学姐，那我进去拿一下？"

"我帮你吧。"秦嫣伸手拎起外套，转身把它递给顾心晴。

"谢谢学姐。"在秦嫣转回来的前一秒，顾心晴飞快地从倒在地上的凳子上收回目光，她笑着挥挥手，"那我回宿舍了，学姐再见！"

秦嫣说："嗯，再见。"

顾心晴转回身，表情中充满了疑惑。出门之后，她不由得放慢了脚步……

秦嫣徘徊不定地在医务室里又绕了十几分钟，才终于等到姗姗来迟的高昊。

高昊一进门，秦嫣就连忙转过身。

"你怎么才来？"

"我总得等你的电话打完之后再过一会儿，才好找个理由离开吧？不然秦可会怀疑的。"高昊说。

秦嫣冷然一笑，道："她如果真有那么聪明就好了。"

高昊懒得和秦嫣辩驳，道："好了，我现在人也过来了。你之前在电话里说的，能帮我的方法，可以告诉我了吧？"

秦嫣目光微微动了一下。

"你知道霍峻也喜欢秦可吗？"

高昊脸色一变，道："不是……他们不是说，霍峻只是认了秦可当干妹妹吗？"

"霍峻那个性格，你觉得他如果不喜欢秦可，还会有带妹妹的耐心？"瞥见高昊阴沉不定的神色，秦嫣故作不屑地冷哼，"怎么，一提霍峻的名字，你就放弃了？"

"开什么玩笑？"高昊脸色一沉，"霍峻除了家里有几个钱、长得帅点，还有什么地方能比得过我？他就跟个疯子一样，目中无人还桀骜不驯，我就不信秦可那样的乖乖女会喜欢他那么一个人！"

秦嫣嘴角一撇，没把心里的不屑表达出来，只晃了晃眼神便信口开河："目前来看，我也觉得秦可更喜欢你一点。"

"真的？"高昊眼睛一亮，看向秦嫣。

秦嫣："你不是看到了吗？今天晚上，霍峻先到，你一来，秦可就跟着你离开了，这还不是最好的证明？"

秦嫣冷笑。

"而且有一点你说得对，她就是个天真无知的乖乖女而已，好骗得很，估计巴不得离霍峻远远的呢。"

高昊兴奋起来，道："那你说的那个方法是什么？"

"你别急，慢慢听我说。"秦嫣坐到旁边，"虽然说秦可现在对你有点好感了，但是这还远远不够。"

"我可以等！"

秦嫣眼神一冷，她可等不了。

但秦嫣面上只是笑了笑："你等得起，霍峻不一定愿等，迟则生变，你不会没听说过吧？"

高昊眼神连转，说："那你是什么意思？"

秦嫣："我的意思很简单。你和秦可既然互有好感，那其实只是缺一个催化剂而已。"

"催化剂？"

"嗯，一个机会。我可以帮你们主动创造机会。"秦嫣笑得温柔，眼睛里却冷得很，"比如，让你和秦可在一个密闭的房间里，只有你们两个人待一晚上？"

高昊一愣。

他呼吸略微急促了下，只是很快就回过神，摇了摇头。

"你疯了？这可是在军训基地！"

秦嫣冷笑。

"你是不是想多了。我只是说让你俩待在一个房间里，没说要你做什么。你怕成那样干什么？"

高昊皱眉，道："你到底什么意思？别卖关子了。"

秦嫣："很简单。明天晚上，你提前找人发短信通知板报组开会，然后我会去借走秦可的手机，到时候再由你改口有事，发短信通知取消。"

高昊思索两秒，若有所悟。

"这样，就只有秦可一个人不知道会议取消了，会去板报组的工具室？"

说完他又皱眉，道："可那有什么用？看见别人不在，她肯定会离开的啊。"

秦嫣："如果刚好有人在这个时候，'一不小心'把你们锁在里面了呢？"

"你是说……"高昊眼神一动。

秦嫣笑着耸了耸肩，道："那这件事就谁也怪不了了。板报组工具室离宿舍区那么远，到了晚上没什么人经过。她的手机不在，你的手机又'刚好'忘拿了。"

秦嫣抱起手臂。

"那你们自然只能在里面待一晚上，等明天大家来开门了不是吗？"

高昊表情不定，没说话。

秦嫣又补了一句："不过这一晚上，要怎么发展巩固感情，就只能看你的了。"

高昊："这样会不会……不太好？"

"有什么不好的？"秦嫣给他吃定心丸，"你俩本来就互有好感，只是给你们加一道催化剂而已。再退一万步说，谁也没逼你一定不能当个绅士学长，你陪她在里面聊天、聊地、聊星星，那也没人会管你是不是？"

高昊眼睛一亮。如果秦嫣所说，这主动权全然把握在他自己手里，他进退得宜，无论怎么做都可以。

秦嫣见高昊迟疑不决，装作起身。

"这件事对我又没什么好处，你要是不想，那就当我没提。"

说着，她就往门口走去。

高昊连忙喊住她："我没说不答应啊。"

背对着高昊，秦嫣嘴角一弯，眼神有些狰狞："那你答应了？"

高昊："你确定以后你不会把这件事告诉秦可？"

"当然不会，这对我有什么好处？"

"行。"高昊终于忍不住，眼底露出兴奋，"这件事如果成了，那我一定好好谢谢你。"

秦嫣回眸温柔一笑。

"你说的，可别反悔啊。"

话音落下，秦嫣转了回去，面上的笑容瞬间退去。她眼神冷厉地望着门，攥紧了手。

不管高昊和秦可会不会发生什么事，只要后天早上，让文艺部板报组的大家一起看到他俩从待了一晚上的工具室里走出来……

到那时候，只要她稍稍在校内宣传，流言也足够毁了秦可！

秦嫣眼底露出带着仇恨和快意的笑。

秦可，这就是你抢我东西的下场。我就不信，到了那时候，霍峻还会喜欢你！

医务室内。

炽白的灯光下，两个人各自怀着阴暗的心思，笑容狰狞。

只是他们都没有注意到的是，医务室门外，一道藏在角落里许久的身影，终于忍不住动了动，悄无声息地退后，然后迅速地离去。

两分钟后。

顾心晴终于跑到学生多了些的基地明处，她的心脏几乎都要从嗓子眼里蹦出来了。

她脸色苍白，却顾不得说什么，从紧紧抱在怀里的外套的口袋中拿出手机。

顾心晴擦了擦掌心里的汗，咽了口唾沫，快速地翻出一个电话号码拨了出去。

"快接电话，快接电话，可可……"顾心晴紧张得无意识地念叨着。

没几秒后，通话蓦地通了，秦可的声音响起来。

"心晴？"

"小可！你现在在哪儿？"顾心晴紧紧攥着手机，慌忙地问。

秦可在电话对面一怔，道："我在板报组工具室，你是有什么事吗？"

顾心晴："我这就过去找你！急事！你一定要在那儿等我啊！"说完，顾心晴挂断电话，深吸一口气就往工具室跑去。

刚才在高昊接起电话时，秦可已经隐约听出电话对面秦嫣的声音了。

她便装作没有听出。

高昊很快结束通话，脸色阴晴不定地走回来，再和她交谈时也心不在焉的，远远没有之前那么热切。

"秦学妹，我突然想起我放在宿舍外面晒着的外套还没收起来。"忍了几分钟，高昊终于开口。他小心地观察着秦可的神情。

"我也带你熟悉过这些工具和基本的使用方法了，你先自己看一下这些之前的板报设计图怎么样？"

秦可闻言抬起头，眼角微微弯着，淡淡一笑。

"可以，今晚麻烦学长了。"

"没事没事！"高昊连忙摆手，笑着回答，"应该的，应该的。"

"那我就先走了？"

"嗯。"秦可淡淡地应了声。

"明天见，秦学妹。"说完，高昊就拎起背包，快步离开了。

看着高昊匆匆忙忙地走出门，秦可轻轻皱了下眉。

秦嫣一通电话能让高昊这么焦急地离开，再加上高昊打完电话之后，明显眼神闪烁，不太愿意和自己有视线交流……

秦可总觉得那通电话和自己有关。看来最近几天，要多小心这两人有什么算计了。

秦可眼神微微沉了下来。

她正心不在焉地翻着面前的设计板报图，就突然听见工具室的门再次被推开。

高昊刚刚跟她说过，组里晚上没安排，所以这个点不会有其他人，只可能是高昊去而复返了。

这样想着，秦可起身，说："学长，你怎么又——"

说话声戛然而止。

顿了两秒，秦可略感意外地看着来人："霍峻？"

霍峻面无表情地站在门旁，那张白皙俊美的面孔被工具室内的长灯勾勒出更加立体漂亮的轮廓。身影也衬得格外挺拔修长。

秦可一边在心里感慨这人生得一副叫人惊叹的好皮囊，可惜配了个疯子似的里子，一边轻声："你怎么来这儿了？"

霍峻盯了站在光下的女孩儿几秒，然后蓦地低下头，同时哑声笑起来。

"你刚刚是喊谁'学长'？"

秦可安静几秒，眨了下眼，没来由地一阵心虚，而与之同来的是她如果说出答案会发生不好的事的预感。

但如果沉默……

秦可抬眸，正对上一双漆黑的眼。里面墨云密布，像是藏了暗雷，一副山雨欲来的架势。

说也是"死"，不说也是"死"。这不是选择题，这是送命题。

而霍峻显然在这方面缺乏耐性。

不等秦可想好该怎么开口，他已经十分不爽地轻轻"啧"了声，迈开长腿大步走进来。

一直站到秦可面前，少年停住，他俯身，眼里黑得深邃。

"你刚刚喊的是不是高昊，嗯？"

秦可慢吞吞地往后挪了一小步，道："是。"

即便早有答案，但霍峻还是眉眼一寒。须臾后，他气极反笑。声音被压得低沉而富有磁性。

"你喜欢他？"

秦可默然几秒，犹豫地轻声反问："如果我说'喜欢'，那你会感觉自己受了侮辱，转身离开吗？"

霍峻轻轻眯起眼。

和女孩儿澄澈干净的眸子对视片刻，他又往前踏出半步，将两人之间的距离重新拉到最近，说："我确实会觉得自己受了侮辱。"

秦可眼睛微微亮起，道："然后？"

霍峻垂眼，冷笑了一声。

"然后？我踹了几个教官才辛辛苦苦背下山来的人，一转头就跟着别人跑了，会有什么样的'然后'，不如你来猜。"

话音刚落，霍峻冲秦可弯了唇角。这一笑未入眼，冷得叫人骨头缝里都阴森森地冒凉气。

秦可觉得自己应该不太想猜，但她得纠正一点。

"我跟高昊学长来板报组熟悉板报工具和过往的设计图，是吴清越老师的要求。"

一听到"高昊"这个名字，霍峻神色再次冷了下来。一丝戾气染上少年清俊的眉眼。

"高昊学长？"

霍峻冷笑了一声。

他蓦地向下一压，凭着身高优势，随心所欲地压缩两人之间原本就没剩下多少的距离。

"你就那么喜欢喊人'学长'，在我这儿不行，还要换下一个？"

"你记不记得我跟你说过，如果再让我听见你喊'学长'，我会怎么做？"

秦可："你那时候说的是不能对你喊。"

霍峻眉眼一沉，说："别人更不行！"

秦可终于被他这态度微微激恼了，道："我怎么称呼别人，这应该和你没什么关系吧，霍峻？"

只是话一出口，秦可就后悔了。

梦里积攒了太多的经验告诉她，对付像霍峻和霍重楼这样的疯子，激怒他们绝对会很惨。

而如她所料，霍峻闻言便彻底冷了眼神。

"看来你是真的喜欢他。能急匆匆地跟着他离开，还在他走了以后惦念……"

男生的声音一点点沉下去，连同那双漆黑的眼。

复杂的情绪在霍峻眼底酝酿到某个极点，理智便在顷刻间被吞噬，他向前俯身，只差一点那薄唇便要吻到女孩儿的唇瓣上。

早在几秒前秦可心里便蓦地一惊。

她慌忙往后退了一步，幅度有些大而使腿根撞到了身后的矮桌上，自己也半倚半坐了上去。

但终于避开了那一吻。

霍峻眉眼紧紧地皱着。

"你躲什么？"

秦可扶住桌边，想跳下桌却被面前这人逼得无路可去。

她只能看着霍峻。

"你先让我下去。"

霍峻眉眼一垂，视线扫落。见女孩儿半坐在桌沿的动作，他眸里一深。干脆直接上前一步，彻底将女孩儿抵在退无可退的位置。

然后他撑着女孩儿身侧的桌角，微微俯身，声音沙哑，带着点戾气地笑了一声。

"我最喜欢这个姿势。"

她怎么就招惹上这么一个变态了？

僵持良久，还是秦可先服了软。

"怎么样你才肯让我下去？"

霍峻眉眼微寒。

"我再问你最后一遍，你喜欢高昊？"

"不喜欢。"秦可毫不犹豫。

霍峻眼底的厉色一停，倏忽间便消散。

这倒是让秦可有些意外了。只是不等她再细思，就听霍峻又开口："你想下去？"

"嗯。"秦可犹豫了一下，诚实点头。

霍峻嘴角轻轻扯了一下，道："记不记得在医务室，你说过要谢我？"

霍峻："刚刚我想到了。"

霍峻："不需要你做别的，只要一件事。"

秦可怔然地望向霍峻，显然有点不相信对方会这么轻易地放过自己。

霍峻垂眼望着她。

"喊我一声哥。"

秦可本能地一愣。几秒之后，她脸色微微发白。

这句话让她想起了一个人——梦里的霍重楼。

只凭着他和秦嫣连结婚证都没有的那场虚名无实的婚礼，她被秦家父母逼迫着喊过他一声"哥"。而在那场荒唐替婚之后的无数个长夜里，他最喜欢的便是逼迫着她那样称呼他。

也同样是这样迷恋而偏执地望着她的眼神，压下去很久的那个念头再次浮起来。

秦可有些不寒而栗。

"不……"秦可低下头，轻轻咬住唇瓣，也止住眼底的栗然，"不行。"

霍峻沉眸。

正在气氛最紧绷的时候，秦可身上的手机突然响了起来。

划破了静寂的铃声对秦可来说无异一场及时雨，她连忙伸手摸出口袋里的手机，看清来电显示后便迫不及待地接了起来。

"心晴？"

等通话被顾心晴那边匆忙结束，秦可看向霍峻。

"我朋友要过来这边。"

霍峻轻轻嗤笑一声。漆黑的眼里带着点恶劣的笑意。他更得寸进尺地向前倾身，说："你觉得我会在意？"

秦可轻轻吸了口气，抬眸，竭力镇定地望着他。

"我在意，霍峻。如果你尊重我，那请你先让开，让我下去。"

对视上女孩儿琥珀色的眸子，霍峻瞳孔蓦地一缩。安静几秒后，他哑声笑起来，道："你是不是真觉得你吃定了我，秦可？"

秦可没有开口，她轻抿住唇。

霍峻声线更加低沉，音色最深处压抑着跃动的不安的戾气："那是谁给你的自信？"

沉默太久，秦可终于动了动眼皮。她抬起头，道："你。"

女孩儿声音冷然。目光澄澈见底。

霍峻哑然。半晌后，他蓦地笑起来，像个疯子，乖张不驯，连身体都跟着笑声微微动了起来。

秦可只安静地看着他。眼神里依旧如初，没有一点避退和畏惧。

霍峻不笑了。

他歪了下头，眼神里同时流露出最天真和最贪餍的极端矛盾又交织的情绪。

"那你记得，一定要把'链子'攥紧了，秦可。"

他向前低身，俯在她耳边，声音低沉地笑着说："因为你牵的是条'疯狗'，所以千万别给他机会。不然，他一定会把你拖进洞里，'吃'得一口都不剩，你不知道在他眼里——你有多诱人。"

霍峻深深望了她一会儿，转身离开。

这疯子要是再多待一秒，秦可就真的想报警了。

霍峻刚离开没多久，顾心晴就喘着粗气，喊着秦可的名字跑了进来。

秦可无奈："发生了什么事，你怎么跑得那么急？"

"急，十万火急。"

顾心晴连着做了几个深呼吸，才终于一五一十地把自己在医务室里听到的秦妈和高昊的阴谋说了出来。

说完之后，顾心晴还在义愤填膺。

"秦妈简直是疯了，她就算嫉妒霍峻喜欢你，也不能做这样的事！小可，你明天无论如何都要找借口推掉，别上他们的当！"

秦可虽然意外，但也在之前就有了心理准备。

听了顾心晴的话，秦可淡淡一笑。

"不能推。"

"啊？"顾心晴急了，"怎么能不推呢？秦嫣明显就是想害你！"

"真推掉了这一次，也会有下一次。"秦可笑意冷然。

她已经彻底看清秦嫣了。不把自己推进深渊，秦嫣是不会善罢甘休的。

顾心晴："那……那你想怎么做？"

秦可眼神微微闪动了一下，说："我需要你的帮忙，心晴。"

顾心晴攥拳，道："我一定会帮你，你尽管说！"

秦可："明天我会去，将计就计。不过我需要借用你的手机，还需要你明晚去找一个人。"

"谁？"

秦可："军训基地的总负责人，吴清越老师。"

顾心晴愣在了原地。

而秦可垂下眼。

秦嫣到底还是逼着她走到了这一步。既然秦嫣想把她推进万劫不复的深渊里，那她也绝不会对秦嫣手软。

梦里，秦嫣借由吴清越走出来的那条光明大道，这一次就由她亲手来斩断好了。

顾心晴和秦可商议完明天的"将计就计"后，才从板报组工具室里走出来。此时已经到了洗漱时间，板报组工具室这边早就没人影了。

所以，树下突然晃出一道身影来时，顾心晴差点被吓得尖叫起来。

直到借着月光看清那张白皙、俊美的面孔，顾心晴才稍稍松了一口气。

"峻哥？"

顾心晴一愣，回头看了看亮着灯的工具室，道："你……你怎么在这儿？"

霍峻淡淡地扫了她一眼。

"把你告诉秦可的事情，说给我听。"

顾心晴噎了下："这个……"

霍峻冷冷地看了她一眼。

"或者我亲自去问秦嫣和高昊？"

顾心晴顿时受惊，道："峻哥，你怎么知道和他们有关？"

霍峻面无表情地睨她。

"我说……"顾心晴受不住这骇人的眼神，只好开口说了前因后果。

中途，她时不时地想去看霍峻的反应。

然而从头到尾，霍峻的神情都藏在树下的阴影里。顾心晴也没能看见他的表情。

等最后一字落地，四周静默得可怕。

良久后，霍峻转身离开，只剩下未退尽戾气的声音，还浸着夜色的冰冷凉意："别告诉她我知道了。"

顾心晴："峻哥，你想做什么？"

霍峻不语。

夜色里，只传回一声冰冷的嗤笑。

第二天晚饭后，秦可收到了板报组通知晚上九点开会的短信。

彼时她正和顾心晴走在回宿舍的路上，短信铃声一响起，紧张了一整天的顾心晴立刻嗖的一下转过头，紧紧地盯住了秦可的手机。

秦可被她大幅度的动作逗笑，道："你怎么紧张成这样？"

顾心晴闻言苦闷地皱起了脸。

"可可，明明该是我问你吧？这么大的事情，被这么不安好心地算计，你怎么就一点都不紧张？"

"又不是我要做坏事，我为什么要紧张？"秦可莞尔一笑。

顾心晴冲她竖起大拇指，道："算你心大。要是知道有人这么'惦记'我，我肯定晚上都睡不着觉。"

秦可笑了笑，没说话。

已经见识过梦里的秦妈更加狠毒和不择手段的那些算计，此时对于这点小算计，她还真不觉得有什么意外。

"怎么样，可可，是不是……"

"嗯。"秦可淡淡地点头，看完便收起手机。

顾心晴表情复杂，道："秦妈对你可真狠，就算你们没有血缘关系，但怎么着也认识那么多年了吧，这种事情她也做得出来……"

秦可不予评价。

只是又往宿舍走了一段路后，秦可突然想到了什么，拿出自己的手机，翻出昨晚和顾心晴的通话记录。

她手指动了动，把那一条通话记录删掉了。

旁边顾心晴看见了，问："你是担心……"

秦可微微一笑，轻轻歪了下头，道："以防万一。"

顾心晴彻底被秦可的谨慎折服了。

两人走到A区临时校舍旁边的沙道上，刚走下台阶，眼尖的顾心晴就不动声色地撞了撞秦可的手肘。

秦可会意，抬眼。

"小可。"

秦嫣笑着从秦可的宿舍门口走过来。

"我等你好久了。"

秦可眼神微微闪动了一下。

她有些认真地看着秦嫣那明媚又温柔的笑脸。如果不是早已对这个人失望透顶，她想自己一定会忍不住问问秦嫣：我到底做过什么，你对我这样恨而入骨，要这样算计我。

然而秦可到底还是什么都没说。她只开口问："姐姐，你找我有事？"

秦嫣眼神里闪过一丁点犹豫，但很快便淡去了，她露出一个含着歉意的笑容。

"我今天一不小心把手机掉进了水池里，现在开不开机了，但是今晚给家里报平安的电话还没打……所以小可，你能不能把你的手机先借给我？"

秦可一顿。

秦嫣连忙又说："等我晚上打完电话就还给你。"

"没事。"秦可从口袋里拿出手机，递过去，"你拿去用吧。"

"谢谢啦，小可。"

秦嫣接过手机，眼神慌乱了几秒，很快就把慌乱强行压下去了。

她转头匆忙地冲秦可摆了摆手，道："那我先回去了。"

看着那道身影离开，一直绷着脸的顾心晴轻轻啐了句："什么姐姐！"

随即顾心晴又有些担心，道："可可，你晚上真的要去啊？"

"当然。"秦可眨了下眼，轻笑，"我们不是已经万事俱备，只欠你去请'东风'了吗？"

"可我还是有点担心你……那个高昊长得人模狗样的，谁知道会为了追你做出什么坏事来？"

秦可开玩笑："放心吧，我可是练过的。"

顾心晴迟疑不决。她们的计划已经商量好了，她倒是没什么担心的。

只是，霍峻那边……

顾心晴纠结地瞥了一眼C区的高三校舍。已经安分一天了，也没听说霍峻闹出什么大动静。

所以，应该不会出问题吧？

晚上九点。秦可准时到了板报组工具室的门外。

工具室就在整个军训基地的西南角上单独的几个小屋里。即便是外面，也只有寥落的一点灯光，隔着几十米，昏黄的灯光照着这里。

真等到夜深人静，在里面喊破了嗓子恐怕都没人能听得到。

还真是会选地方。秦可想。

知道秦妈此时多半就躲在哪个房屋旁边的阴影处，秦可没有停留，直接走进了工具屋内。

她推门进去，房间里果然只有高昊一人。

坐在桌后的高昊听见声音后抬头，一脸惊讶地看向秦可："秦学妹，你怎么过来了？"

秦可没什么表情，道："我接到板报组的通知短信……"

"啊，那个啊。真不好意思，这次板报设计图出了点小问题，所以我又通知取消开会了。怎么，你没收到短信？"

秦可眼底掠过嘲弄的笑，但很快便消失。

她顿住身，道："我的手机在别人那儿。"

秦可话一说完，高昊便隐约松了口气。

她佯作要转身，道："既然这样，那我就先回去了，学长再见。"

几乎是秦可话音刚落，她身后的木门便被咔嗒一声合上。紧随其后，一阵窸窣的落锁声响起。

又过了几秒，有人从门前跑开了。

面向房门的女孩儿似乎是愣住了，呆在原地一动不动。

而桌后的高昊表情一整，连忙起身，故作惊讶地跑到门前大喊："房间里还有人呢！别锁门啊！"

高昊又喊道："还有人在外面吗？有没有人听得到啊？"

高昊喊得卖力，自然也就没有注意到他的身后，在他和秦嫣的圈套里应该惊惶失措的女孩儿，此时却格外平静，甚至是有点漠然地看着他的背影。

又喊了半天之后，高昊才一脸无奈地转过身。

"不知道是哪个没长脑子的恶作剧……"

他叹着气偷偷去看秦可的表情，道："秦学妹，我把手机落在宿舍里了，你带手机了吗？带了的话，给你同学或者朋友打个电话，让他们找人过来开一下门吧？"

秦可摇头。

"我的手机被借走了。"

高昊闻言眼神一松，表情却故作紧张。

"啊？那怎么办？"

秦可嘴角微微弯了下，笑容淡得像一吹就散的蒲公英。

"没关系，那就先坐会儿吧……说不定待会儿就会有人过来呢。"

说着，女孩儿淡淡一笑，便直接转过身往桌旁走。

门边上的高昊一愣。秦可的反应跟他想象中可完全不同啊！

高昊没有看到的是，借着侧转过去的一瞬间，女孩儿从他视线盲区那一侧的外衣口袋里，拿出了一支手机。

与此同时。

整个军训基地内的另一个角落，团部办公室。

顾心晴深吸了口气，紧张地敲了敲面前的门。

"请进。"门内传来吴清越的声音。

"吴老师。"

吴清越从桌前抬起头，一愣，道："你是……哦，秦可的那个同学是吧？"他放下笔，"你来是有什么事吗？"

"吴老师，秦可今晚一直没回宿舍，我把我的手机借给了她但又联系不上她，所以很担心。"

"嗯？她一直没有回宿舍？"

"对。"顾心晴紧张地握了下手，"她之前说过要过来找您咨询一下学业上的问题，所以我过来看看她在不在……"

吴清越脸色微微凝重起来，道："秦可今晚没有来过。"

"啊？那她会去哪儿了呢？"顾心晴自问自答似的说了两句，随即看向吴清越，"那吴老师能不能借用一下您的手机，我想给我自己的手机打个电话，看看能不能联系上可可？"

"当然可以。"吴清越把手机递给她。

"谢谢老师。"顾心晴接过手机就开始拨号，只是试了几次似乎都没有拨通。

在吴清越忍不住担心而站起来的时候，顾心晴惊喜地低呼出声。

"接通了！"

吴清越松了口气，脸上露出欣慰的神情。

只是停了一会儿，顾心晴的惊喜很快就被疑惑取代。

她看向吴清越，说："老师，电话对面好像有点不太对劲。"

"嗯？怎么了？"吴清越神色一沉。

顾心晴犹豫了下，把手机的免提打开，窸窸窣窣的声音从手机里传出来……

板报组工具室。

秦可坐到桌旁后，就再也没有主动开口说过一个字。

而高昊却因为她那太过淡定的反应，一时有些拿捏不准，所以也没有开口。房间里安静得让人尴尬。

过了一分钟，高昊终于忍不住了。

他清了清嗓子，道："秦学妹，你……"

"学长，过来坐吧。"女孩儿却突然开口，截断了他的话。

高昊一愣。

几秒后，他喜从中来——秦嫣果然说得没错，秦可分明就是对他有意思。高昊按捺着激动，快步走到桌旁，紧挨着女孩儿坐下。

"我是不是坐得太近了？"坐下去后，他才没诚意地发问，还佯装抬起半个身子。

秦可没看他，神色淡淡。

"没关系。"

高昊眼里一喜。

他正想找个话头，借机再贴近一些，就突然听见身旁的女孩儿说话了。和之前任何一次都不同，这次女孩儿开口时的声音里带着不加掩饰的冷意。

"今天晚上，其实是学长你骗我过来的吧？"

如同一盆冷水兜头倒下，瞬间浇灭了高昊心底所有的激动和热切。

他惊慌地看向秦可，半晌后才反应过来，挤出一个难看的笑，道："秦……秦可学妹，你这是说的什么话？你没看到，我跟你一样，也被锁在这里面了吗？"

秦可神色淡然，眼神发冷。

"我看到了，所以从进来以后我就在想。"

"想……想什么？"

"想锁我们的人为什么要这样做。"

高昊眼神一闪，狼狈地躲开了女孩儿的视线。

而秦可的声线仍平静如初。

"我们还在房间里说话，外面的人不可能是误锁了门，所以只可能是故意的。"

高昊尴尬地笑着说："对，不知道谁这么过分……"

秦可淡淡地瞥他一眼。

"如果是想锁学长，那在我来之前的那么长的时间里，那个人有很多机会，却没下手。而如果是想锁我，就算我得罪了文艺部的哪一位学长、学姐，那我想对方应该也不敢在不知会你的情况下，把你也锁在里面吧？"

秦可嘴角微微弯了下，露出一个极淡的笑意，仍是漂亮无辜，却看得高昊心里陡然一凉。

他张了张口，想解释什么，却发现在女孩儿的那番话下，他没有可以钻的漏洞。

高昊心里恨得咬牙。秦嫣还说秦可天真无知？依他看，秦嫣不知道比秦可蠢了多少倍！

"秦学妹，你不要误会，我……"

"我现在只想知道，"秦可眉眼一冷，打断了高昊的话，"高昊学长，你在晚上找人把我和你锁在这没有旁人的屋子里，到底是想做什么？"

她深吸了一口气，声音里带上了明显的冷意。

"你就不怕我明天出去告诉老师吗？"

高昊慌了一下，连忙挤出笑，道："秦可学妹，我真的没有别的意思！而且这件事……"他像是想起来什么，声音都高了不少，"这件事根本就不是我谋划的！是秦嫣！你姐姐秦嫣昨晚联系的我，你看我手机，我手机上还有我俩的通话记录呢！这些都是她教给我的，她说你喜欢我，说给我们一个机会，撮……撮合一下我们！"

秦可脸色一晦。过了很久，她才声音喑哑地开口道："帮我们？"

女孩儿的声线里带着讽刺和悲哀。

"怎么帮我们？污蔑我喜欢你，把你和我锁在一个房间里，等明天板报组的其他人都来到这儿看见我们单独待了一个晚上，然后不用一天我们的流言就会在基地里传得沸沸扬扬，这叫帮我？"

秦可猛地站起身，声音里几乎带上了哭腔。

"她明明是想毁了我！"

高昊一惊。

经秦可这一提醒，他才突然发现了秦嫣行为背后的真正目的，秦可说得没错，秦嫣分明就是想借他的手毁了秦可。

高昊的脸色顿时阴晦下来。

"这个女疯子，难道就因为我不追她了，她就想这样报复吗？"

秦可根本不在意高昊自己一个人神经错乱似的念叨着什么。

她趁对方未注意，伸手将夹在板报设计图纸中的手机通话挂断，然后快速地把手机塞进了口袋里。

做完这一切，女孩儿眼神里那些惊慌、难过的情绪，便像潮水一样退走了。

高昊的注意力也终于挪了回来。

他望向屋里的女孩儿，目光闪烁不定，视线一点点描摹过女孩儿的身形。

花一样的年纪，稚嫩、美丽，含苞待放。女孩儿有着远胜于同龄人的俏丽五官，每一寸皮肤又都衬着屋内的灯光，越发显得她的皮肤白皙娇细、吹弹可破。

这样漂亮的女孩儿，她却说不喜欢他。

高昊很清楚，过了今晚这件事以后，秦可绝对不会再亲近他。

他心里那点贪婪的念想，像是腐蚀的枯藤一样扭曲地攀爬上来，慢慢缠紧了他的整颗心，耳边仿佛多了个声音，告诉他"这是你最后一个亲近美人的机会"，蛊惑着他情不自禁地迈出一步。

高昊心底在想什么，秦可一眼便看得分明。

她皱起眉，道："学长，我劝你别动不好的想法。"

"我没有要做什么啊，秦学妹。"

高昊终于不再掩饰了，女孩儿眼底厌恶的情绪刺痛了他，让他加快了自己的步伐，大步走向女孩儿，并且直接伸出了自己的手。

他笑了起来。

"不过这里是什么地方，你知道吗？就一个小破屋子而已，在这儿发生了什么都不会有人知道。"

秦可身形轻盈，往后一躲。

她的眼神冷了下来。

"那可未必。"

按时间，最多一分钟，顾心晴便会和吴清越一起赶过来。

然而高昊显然不知道秦可心中所想。他只以为这是女孩儿不甘心地挣扎，便笑得更嚣张了。

"你很聪明，真的，秦可学妹，你聪明得都叫我惊艳了。可有一点，你真是错了，你今晚就不该拆穿，如果你不拆穿，那我或许不会对你做什么。"

高昊大步走过去，一副不紧不慢的模样。

"事到临头，你是不可能再跟我好了。那这样的话，你说我还有什么必要伪装呢？"

高昊哼了声，神情狰狞。

"今晚就算我对你做了什么，你明天也不敢出去说，除非……"他声音嘶哑地笑起来，把秦可往门旁的墙角逼，"除非，你是真不要名声、真不怕被人戳一辈子脊梁骨。"

退到角落，秦可慢慢垂下眼。

几秒后，她揉了揉手腕。

虽然现实里没经过艺术院校那三年"魔鬼训练"，而使得身体孱弱不少，但梦里学的那些擒拿和反擒拿的招式，她却利用暑假温习过几遍。

这也是她敢赌这一把的真正底牌。

但不到万不得已。她还真不想露这底牌。

秦可有些不悦地抬眸，视线冷淡地望着高昊。

"你不会想这么做的。"

高昊面目狰狞地笑了，只当作是秦可的垂死挣扎，他伸手抓住女孩儿的手腕："秦可，你还是认命吧？"

说着，他就要动手。

秦可捏紧指关节，正要反拧男生手腕。可就在此时，耳边突然传来砰的一声巨响。

伴着这骇人声势，门旁，老旧而边缘生锈的玻璃窗被人直接一拳凿穿。

无数玻璃片飞下，在长灯的光影里，溅起晃眼的碎光。

房里的两人都被这动静惊住了。秦可下意识停了动作。

有人踢掉了窗边木框上残留的碎玻璃，扶住窗台，利落翻身，一跃便落了进来。黑色长裤包裹着的修长双腿先出现在视野里，秦可眼里的碎光微微晃了下。

第四章

想动她?你有几条命?

秦可往上看过去。

并不意外,她看到了霍峻那张白皙、清俊的侧颜。棱角分明,颧骨慢慢收缩,下颌至修长颈部绷出一条凌厉的弧线,每一分都在证实:这个疯子此时有多愤怒。

秦可心里感觉有点不太好。

她张口想说什么,却见高昊已经慌了神,先松开了她的手腕,然后僵硬地笑着往旁边退了一步。

"峻哥,你……你怎么来了?"

霍峻垂着眼,没说话。

他一抬左手,目光落上去。

白皙、修长的手掌上,殷红刺目的鲜血顺着掌纹淌下去,一滴滴砸在了地上。残留在伤痕里的玻璃碎片还隐约在灯下反着光。

霍峻轻嗤一声。

像那手不是他的一样,他随意地甩了甩血便不再管。他抬头,直接朝高昊走过去。

那微微扬起的眼尾,在这几步间抹上了骇人的戾气。

秦可脸色变了,道:"霍峻——"

然而为时已晚。

几乎是压着她说话声的尾音,高昊吓破了胆,只来得及怪叫一声,就被暴怒的霍峻当胸一脚,直接踢倒在地。

霍峻没有一丝迟疑，紧紧薅住了高昊的领口，而他右手攥成拳，一下接一下，狠狠地揍在高昊的脸上。

一拳见红。

两拳青紫。

第三拳打下去的时候，秦可大声喊着霍峻的名字。

"霍峻！"

秦可差点跟着疯了。

她慌忙地跑上前，而恰好也是在此时，破碎的窗外传来顾心晴震惊的惊呼声："可可！可可，你没事吧？可可！"

"秦可？！"吴清越焦急的声音也响了起来。

木门外的锁伴着说话声被打开，吴清越和顾心晴推门快步跑进来。

看见房间里的这一幕，两人也一起蒙了。

等回过神，吴清越脸色铁青，大声说："霍峻，你快把人放开！"

对身后的这一切，霍峻好像充耳未闻。从进门到此时，他从头到尾都没有说过一个字。

顾心晴都被吓蒙了。

"霍峻！"

吴清越提高了分贝，急得就要上前扯开两人。然而在离霍峻只剩下半米的时候，他突然顿住脚步。

吴清越瞳孔猛地一缩："霍峻，你……你快放下那东西！"

刚因为吴清越阻止而稍放下心的秦可蓦地一顿。她想起了什么似的，看了一眼窗边，脸色唰地变白了。

秦可上前一看。

在他们的视线下，霍峻手里捏着片锋利无比的玻璃片，正抵在高昊的脖子旁边。

那张白皙、清俊的侧脸，此时额角正露出骇人的青筋。

霍峻面无表情地垂下眼。在高昊的哀求声里，他冷冷一笑。

"想动她？"他一字一顿地说，弯了弯唇，这一笑冰寒彻骨，轻声如私语，"你有几条命？"

压着尾音，那玻璃片即将按下去。

"哥！"女孩儿急得几乎带上哭腔的声音陡然响起。

霍峻在空中的手蓦地滞住。

被疯狂和戾气覆盖的瞳仁中终于露出了一丝清明。

霍峻顿了顿。他动作未收，只就着那个姿势侧过脸。

看着急得眼圈都微微发红的女孩儿，霍峻眼神慢慢松软下去。

凝滞了十几秒后，霍峻垂眼笑了。

"吓他的而已。你怕什么？"霍峻扔开了手里的玻璃片，撑着膝盖缓缓直起身。

吴清越猛地松了一口气，他连忙上前，踢开已经吓昏过去的高昊身旁的那片"凶器"，拉起人搀扶到起来。

吴清越看向还愣着的顾心晴，道，"快，你先去医务室喊人！"

顾心晴："啊……哦哦，好！"

说完，吴清越目光复杂地瞪了一眼霍峻，又看向秦可，道："秦可，他……"

秦可自然清楚吴清越的担忧，她开口道："吴老师，这儿有我，你先送高昊去医务室吧。"

"好。"吴清越说。

顾心晴和吴清越先后离开了混乱又狼藉的现场。

那一地的碎玻璃和其中隐约掺杂着的血迹，让秦可心脏几乎都要缩在一起。她脸色有点白，抬头看向站在屋子中央的霍峻。

"你……"

也许是因为刚刚动了大怒，少年的脸色同样苍白，那薄薄的唇也就衬得更加鲜红。

听见动静，漂亮而漆黑的眸子抬起来，竟然还带上点笑，就那样望着她。

"你刚刚叫我什么？"

这种时候还笑得出来？这个疯子！疯得彻头彻尾、不可理喻！

秦可用力地转开脸，深呼吸，感觉自己要被气疯了。

霍峻已经走过来。

"秦可，我要再听一遍。"

秦可怎么也压不下情绪，终于忍无可忍地转回来。

"霍峻，你知不知道你刚刚差点杀人了！"

少年一顿，几秒后，他抹掉眼底冷意，轻轻眯起眼，咬着唇哑声低笑。

"我没有，那是吓他的。"

"你有！"秦可攥紧了发冷的指尖，声音微栗，"你刚刚分明就是想杀了他！"

霍峻垂眼，盯了她两秒，蓦地笑了起来。

"你怎么这么了解我？"

秦可哑然。

她也不知道原因，她只知道那一刻她非常清楚，如果自己不阻止，那霍峻就真的有可能……

"疯子……"秦可转开眼，不想看他，连这声斥骂都有些无力了。

霍峻轻轻眯起眼："那你怕什么呢，秦可？"

秦可转眸看他，眼神冷飕飕的。

霍峻却被女孩儿这模样勾得心尖都发痒，像见到一只面无表情的小猫走到自己面前，伸出爪子轻轻挠了自己一下似的。

他被"挠"得很愉悦。

"你一点都不怕我，你只是怕我真的做出什么事。"霍峻低声笑了。

秦可皱着细眉，冷冷地说："谁说我不怕你？我现在怕了，你就是个疯子，我恨不得从来都没见过你。"

霍峻眼神一深。

只是须臾后他就笑了，他俯身压下去，到视线和女孩儿平齐的高度才停住。

"那你不该阻止我的，秦可。我伤害了他，会得到相应的法律惩罚。所以让两个纠缠你的人都付出代价，不好吗？"

秦可咬住牙，又气又恼。她抬头睨了他一眼。

而霍峻"得寸进尺"。

"不如你现在开口，我追上他，然后给你最想要的结局，怎么样？"

对上那双漆黑的眸子，秦可眼神一栗。因为她竟然看不出来霍峻到底是在开玩笑，还是真的会为了她这样做。

秦可觉得害怕。

但这害怕又不只是怕这人近乎疯狂的感情可能会给自己带来伤害，似乎她还在怕什么别的事情。

关于他的……

秦可叫停了自己心里的想法。

她逼着自己冷静。

"霍峻，你是个疯子，可我不是。"

霍峻笑了。

"所以，你根本不是怕我，你是担心我，秦可。"

秦可眼神一动。

但她面上仍绷着，看不出情绪变化。只是那双澄澈干净的眸子微微一瞥，扫向霍峻。

"如果你为了救我而失手伤了人，那我能逃得了干系吗？我不担心你，但我担心我自己。"

"就这样？"

"就这样。"

霍峻侧转身，道："那也好。"

那只满沾着血的修长手掌在秦可眼皮子底下拂过去，它的主人像没有痛觉感知神经，垂着手就要往裤兜里插。

秦可太阳穴一跳。

忍。

忍……

忍无可忍。

秦可上前两步走到男生身旁，伸手直接攥住了他已经插进裤袋一半的手掌的腕部，拉起来便拽着他往外走。

霍峻一怔。

随即他勾起唇，迈开长腿，放任女孩儿扯着他往外走。

"去哪儿？"男生懒洋洋地笑。

"医务室。"女孩儿恶狠狠地磨牙。

后面传出一声低笑，得逞、愉悦。

临近晚上十点，军训基地只有一个医生值班。那个医生还在睡梦里就被吴清越揪起来治疗已经吓昏了也被揍晕了的高昊。

所以秦可拉着霍峻到了医务室里时，除了隔壁的空房间，没什么能帮到霍峻的。

秦可没办法，只能申请了校医的同意，自己去柜子里取了棉棒、酒精、碘伏、镊子、纱布、金属盘……

然后她拉着霍峻坐到一张病床上。

秦可则搬了张凳子，坐在床边，其他医疗用具放在床头柜上的金属盘里，泡上酒精杀菌消毒。

秦可把霍峻修长的手掌摊开，一边观察哪些伤口进了玻璃碎片，一边情不自禁地蹙起细眉。

她现在真的怀疑这个人没有痛觉神经了。

手上进了这么多玻璃，他怎么还顾得上去打高昊？而且因为他那些攥拳挥拳的动作，好些碎片显然已经被压进伤口深处了。

秦可气得头疼。她甚至有点想故意加重力道去给他挑那些碎片，好让他长长记性。

然而看着这只原本修长又漂亮的手，记起他弹钢琴时那让人移不开眼的样子，秦可又狠不下心去了。

于是到最后，女孩儿咬牙切齿了好久，下手给男生挑玻璃碎片的力道却放到了最轻。

好不容易挑出这边手掌整个虎口位置的玻璃碎碴儿，秦可长松了一口气。

她用消毒棉棒滚过一圈碘伏，小心翼翼地抹上那个伤口，一边皱着眉一边下意识地低下头，轻轻呼了呼气。

微灼的气息拂过霍峻的手掌。一高一低相对坐着的两人同时一怔。

秦可僵了下，没抬头，佯装淡定地继续上药。但藏在发丝间的小巧的耳垂上染上的一点点嫣红出卖了她。

霍峻垂着眼瞧着。

心底那点未消的戾气，最终还是在这样柔软的灯光和柔软的气息下散了个干净。

他放松了紧绷的腰背，笑着问："你不是不关心我，还要给我上药？"

秦可噎了一下。

半晌后女孩儿才闷声开口，道："这双手怎么说也是我救回来的，我不想看到它因为这一点小事又被毁了。"

头顶沉默，秦可越来越心虚，她拿不准地抬头看向男生。

"我说得不对吗？"

霍峻垂着眼，莞尔一笑。

"对，当然对。"

他轻轻舔过干涩的唇，笑声没来由地低了下去。

"你救了我的手和我的命，所以它们都是你的。我早就把锁链交给你了。"

秦可一怔，面前那双黑眸幽暗深邃，像是能把她吸进去。

霍峻抬起那只没什么伤的手，扣到自己的颈前，做收锁环状。

他哑声低笑，意味深长。

"你可要攥紧了。"

谁敢要这样的"疯狗"？

她躲开视线，低头重新给他处理伤。

"谢谢，我不要。建议你还是找棵树拴着，免得吓到人。"

霍峻轻轻眯起眼。

"你不要不行。"

秦可顿了顿。她抬起头和霍峻对视了几秒，终于妥协。

"我也不是完全不能接受。"

霍峻："嗯？"

秦可："让我接受这链子的前提，你得跟我约法三章。"

霍峻闻言轻轻嗤笑一声："没人敢跟我提这种需求。"

秦可淡淡微笑，道："那算了。"

秦可刚准备低下头，就听见霍峻声音低沉，压着不耐和戾气开口道："你说。"

秦可低着头轻轻笑了一下，但很快就拉平了嘴角。她一本正经地抬起头，扒着白皙的手指给他数："不准发疯。"

霍峻冷笑了一声："嗯。"

"不准打架。"

霍峻皱眉，过了很久还是不情不愿地哼了一声，算是应下。

然后他不耐烦地挑了挑眉，道："还有吗？"

秦可想了想，道："暂时没了。"

霍峻眼神一闪。

被约束的极度不高兴让他心里的躁意格外活跃。听见女孩儿敲定句号，霍峻趁那白皙的手还伸在自己眼皮子底下时，就飞快低头，在那白嫩的指尖上不轻不重地叨了一口。

白皙的指尖立刻泛了红。

霍峻满意了。

秦可还蒙着，再抬眸便对上了霍峻那得逞又幽深的眼神。她面无表情地放下手，取了块纱布擦了擦指尖，扔掉。

"补充一条。"

"嗯？"

"不准要流氓。"

霍峻没有说话。

"你不同意？"

霍峻又没有说话。

"你不同意就算了。"

空气冻住似的静默了几十秒，霍峻极度烦躁地垂下眼帘。

他闷哼了声。

离得太近，那声音熟悉得让秦可背脊蓦地僵滞了下。她心底那被压下去无数次的怀疑，终于再次浮起来："你的名字有没有……"

话音未落，那张俊脸上的眉一皱。

秦可回神，慌忙地低头。自己刚刚走神时下手太重，殷红的新血冲破了刚刚凝结的伤口，再次涌了出来。

秦可自责地皱眉。

"对不起。"

她慌忙地低下头给他重新处理伤口。

"没事。"在方才因为疼痛而本能地皱眉后，霍峻又恢复了惯常的懒散模样，甚至还隐约带笑。

"你可以再用力点，让我更疼。"

自己招惹的人，除了自己受着还能怎么办？

等终于处理完霍峻双手上的所有伤口，秦可肩背都有点酸疼了。她慢慢站起身，去处理搁在金属盘里的玻璃碎片。

刚拿起金属盘，秦可的目光蓦地一顿。

方才未察觉，此时再看，盘里的碎片数量多得吓人。

秦可下意识地一垂眼，便瞥见垃圾桶里那些染满了血的废弃纱布。

她心口轻轻抽了抽。她差点都忘了，无论是梦里和现实中，霍峻一直是对她最好的人，好得奋不顾身。

旁边霍峻疼得太厉害，反而有点神经麻木。再加上失血的缘故，此时他正困倦地垂着眼。偶然瞥见旁边僵了许久的女孩儿，霍峻神智一醒。

他皱眉，道："你是不是哪儿不舒服？"

秦可回神。

她垂眼看向坐在床边的少年，他的面色在光下越发显出几分苍白。秦可心里像塞了块海绵，酸胀又刺痛。

许久后她才轻声说："谢谢你。"

霍峻一怔。过了须臾，他轻轻眯起眼，似笑非笑。

"怎么谢？"

"哥。"

医务室里的空气像是突然停滞在这一瞬间。

过了好几秒，霍峻才蓦地回神，狼狈地转开脸。

他喉结轻轻滚了下。

"约法三章里，我加一条。"

秦可一愣，不解地看他。

霍峻："不准再叫了。"

秦可一愣，微微失笑，眼底终于浮起一点灵动的俏皮之色。

"为什么？"

"没为什么。"

"哥？"

霍峻颧骨都抖了下，咬牙切齿地抬眼看向秦可。几秒后，他蓦地垂了眸，笑了。

"你再叫一次试试，我让你连哭的力气都不剩。"

那天之后，高昊请了病假，再也没有在军训基地露过面。

文艺部内，更隐隐有传闻说高昊已经提交了转学申请，QD中学再也不会有这么一号人物了。

"简直是大快人心！"听到消息后的顾心晴厉声说，"那种人，我还喊过他学长，真是想想都觉得恶心！"

秦可倒是对这个消息反应淡漠。

顾心晴："不过可可，最近几天好像没见到峻哥，他去哪儿了？"

提起这个，秦可郁闷地揉了揉眉心，说："他关禁闭了。"

"啊？"顾心晴惊得几乎要从原地蹦起来，"是因为高昊那件事？"

"嗯。"秦可拿着粉笔画板报的手指一顿，微微垂了眼。

"不过也难免。"一想起那天自己看到的场面，即便是站在八月的酷暑天里，顾心晴也有一种从头冰到脚的感觉。

顾心晴忍不住打了个寒战，然后才迟疑地说："我一直都没问你那件事，那天你挂断电话之后，到底发生了什么，霍峻怎么就……"她犹豫了一下，小声嘀咕，"怎么就突然疯成那样了？"

秦可默然。

而顾心晴还心有余悸。

"那天基地的医生说，如果当时那玻璃片真被按下去了，那我们这儿供应不上血，人可能就……"

秦可无声一叹。

"医生说的？难怪吴老师发那么大火。"

"是啊。"顾心晴点头，"毕竟是差点出了人命的大事，吴清越老师估计也吓得不轻。"

秦可眼神一晃，抬手，重新开始给板报边缘收尾。

她语气淡淡的，带着点无奈。

"所以说，只关他几天禁闭已经是很轻的处置了。"

顾心晴立刻把脑袋摇成了拨浪鼓。

"重点才不是处置得轻不轻，而是竟然有人敢关峻哥的禁闭？"

秦可无奈："你的关注点也是很神奇。"

顾心晴："本来就是嘛，那可是峻哥啊。别说当初他高一那会儿在军训基地闹得有多天翻地覆，就算是在学校，两年多了，QD中学从上到下也没有一个能拿得住他的人啊。"

说完，顾心晴自己也奇怪了。

"所以到底为什么峻哥竟然会听话地被关禁闭？"

秦可没说话了。

因为她突然有点心虚。总感觉这件事，可能跟之前霍峻和自己的那个约法三章有关。

顾心晴："可可，那你知道峻哥要被关到什么时候吗？"

秦可算了下。

"今天下午应该就能出来。"

顾心晴闻言，立刻拿肩撞她，开着玩笑说："对我们峻哥很关心嘛。"

秦可瞥她一眼，说："好了，我的工作结束了，你也可以回去了。"

"不要嘛，我好不容易才'逃'出来的。"顾心晴缠着她笑，"我陪你去板报组工具室送工具呀！"

秦可拗不过她，只得答应了。

两人进到板报组工具室的时候，正是午饭后的休息时间，组里的不少人都在。

围着方桌，他们似乎正在低声议论着什么。只是当秦可和顾心晴踏进房间里后，几人突然就一起安静下来。

那些有点诡异又带着探究的目光纷纷落到了秦可身上。

秦可和顾心晴对视一眼，微微蹙眉。

顾心晴："可可，你是不是背着我偷偷干什么坏事了？不然大家为什么用这么奇怪的眼神看我们？"

秦可自然知道顾心晴只是开玩笑，但秦可心里同样不解："先进去再说吧。"

顾心晴："嗯。"

进到工具室最里面，角落里一道身影露出来。

那人坐在椅子上，长发被刻意松了发绳垂下来，一张瓜子脸上挂着泪，在身旁的人轻拍肩膀的安抚下，时不时地抽搭着。

那人旁边那个女生还在低声安慰："我们都知道你不是这样的人，嫣嫣，你不要难过了啊。"

秦嫣："可是吴老师他……"

秦可听见，眉尾微微一挑，心里掠过了然的情绪。

顾心晴最是忍不住的性子，她伸手拉了拉旁边同年级的一个新生，小声问："秦嫣这是怎么了？"

被拉的那人神色复杂地看了顾心晴和她旁边的秦可一眼，才含糊地说道："好像今天上午，秦嫣学姐被吴清越老师喊到团部办公室去了。"

"那她这是……"

"听说是因为高昊的事情，被吴老师训了一通。"开口的女生看了一眼秦可，"我们也不太清楚具体的情况，吴老师当时让我们其他人都出去了，单独跟秦嫣说了好一会儿，在外面听语气还挺凶的。也不知道是因为什么事情，反正秦嫣回来以后就一直在哭。"

顾心晴当然知道是因为什么事情，闻言十分厌恶地看了还在角落里抽搭着的秦嫣一眼。

然后顾心晴走回到秦可身旁，小声说："估计是被吴老师直接骂了，可可，秦嫣可真够可以的，她还有脸委屈和哭呢？"

秦可没说话。

女孩儿安安静静地看了秦嫣几秒，嘴角轻轻弯了起来，一双漂亮的杏眼里却不见半点笑意。只有看透了秦嫣那些把戏后的嘲弄。

"她哭不是因为委屈。"

顾心晴一愣，道："那是因为什么？良心发现？"

秦可轻轻笑了声，神色淡淡的。

"那种东西，也得先有，才有可能发现吧？她应该是另有打算。"

"啊？"顾心晴更迷糊了。

秦可转身，到一旁工具架上去放自己手里的工具，语气随意地轻声说："你看着吧，在这件事上，她不会那么轻易地认输。"

"不会吧，她还能做什么啊？"顾心晴问。

秦可："你没发现从那件事发生以后，她一次都没来见过我，连手机都是托人还给我的？"

顾心晴道："她那肯定是没脸见你。"

"你以为她有这样高的觉悟？"秦可笑了笑，"如果有的话，那她也不会做那样的事情了。"

顾心晴对秦可的话将信将疑，在她看来，秦嫣在这件事上已经没有任何翻盘的可能了。

然而很快，顾心晴对人类道德下限的认知再次被秦嫣刷新了。

秦嫣在板报组哭的事情，并没避讳大家。很快，文艺部里其他人都知道秦嫣上午被吴清越狠狠地训了一通，而这件事跟高昊的突然离开有关。

除了这件事，有人还在秦嫣断断续续的哭泣和委屈里，"刚好"探听到了秦嫣挨训还跟她妹妹秦可脱不开联系的事。

这些消息经过半个下午的发酵，文艺部里的多数都开始议论起来。

秦可始终没参与。

直到临近晚上，板报组的学生开始去军训基地各处给板报收尾，也在其中的秦可终于被喊到了。

"秦可。"

"嗯？"站在板报前，听见声音的秦可转回头，就看到了一张不太熟的面孔。

似乎是与秦嫣关系不错的朋友，这是秦可对来人的唯一印象。

"有事吗？"秦可神色淡淡，视线往来人身后一落。隔着大约几米，秦嫣正和另一个女生挽着手，低着眉眼红着眼睛站在那里。

"还'有事吗'？"那女生冷笑了一声，"你没有良心的吧？你没看秦嫣今天都哭成什么模样了？她可是你姐姐，还是因为你的事情挨训，你竟然一点反应都没有？你是个冷血动物吗？"

这个女生不知道是故意还是无意，她并没有压低声音，反而越说声音越大。

别说是在场的文艺部板报组的人，连隔着十几米的距离，军训基地正在训练的班级里都有人忍不住望过来。

在那些各异的目光下，顾心晴紧张地从不远处快步跑过来。

站在原地、众人视线焦点中心的秦可却丝毫没变神色。她望向后面的秦嫣，开口时声音平静："因为我的事情挨训，这是谁说的？"

"当然是嫣嫣自己……"那女生一噎，又连忙改口，"我们站在外面的时候，分明听见吴老师提起你的名字了！当然就是因为你的事情，嫣嫣才会挨训的。"

秦可失笑。

她把手里的粉笔扔进小垃圾桶里，干脆地拍了拍白皙的手掌，然后才不紧不慢地一抬眼，声音冷下来："你的意思是我犯了错，秦嫣替我挨骂？"

那女生被秦可这样一望，没来由地有点气势不足，明显有些心虚了。

"是……是啊。"

"那可真是好笑了。"

"这……这有什么好笑的？"

秦可目光冷淡地扫向她，说："如果我真是那个犯错的人，那吴老师不来训我，反倒去训秦嫣？这是哪个老师教给你的逻辑？"

"你……"

那女生空有莽劲，在思辨上显然还跟不上秦可的速度。几秒钟没说上来话，旁边围观的文艺部其他人已经若有所思地打量他们了。

站在那女生身后，始终眼圈通红的秦嫣终于有些沉不住气了。她声音里带着点哭腔，快步走上来。

"小可，这件事是我错了。可我是真的没想到高昊竟然会那样做……"

秦嫣一边说着话，一边开始往下掉眼泪。她也不擦，就任眼泪那样顺着脸蛋往下淌。

看起来倒真是一副楚楚可怜的模样。

而这样一比较，几乎没什么情绪地站在一旁的秦可，似乎就显得有些不近人情了。

而秦嫣仍在委屈地诉说着："高昊跟我说他不喜欢我了，他现在更喜欢你，还说你也是对他有好感的……他求我帮忙，我虽然心里很难受，但还是想让你们成为朋友，这才答应帮他的。我实在没想到最后会是那样的结果啊。"

秦嫣说着，红着眼圈似乎很动情地走上前，伸手想拉秦可。

秦可皱着眉往回退了一步。

秦嫣的眼圈顿时又红了几分，眼泪扑簌簌往下落的速度更加快了。

"秦可，你也太过分了吧！"秦嫣身后的两个女生连忙上前，其中一个一边给秦嫣递纸巾擦眼泪，一边气愤地抬头瞪秦可。

"明显是你的错，高昊和秦嫣从高一开始就关系很好了，是你进来横插一脚。你是她妹妹，嫣嫣不但没跟你计较，反而还想帮你俩，你怎么好意思去吴老师那儿倒打一耙？"

"就是啊！"另一个人也帮腔，"我们嫣嫣也是可怜，被一个没安好心的白眼狼妹妹抢了朋友，还得碰上高昊那么个颠倒黑白的人，结果被冤枉得这么惨，又挨了吴老师的训……"

"什么啊！"旁边一个声音终于响起来了。忍无可忍的顾心晴从板报墙旁快步冲了上来，"我实在忍不了了，颠倒黑白的到底是谁？你们是听见了还是见到了，就这么嚣张地来指手画脚？"

顾心晴恼怒地看向秦嫣。

"秦嫣学姐，我敬你长一岁才这么叫你，那天晚上你和高昊到底是怎么谋划的？你又是怎么设计可可的？你是得了失心疯了还是失忆了，连这个都忘了？"

秦嫣三人被突然蹦出来的顾心晴吼得一蒙，其中一个很快回过神来，冷下脸。

"你一个新生怎么说话这么难听？"

"就是。"

"真是物以类聚，人以群分！果然跟这个白眼狼待在一起的，也不会是什么好人。"

顾心晴气疯了。

她从小到大哪儿受过这样的冤屈，可偏偏对方一个哭得可怜兮兮的，另外两个一边安慰一边冷嘲热讽，愣是堵得她一个字都没说上来，气得脸通红。

而秦嫣见周围人望来的目光都犹豫起来，她顿时哭得更加厉害了，还一边哭一边软着声给秦可道歉："对不起，可可，我以后再也不会多事了……这次是我不对……"

旁边有几个文艺部的男生也看不下去了。

"秦可学妹，你姐都这样跟你道歉了，你就说点什么把这事放过去吧。"

"是啊，也没多大事，干吗闹得这么不愉快？"

"再说，高昊犯了错自己扭过头就跑了，还把事情栽赃到秦嫣身上。"

"就是，秦嫣才是最大的受害人吧。"

在那些议论声里，秦可的脸色越发冷了。

无知，所以放肆。

对真相全无了解，只凭那些花言巧语和几滴眼泪，有些人就自以为自己站在了道德和正义的制高点，非要去坐那个握着评判权力的"神"的位置——指手画脚。

果然就算再遇到一回，可笑的人依然可笑，愚昧的人依然愚昧。

而积攒了多年演技经验的秦嫣也依然是那个能轻易玩弄这些傻子的人。

这场闹剧看得秦可心烦也心累。

秦可伸手拉了拉想辩解的顾心晴，道："走吧。"

顾心晴瞪大了眼睛："就这么放过她，凭什么？明明他们才是颠倒黑白的那一帮人！"

秦可笑了。

"你以为这是理在谁那边的问题吗？不是的。"秦可瞥向几米外的秦嫣，目光冷然，"秦嫣在文艺部已经待了一年，我们才来几天？而且，让你装成这样楚楚可怜又恬不知耻的模样，你做得到？"

秦可耸了耸肩，开着玩笑说："反正我做不到。"

顾心晴气得咬牙，咬得咔咔响了几秒后，她也蔫了。

"我也做不到，有几个能跟像她那样无耻，换了我，我估计现在已经恨不能找个坑把自己埋了。哪还有脸出来见人或者说这种恶心人的话？"

"所以啊。"秦可笑了笑，心里冰冷又决绝，"很多事情，越是脸皮厚越是能获益，人心向背，文艺部是她的地盘，懂了吗？"

"不太懂。"

"顾心晴，你怎么这么不开……"

那个"窍"字没说出口，秦可突然觉察出什么，她抬眼看向面前的顾心晴，一愣。

顾心晴无辜地摇了摇头道："刚刚那句'不太懂'不是我说的。"

秦可心想我当然听出来了。

她转过身，果然就见旁边比这块低基地地面高了将近两米的水泥台上，一个穿着黑T恤和黑长裤的男生懒散地蹲在那儿。

棒球帽被他伸手随意摘了，往刚巧转过来的秦可头顶一扣。

"你跟我待一块儿的时候，怎么没听见你这么喜欢说话？"

秦可伸手摘掉了那顶棒球帽，脸上不知道是晒得还是怎么了，有点发热。

"你怎么来了？"

来的人正是霍峻。

霍峻闻言，眉毛一扬，说："我为什么不能来？"

不知是不是这张帅气的脸实在太具有攻击性，少年扬眉间，即使神色懒散也让人不敢对视。

他目光往下面一压。那片矮了近两米的地基上，其他文艺部的学生顿时都不出声了。

霍峻嘴角一咧，笑得桀然不驯："我刚刚听你们聊得很热闹啊？都聊什么了，说给我听听。"

其他人面面相觑，但没一个敢开口的。

秦嫣三人看见秦可和霍峻之前的对话，亲近而毫无嫌隙，顿时三人的脸色也有些变了。

其中一个终于回过神，笑容僵硬。

"峻哥，这件事跟你没太大关系，是我们文艺部自己的事情，我们自己解决就……"

砰。

这女生话还没说完，少年从近两米高的水泥台上直接跳了下来。

其他人目瞪口呆。

缓了缓冲力，少年起身站直，一双桃花眼轻轻眯起，那俊美面孔上的笑意也变得有些奇怪。

"什么？我没听清，你再说一遍。"

那女生吓得脸色一白，情不自禁地往后退了半步。

霍峻冷笑了一声。

他目光一转，又落到秦嫣身上。

"别哭了。"

秦嫣一愣，有些难以置信地看向霍峻，眼底深处隐隐跃起一点希冀的光芒。然而下一秒，她就听见少年冷冷地轻轻嗤笑了一声。

"你再哭下去，不知道的都要以为是差点被你毁了一辈子声誉的妹妹，反把你给怎么样了。"

四周陡然一寂。文艺部的其他人有些惊讶地看向秦嫣。

显然"差点被毁了一辈子声誉"这件事，是被秦嫣隐瞒下来的那一部分。

而感觉到那些目光的秦嫣脸色也微微变了。僵持了两秒，她才楚楚可怜地抬起头，看向霍峻。

"峻哥，我是真的不知道高昊会对小可那样做，他告诉我他想和小可成为朋友，我就以为小可也……"

"以为什么，她也想和高昊成为朋友？"

霍峻轻声嗤笑。他侧过头看向秦可，微微垂着眼，一副玩世不恭的模样。

"那你可错了。她连我都看不上，高昊算个什么东西？"

秦可装作没听见，别开了眼。

秦嫣脸色白了白。

她听出霍峻是要护秦可到底了，也不敢再试图误导其他人，只得以退为进地低下头，任眼泪顺着尖尖的下巴颏往地上无声地滴落。

"对不起……是我搞错了……小可，请你原谅我吧，我以后一定不会再多管闲事了，我向你道歉……"

文艺部有人看不过，大着胆子小心翼翼地出声。

"秦可学妹，既然你姐姐都这样道歉了，我看也没必要计较了吧。"

"是啊，毕竟也没发生什么。"

"过去就过去了吧。"

霍峻突然笑出了声。

没人敢再说话，纷纷抬头看向少年。

霍峻轻轻眯起眼，看向最后一个开口的人。

"我要是打了你，三分钟后，我是不是也能说'过去就过去了吧'？"

那人脸色陡然一白，显然是被霍峻这话吓得不轻。

虽然他们不知道头一天晚上到底发生了什么事情，但工具室那一地的碎玻璃，还有地上的血迹，足以说明事情的严重程度了。

而且还有人说，高昊那天早上根本就是坐着救护车走的。高昊走的当天，霍峻就被关进了基地的禁闭室。

谁干的好事，大家都了然于心。

吓得文艺部那帮无关人等不敢张嘴了以后，霍峻转回头，看向秦嫣。

他往前走了两步。

秦嫣似乎轻轻颤抖了下，脸色苍白的她仰起脸，盈盈的泪水挂在好看的脸蛋上。

"峻哥，对不起，我真不知道高昊会那样做……"

霍峻嘴角轻轻弯着，微笑。

"别哭，我嫌碍眼。"

秦嫣脸上瞬间惨白了好几个色度。她不敢相信又不甘心地盯着霍峻，像是无法理解他为什么能说出这么残忍的话。

而霍峻轻轻嗤笑了声。

"你是不是以为这天下的男的，都是那种用几滴眼泪和一副可怜相就能哄得晕头转向、黑白不分的……"霍峻瞥向旁侧的文艺部其他人，"傻子们？"

所有方才为秦嫣说过话的男生脸都铁青了。

而霍峻根本懒得搭理他们。他转回来，手插着裤袋微微躬下身，离秦嫣的距离近得足够让不知情的女生尖叫。

然而站在他身旁的其他人，分明能感受到他声音里的冷意。

"秦嫣，你这副故作姿态、装个可怜就想颠倒黑白的模样，只会让我觉得恶心。"

说着，像是应景，霍峻皱着眉，冷着眼退后一步。

然后他睨着秦嫣，面无表情地开口道："我不管你嫉妒秦可的原因里面有没有我，这都是我最后一次警告你。"

他微微绷着线条凌厉的下颌，冲旁边一扬。

"滚。"

秦嫣脸色唰地变得惨白。在一片寂静里，秦嫣终于再也忍不住，哭着跑开了。

其他人唏嘘不已。

男生们有人愤愤不满，却又不敢说话。女生们则多是敬佩或者开心地看向霍峻。毕竟秦嫣那副哭得楚楚可怜的作态，她们没几个喜欢的。

霍峻不在意。骂跑了秦嫣，他便转过身，一路走到秦可身旁。

顾心晴正激动得脸通红："峻哥，你太帅了，我和可可刚刚都要被那些女的气晕了！"

霍峻皱了皱眉。

"下次遇上这种情况，别拉着秦可往枪口上撞。"

顾心晴可怜巴巴地皱了脸，满怀歉意地看了秦可一眼。

"下次我不会这么冲动了，可可。你说得对，文艺部简直就是秦嫣的地盘，那几个男的更是瞎了眼，峻哥说得对，秦嫣几滴鳄鱼泪就骗得他们晕头转向，要不是峻哥……"

秦可都听不下去，笑着捂住顾心晴的嘴巴。

"行了行了，别吹他了。你们晚饭后不是还要集合训练？"

"哎呀！我差点把这件事给忘了！"

顾心晴一拍巴掌，恍然大悟："我这就赶紧回去！"刚要拔腿跑，她又突然想起来什么，冲秦可挤眉弄眼地笑，"我知道了，你是不是嫌我这电灯泡太闪亮了？我懂我懂，我这就走……"

说完，不等秦可恼怒，顾心晴一溜烟儿地跑没了影。

秦可转过头，对上霍峻那双漆黑的眼，心里一软。

"刚刚的事情，谢谢你。"

霍峻轻轻挑眉，不说话。

秦可犹豫了一下，道："不过如果再有下次，那你还是不要为我出头了。就像之前说的，文艺部是秦嫣的地盘，惹得大家都看不惯你的话，那就不……"

"文艺部是她的地盘。"

霍峻哑声低笑，微微垂下眼，眸光荡漾地看着女孩儿。

"可QD中学是我的地盘。而且，我的地盘就是你的地盘。"

霍峻往前低了低头，在女孩儿耳边笑了声："我也算。"

八月底，军训结束。

所有学生回家休息三天。三天后，QD中学的新学期便正式开始了。

新生们那些入学的兴奋劲和对新学期的憧憬，早就已经被军训消磨得一滴不剩。到开学那天，高一年级的普通班教室里只听得见新来的学生们的哀号声

"不！想！开！学！"

"太折磨人了！"

"放我回家……"

唯一的例外，大概就是三个单独待在一栋小楼的精英班学生们了。

"宋老师，我们这学期什么时候期中考试？"

"老师，今年都有哪些学科竞赛安排，学校里能给我们班多少名额？"

"我这一学年的必修课本已经温习过了，学校下一年的选修教材能提前发给我们吗，老师？"

看着被学生们围在讲台中间的面无表情的宋奇胜，秦可都替他感到头大。

而事实上，作为QD中学高一年级入学的第一名，秦可也没比宋奇胜轻松到哪里去。

随着又一拨上来跟她"探讨"学习经验的同学离开，坐在秦可身旁的顾心晴垮下了脸。

"可可，我现在太后悔了，不该跟你坐同桌的。咱们班学生的学习积极性也太高了吧，这么下去，这学期还不得被他们烦死吗？"

秦可苦笑着说："是有点。"

"那是有点吗？"顾心晴有气无力地翻了个白眼，"我看刚刚你要是松口说自己能传授学习经验，那恐怕有人当场就要纳头拜师了。"

秦可也无奈。

虽说年级第一这个成绩是没有任何水分的，是她凭实力考出来的分数，然而只有她自己知道，现在再让她重新去考一次，那结果一定大不相同。

只能庆幸现在还是高一，新知识都没开始学，她还来得及保住这份"荣誉"。

秦可刚准备给自己做份计划表，突然就听见讲台上传来一声喊声。

"秦可。"

秦可一愣，抬头。

宋奇胜站在讲台上，冲她招了招手，说："你过来一下。"

宋奇胜一直十分冷淡，对于之前那些烦扰他的问题大多以一句简短而敷衍的"不知道"作为回答。

这还是他第一次直接叫出班里某个学生的名字，顿时，无数羡慕的目光瞬间落到了秦可身上。

顾心晴："这气氛怎么像是要'白帝城托孤'了呀？"

秦可起身，临出座位前伸手戳了戳顾心晴的后脑勺："你是要把你的语文老师和历史老师一次性气晕吧？"

顾心晴冲她吐舌头。

秦可笑了笑，往讲台走了过去。

这会儿讲台上其他学生早就被宋奇胜打发走了，见秦可上前，宋奇胜抬了抬头，依旧没什么表情。

"在军训基地那会儿，郝教官是选了你做临时班长，是吧？"

"对。"秦可明显迟疑了一下。

"那回来以后也先由你来当班长吧。"

这再草率不过的决定让秦可一蒙，她刚想开口推辞一下，就听宋奇胜直接开口道："你应该也清楚精英班的特性，不管是你的第一名还是你的班长位置，我们都是优胜劣汰，所以就算你不想做也没关系，说不定再过一周，你就被其他人挤下去了。"

即便听得出这是激将法，秦可也只能接下了。

"我知道了，老师。"

秦可平静的语气里听不出半点被激将后的恼怒，宋奇胜略有些意外地抬头看了她一眼，随即便点点头。

"按照精英班的传统，其他班委你自己选；出了问题你自己负责，明白吗？"

秦可沉默两秒，道："我能问一下，是从哪一届开始的传统吗？"她可不记得秦妈那一届有过这样的说法。

宋奇胜没抬头。

"以前没有吗？那就你们这一届开始吧。"

秦可心想：精英班的班主任，果真是与众不同啊。

"新学期开学，真正能放心交给你们班委做的事情倒是不多。"宋奇胜从手底下那一堆书本文件里抽出来一张白色的纸，递给秦可，"这个算是其中比较重要的一件了，你搞好它。"

秦可接过去一看。

"艺术欣赏课？"

"对，为了响应上级号召，开展中小学生德智体美劳全面发展活动，增强学生在个人文化课以外的能力与素质，我校以三个精英班为初步试验对象，开始实行这个艺术欣赏课。"

宋奇胜的语气平板得不带一丝波澜，如果不是对方在和自己对视，那秦可几乎要怀疑他是照着文件直接念出来的了。

秦可快速地扫了一遍那张纸，几乎和宋奇胜的说法没区别。

找不到有效信息，她索性直接抬头跟宋奇胜"要"："那我们需要做什么？"

"之后有时间，你和高二、高三精英班的班长联系一下。学校里没给你们特意确定这个课程时间，所以你们自己商量。"

秦可表情微妙了两秒。

"我们三个年级的三个精英班，是一起上这个艺术欣赏课？"

"对。艺术欣赏又不分年龄和年级，这有什么问题吗？"

秦可："没有。"

"嗯，高二和高三的是你的学长学姐，所以这件事还是你主动去联系他们吧。记得在今晚之前把你们确定下来的时间通知给我。"

"明白。"

"好了，你先回去吧。"

秦可回了座位，顾心晴自然是忍不住问发生了什么。而听秦可三言两语地说了，顾心晴立刻反应过来："秦嫣不就是……"

秦可神色淡淡，道："高二精英班的班长。"

顾心晴表情扭曲了一下，"冤家路窄啊。不过峻哥都那样警告过她了，她应该会收敛点了吧？"

秦可沉默几秒，轻笑了一声。

"希望吧。"

看着秦可脸上那个很淡的微笑，顾心晴好像感觉到有一种凉意在周身蔓延开来。

她叹气。有些人聪明的话，还是放乖点吧。

趁着下午课间操的下课时间比较长，秦可顺着楼梯上了四楼，那是高三的精英班所在的单独楼层。

她上去的时候离下节课上课还有五六分钟的时间，本来以为进入高三的楼层，楼层里肯定安静得很。没想到她一上来就看见走廊上那吆五喝六、乱七八糟的景象。

秦可都忍不住蒙了一下。

因为这栋小楼内都是一层只有一个班级，高三又在最高层，平常上来的都是他们自己班的学生，所以当第一个人注意到从盘旋楼梯出口走出来的女孩儿时，就忍不住好奇地停了动作。

意外和好奇的情绪散开，原本嘈杂的走廊里安静了几秒。

"这谁啊？这么漂亮？"

"没听说过，也没见过，估计是今年刚入学的新生吧？"

"我怎么看着她有点眼熟？"

"巧了，我也是！但是长这么漂亮的，我见过就不可能忘了啊。"

"我想起来了！这不是上个月月初，军训会演上跳舞的那个女生吗！你们忘了，军训那会儿她中了暑，还是峻哥背下山的！"

"真是。"

"那她来我们班干吗啊？"

"不知道。"

"你去问问？"

"你怎么不去？"

"我去就我去。你就等着我这句吧？"

几个男生里终于有一个从窗台上跳下来，笑嘻嘻地走到秦可面前。

"学妹，你好。"

"你好。"秦可已经听见了他们的说话声，索性也开口直言，"我能找一下你们班长吗？我们班主任有事让我来通知他。"

"啊？"那男生一愣，随即露出了遗憾的神色，"你找峻哥啊。"

秦可："谁？"

"峻哥啊，你不是找我们班长吗？"

秦可感觉自己丧失了几秒钟的语言功能，然后才从大脑里重新启动了语言功能，"你们班长是霍峻？"

"对啊，"那男生龇牙笑了，"不然呢？"

秦可心想：那你们班主任可真是个勇士。

秦可有点头疼，但只能开口道："是，我找他，麻烦你帮我喊他出来一下，可以吗？"

"抱歉啊，小学妹，这个真的不可以。"

那男生嬉皮笑脸的，道："峻哥在教室里睡觉呢，要是敢吵醒他，我们还不得被他从四楼丢下去啊？"

"要不是峻哥在睡觉，我们干吗都躲在走廊外面？万一真把人吵醒了，肯定有人要倒霉的。"

秦可轻轻吸了口气，压住心底躁郁："那他什么时候能醒？"

"上课后？"

"好的，那麻烦你等会儿告诉他一声，下节课间我会过来找他的。"

"这恐怕不行。"

见女孩儿看向自己的目光几乎都要化成刀片了，这男生也有点不好意思。

他摸了摸后脑勺："按时间来说，峻哥很可能醒来以后就直接走了，他不照常上课的。"

秦可："所以我下节课根本见不到他？"

"对。"

秦可缓缓叹气。

"好的，我明白了，麻烦你让一下。"

男生下意识照做，一时间没反应过来。

秦可冲他点头道谢："我自己喊他起来吧。"说完，女孩儿侧过身走过这人旁边，径直进了教室。

几个男生都愣了。过了好几秒钟，其中一个回过神，僵着脖子转头问："她刚刚说她要干吗？"

"好像是……叫醒峻哥？"

"不是吧！"

几个男生回过神，面目扭曲，一齐冲进了教室。

秦可进到高三精英班的教室后，在第一时间吸引了绝大多数学生的注目，班里沉寂几秒后，立刻响起一点说话的声音。

"她不是军训会演那个？"

"我记得她，叫秦可！"

"她怎么来我们班了，她不是今年的新生吗？"

"为什么会来我们班这还用说？"

"也对，有峻哥在，高中的我是不可能被女生关注了。"

教室里很多人显然对她还有印象，此时见她出现，不少人议论过后，下意识地看向了教室后排角落里的位置。

秦可清楚他们会做好谁，早就做好准备，跟着望了过去。

只是让她有点意外的是，原本趴在那儿的男生在她迈出第一步前，身影便僵硬了一下，似乎是被学生们的小声说话声吵醒了。

几秒后，从那些细微而嘈杂的声音里捕捉到一个熟悉的名字，霍峻直起了身。

四目相对。

两人同时一顿。

霍峻蓦地一弯嘴角，露出一个让秦可想掉头往回走的笑。

"你怎么突然这么主动？"声音里有着午后初醒的松懒，他倚到了身后的墙上。

霍峻后桌就是乔瑾乔瑜兄弟俩，本来两人正在那儿各玩各的，听见动静后纷纷抬眼。

此时两人中的乔瑾也回过神来，打趣地说："秦可学妹，我们峻哥脾性最古怪了，越主动的女生他越厌烦，你可不能这样，得吊着他才行啊。"

秦可有点头疼。

在身旁那些好奇的目光里，秦可只能微微绷着脸，装作没听到乔瑾的打趣，一本正经地看着霍峻。

"霍班长，我来是为了传达我们班主任的一个通知。方便的话，麻烦你跟我出来一下？"

秦可刚要转身，就听身后那人声音里带着笑说："那要是不方便怎么办？"

班里其他人的表情都古怪了起来。

同班两年多，他们很清楚霍峻的脾性。他最不耐烦和纠缠他的女生说话，故而不管面对什么级别的美人，他都是冷着脸，爱搭不理的。

这还是第一次，他们亲眼见他对女生假以辞色，甚至主动调笑。

高三精英班的学生们看向秦可的眼神更古怪了。

处在焦点中心，秦可无奈。她把转回去一半的身体又重新侧回来，说："那霍班长怎样才方便？"

不等霍峻开口，秦可又补充了一句。

"宋老师要求我们在今天最后一节课前必须敲定这件事，所以我没有太多时间跟霍班长耽搁的。"

"不耽搁。"

霍峻轻轻眯起眼，嘴角的笑意若有若无。

"你过来就行。"

秦可警惕地看他。

迟疑两秒，秦可还是慢慢地走到霍峻面前。只不过在离他只剩半米远的时候，秦可压低了声音"警告"："你还记得，我们之间有个东西叫约法三章吧？"

"被约束的是我，现在问我怎样才方便的是你。"霍峻轻笑，眯起眼，"特简单。"

秦可："嗯？"

霍峻侧过身，长腿往秦可眼皮子底下一搁，他笑了。

"你坐我腿上谈，我最方便。"

秦可："霍班长，你继续睡吧，做个好梦，那样更快。"

说着，秦可把手里那张纸放到霍峻面前。

"艺术欣赏课的时间请敲定一下，这上面笔迹写的是高一和高二两个精英班的合适时间，霍班长从里面选一个，放学前找人转给我就好。"

语气平板地把事情说完，秦可转身走人。

一直到女孩儿的身影消失在教室门外，高三精英班里的学生才回过神。一开始努力压着音量的议论声立刻响起来了。

"我没看反吧？是那新生没给峻哥好脸色？"

"是不是我们现在都还在家里睡着呢，这只是一个梦？"

"希望峻哥不会迁怒到无辜的我们……"

然而学生们在偷偷回头观察霍峻的神情后，却更震惊了，他们视线里的男生别说是动怒，就连一丁点不悦的神色都没有。

霍峻甚至只是保持着之前的姿势半倚半坐在那儿，嘴角露着笑，有些遗憾地从已经没了女孩儿身影的教室门外收回目光。

然后他视线落到纸上，伸手把它拿了起来。

霍峻一目十行地扫视通知。他后桌的乔瑾咂了咂嘴，表情有点复杂。

"峻哥，你是不是有点太惯着秦可了？"

霍峻头也没抬，声音随意。

"她不是我妹吗？"

乔瑾："妹妹也没有这么惯的，我看再这样下去，用不了多久，她就该爬到你头上了。"

霍峻蓦地低笑出声。

他抬眼看向乔瑾，道："你真这么觉得？"

乔瑾，道："嗯，千真万确。"

霍峻嘴角一咧，笑意乖张。

"那我求之不得。"

乔瑾："嗯？"

几秒后，乔瑾沉痛地看向身旁的乔瑜，低声说："完了，他真变了。"

乔瑜瞥他一眼，换了话题。

"不过峻哥，你最近还是小心些。"

霍峻回眸。

乔瑜斟酌了下用词，才小心地开口道："霍家那边又有动静了。"

霍峻面上笑意蓦地一沉。眼底那些情绪也瞬间变得复杂起来。须臾后，他才松了神色，冷笑了声。

"怎么，他们又想绑我回去认祖归宗？"

"具体不清楚，家里也不肯透漏风声。"乔瑜有些担心地说，"总之，峻哥，最近一段时间你得小心了。"

　　艺术欣赏课的事情最终敲定在每个周六的上午九点，上课地点就在QD中学的多功能厅。

　　敲定的第一周便开始执行。

　　尽管被安排在周末，但精英班的学生们多数对这个新颖的课程有点好奇，故而"民怨"还不重。

　　三个年级的精英班汇聚一堂，在多功能厅的左中右三部分座席间分隔而坐。

　　来上课的老师还没到，各班都是班长维持纪律。霍峻、秦嫣、秦可依次站在多功能厅的最前面。

　　秦可这边靠新生自觉，秦嫣靠温声细语地哄，至于霍峻……

　　秦可瞥了一眼被之前霍峻不耐烦地喊了一声"都闭嘴"后，瞬间鸦雀无声的高三年级精英班，眼神复杂。

　　她现在算是看出来，这位高三的精英班班主任为什么会选霍峻当班长了，简直是……收效奇佳啊。

　　秦可正想着，多功能厅的正门突然被人推开，一道穿着得体黑色礼服的男士身影走了进来。

　　他在门旁停住，面带微笑。

　　"你们好，我是你们这学期艺术欣赏课的授课老师，霍景言。"

　　多功能厅里蓦地一静。秦可脸色陡变。

　　S城霍家管家霍景言。

　　可他怎么会出现在这里？

第五章

"你喜欢他？"

"可可？你怎么了？"

"啊？"秦可回过神，看向身旁发问的顾心晴，"什么？"

顾心晴不解地看着她，道："这新老师进来以后，你表情怎么那么奇怪？跟见了怪物似的。"说着，顾心晴看向多功能厅的高台上，把站在讲台后的霍景言打量了一遍，然后她更疑惑了，"我看霍老师长得挺帅的啊，年轻的时候肯定也是个帅哥，你干吗一副被他长相吓到的模样？"

秦可慢慢回过神，因为受惊而加速的心跳也慢慢平稳。

她垂下眼，无声地叹气。

"我只是没想到，他会是我们的老师。"

"嗯？"顾心晴一愣，"你认识我们这个新老师？"

秦可沉默下来。

她不该认识。至少在现实里，她本应该和霍景言没有任何交集。

尽管梦里霍景言曾将她视如己出。

在偌大而冰冷的霍家，除了霍重楼偶尔会陪陪她，多数时候能并且敢与她说话的，就只有霍景言。

霍景言像长辈那样照顾过她，也宽慰和疏导过她。她在梦里阴郁到几乎想要自杀的时候，霍景言是那个教给她如何活下去的人。

她至今记得霍景言对自己说过的那句话——

"人生不是踏破荆棘才见玫瑰，也不是历经风雨就见彩虹。多数人的人生布满荆棘，饱受风雨，你要学会的不是苦苦追寻渺无痕迹的玫瑰和彩虹，而是学着在荆棘上起舞，在风雨里歌唱。"

是这句话支撑着她一直走到最后。尽管她在梦里的结局不是很美好，但她真的很感激自己的人生里，曾经出现过这样一位导师一样的人物。

只是秦可从来没有设想过现实里，霍景言竟然真的会成为自己的老师。

毕竟按照她在梦里所了解过的，霍景言出身高等学府，履历辉煌，曾经在国外几所大学担任过名誉教授。因为他是霍重楼的父亲霍晟峰收养的养子，当年出国留学更是受到霍晟峰的支持，所以在霍晟峰年事已高，向霍景言提出要求他回国辅助自己的独子霍重楼时，霍景言毅然放弃了自己的前途，回国操持霍家。

而无论是霍家内务还是雄厚家业，霍景言都打理得井井有条。在梦里，秦可代姐姐秦嫣嫁入霍家时，霍景言年已不惑，她亲眼见证了霍景言对霍家和霍重楼的忠心耿耿，更十分清楚这位霍家管家的能力和水平。

也正因为如此，对于霍景言会出现在QD中学这件事，秦可觉得实在不可思议。

秦可想起了什么，眼神微动。

梦里闲聊时，霍景言确实与她提过，说他最向往的生活方式就是教书育人，帮那些尚未来得及看清世界就要选择未来的孩子们多了解哪怕一点这个世界的真相。

所以现在，他就正处于这种生活中吗？

秦可心情复杂极了。

她抬头看向多功能厅高台上，站在讲台后的霍景言。

现在的霍景言和梦里的他在长相上没有什么区别，这人仿佛天生就自带"冻龄"能力，让人摸不透年龄。

这一点显然也引得了其他学生的注意。

高三有女生忍不住开玩笑问："霍老师，您今年贵庚啊？"

正在讲台上整理小麦克风的霍景言不徐不疾地抬了头，稳稳看过去后，他淡淡一笑。

"我的年纪应该是你们在场多数人的两倍以上。"

"啊——"

女生们惊讶地拖长了调子。

她们年纪的两倍以上，那就大约有三十六岁了——可霍景言看起来也不过三十出头的模样。

"简直逆天啊。"顾心晴也忍不住感慨，"可可，你说对吧？他看起来哪像是三十六岁的人？"

"嗯。"秦可笑了笑。

如果他们能见到四十多岁的霍景言，就会发现他的长相还是跟三十出头一样。

只是刚答应完，秦可眼神突然顿住了。

她不由得屏住呼吸。

三十六岁。

如果她记得不错，霍景言在梦里跟她说过，在三十六岁本命年的生日那天，他做过一个让他后悔一生的决定，因为那次决定，他彻底失去了他最爱的女人。

秦可慌忙看向身旁的顾心晴。

"心晴，今天是几号？"

"啊？"

"今天几号！"

"我……我看看，"顾心晴被秦可惊得一蒙，连忙拿手机查看时间，拿到一半才突然回神，"我们刚开学一周啊，今天当然是九月七号。"

秦可紧绷的身体蓦地一松。

这短短几秒里，她背后已经惊起了一层薄汗——九月七号。而霍景言的生日在十月底，那就都还来得及。

霍景言是在那场梦里拯救过她人生的人。她想上天让她记得那个梦，可能也是给她机会去回报这些帮过她的人吧。

她一定会帮霍景言阻止那件灾祸发生的。

顾心晴还在旁边蒙着，问："可可，你今天到底怎么了？真的不太对劲啊！"

"抱歉。"秦可满怀歉意地看向顾心晴，"刚刚是不是吓着你了？"

顾心晴说："我倒是还好。只是你没出什么事情吧？"

秦可沉默两秒，含糊地说："其实你之前猜得没错，我确实认识霍景言老师。"

"啊？"顾心晴惊讶地睁大了眼睛，"那你们……"

"你别误会，只是我单方面认识他而已。"秦可想了想，借着自己梦里对霍景言的那些了解，找了个理由，"艺术一直是我的爱好，不管音乐、舞蹈，还是绘画……霍景言老师刚好就是我最喜欢的一个画家。"

顾心晴傻眼了："他还是画家？"

想了想，顾心晴又释然了，说："那也难怪学校里安排一位这么年轻又帅气的人来给我们当老师。"

两人说话间，讲台后的霍景言已经导入了讲课用的课件，此时他笑着抬头，目光扫过学生们。

"很高兴能来QD任职，更高兴能遇见你们。之后我们会有大约一个学期的相处时间。希望能与大家愉快相处并且有所收获。"

学生们自觉鼓掌，而霍景言轻轻抬手示意停声。

"这节课我会给大家讲解一些基础的东西……"

一边说着，霍景言一边打开课件。

课件第一页就是"艺术欣赏"四个大字，背景似乎是一幅西方油画，学生们多数对这些画作和风格并不了解，也就没有多注意。

鼠标一跳，下一页便是霍景言的个人自我介绍页面。

只是霍景言并未停留，直接跳了过去，同时淡定地笑着说："自我介绍是无用环节，我们直接跳过，不过别告诉你们班主任我是这样说的。"

学生们纷纷笑开。

但也有几个眼尖的学生，早已瞥见其中自带无形金光效果的学校名字，有人忍不住低声惊呼。

"霍老师，我们想看一下你的自我介绍！"

"是啊，霍老师，你总得给我们一个了解你的机会，才能愉快相处吧？"

霍景言显然有些意外这帮学生的"不见外"，闻言动作稍停，他直起腰身，说："自我介绍这种东西只会让第一印象刻板化，所以对后续相处没什么帮助。"在见到学生们显而易见的失望之色后，他笑了声，"你们真要看？"

学生们的眼立刻亮了。

"是啊，霍老师，让我们看看吧！"

"好吧。"

霍景言无奈，只能退回上一页。

秦可早有心理准备。其他学生却没有。多数人差点被这金光闪闪的辉煌履历闪瞎了眼。

于是接下来的几秒里，只听得见多功能厅里此起彼伏的惊呼声和赞叹声。随之而来的，就是无数落向霍景言的崇拜眼神。

霍景言无奈，屈起食指挠了挠额角。

他开玩笑道："这份课件是你们学校的老师做的，里面很多溢美之词，你们就当三分真，别想那么多。"

学生们自然不信他。

就算词用得夸张，可那些履历却是实打实的，足够让QD中学任何一位老师自愧不如了。

"真不知道学校是从哪儿请来的这么一位'大神'。"

"是啊，这样的人竟然也会来高中教课，我们也太幸运了吧。"

"他还是艺术家协会的，我家里有长辈是那个协会的会员，那个协会超级严苛，竟然会有这么年轻的会员。"

女生们惊讶的议论声里，坐在第一排的秦嫣也微微激动起来。

这简直就是天赐良机。

她之前费尽心力地想要接近吴清越老师，无非就是看重他背后的人脉和关系网，以及他在一些圈子里的地位和话语权。

只是因为秦可，吴清越对她的印象一朝尽毁，她之前的一切努力都白费了。而这种时候，一个论能力、论身份、论资历，与吴清越比起来都有过之而无不及的霍景言突然出现在了她面前！

秦嫣暗自咬牙，紧紧攥住了拳头。

她相信这一定是上天给她的新机会，只要抓住了霍景言这张牌，她一定能有比她规划里更光辉无限的未来！

一想到这里，秦嫣的心都忍不住激动地怦怦连跳了几下。她压下自己眼神里的热切，一瞬不瞬地望着讲台后的霍景言。

翻过自我介绍那页课件后，霍景言开口道："对了，我准备在三位班长里选一位课代表，负责交接课业事务。"

他面带微笑，眼底某种微光暗闪。

"所以，三位班长能站起来让我认识一下吗？"

霍峻早在看见霍景言的第一眼，就已经变了神色。

他身后的乔瑾乔瑜兄弟俩更是目瞪口呆，愣了好几秒才把声音压到最低，凑到霍峻面前。

乔瑾："峻哥，这……这不是你家老头子的那个养子吗？他怎么突然来了？而且还要给我们当老师？"

乔瑜"啧"了声，道："这明显是阴的不行，就要跟峻哥玩阳谋了。"

霍峻冷冷一哂，伸手把头顶棒球帽往下一拉，帽檐盖住一张白皙俊脸。

即便大大咧咧地坐在第一排最扎眼的位子，霍峻也一点没有遮掩自己"当堂睡觉"的意思。

乔瑾和乔瑜对视一眼，暗自咋舌。

这怎么看都是要杠上的节奏啊？

只不过后面的发展让乔瑾和乔瑜有点意外。即便他俩都很确定霍景言早就看见了睡觉的霍峻，但霍景言竟然一点表示都没有。

丝毫不像他们听说的那个手段了得的霍家养子。

直到这句——

"所以，三位班长能站起来让我认识一下吗？"

在这个让三个精英班的女生都陶醉感慨的温柔声线里，乔瑾和乔瑜面无表情地对视了一眼。

乔瑜做了个无声的口形：来了。

乔瑾叹气，愁眉苦脸地看向前排：黑色棒球帽扣住了男生的脸，即便从他这么近的位子看去，也只能隐约看见一截凌厉的下颌弧线。

霍峻睡得很香，丝毫不受霍景言那句话的影响。

与此同时。

多功能厅另外两块区域，秦嫣一听见霍景言的话，就迫不及待地站起身。而最右边，秦可则显然有些意外。

在身后顾心晴小声的催促下，她才回神，跟着站起来，走向讲台。

眼见着高一和高二两个精英班的班长都已经站出来了，唯独多功能厅的左侧区域，高三年级的精英班里毫无动静。

第一排里唯一坐着人的位子上，霍峻睡得明目张胆。

方才刚起的那点热闹的气氛瞬间被压到了冰点。

尤其是高一和高二的小女生们，多是眼神慌乱地看向霍景言，到此刻她们才突然想起，这多功能厅里还有这么一位大佬。

其余人则都好奇起来，想看霍景言会怎么办。

处在其他人视线焦点，霍景言笑得不慌不乱。等秦嫣和秦可走到讲台下，他才淡定地笑了笑。

"只有你们两个？"

秦嫣眼神一闪，露出一个不好意思的笑容。

"霍老师，您别生气，霍峻学长就是这样的性子。校长来了，他也这样。"

霍景言目光淡淡地看了她一眼。

他的目光里若有深意，一瞬间，秦嫣几乎感觉自己所有不足为外人道的龌龊心思都被霍景言这一眼看穿了。

她心里一栗，然而再定睛去看的时候，却发现霍景言无论眼神还是表情，都是与方才一般无二的温柔和熙。

秦嫣紧张地咽了口唾沫，垂下眼，又攥紧了手。

一定是她的错觉，一定……这次，她绝对不会再让这么好的机会从面前溜走了。在讨人喜欢这方面，秦可那榆木疙瘩一样的性子，怎么可能比得过她灵活机变？

这样安慰过自己，秦嫣面上的笑容越发明媚了几分。她再次抬眼，看向霍景言时笑容更加明显。

霍景言反应如常，道："看来他是完全不想当这个课代表了吧？"

秦嫣："霍峻学长对这些事务最不感兴趣了，老师。"

"没关系，那就摘掉他这个选项。"

听到这里，秦嫣心里一喜。只是霍景言的下一句话，就让她的笑容僵在了脸上。

"这样吧。"霍景言笑着低头看向两个表现截然相反的女生，"作为我的课代表，联络三个班级，能处好关系一定是最重要的。你俩谁能把霍峻带到我面前，就谁来做这个课代表，怎么样？"

秦嫣表情僵了好几秒。

她心里着急，掌心都冒汗，直到几秒后才突然灵光一现。

她稍稍收敛笑容，把额前垂下来的碎发挽到耳后，先是看了旁边的秦可一眼，然后才转向霍景言，温声开口道："霍老师如果想这样选的话，那就选秦可吧，她在人际关系上一向很会打理的，和霍峻学长的交情也很好。"

旁边秦可的身影一顿。

或许因为此时是站在被她视为父兄的霍景言面前，秦可被秦嫣明显藏有暗意的以退为进的嘲讽彻底惹火了。

许久不曾有过的懊恼情绪浮上心头。秦可侧过脸，看着秦嫣那虚伪的笑，气极反笑，说："第一次听你这样夸奖我——谢谢。"

秦嫣的笑容微微僵了一下。

她显然没想到一贯寡言少语的秦可，竟然会在这么短的时间内就简短、漂亮地反击了自己，不由得意外又不甘地看向身旁。

秦嫣还想说什么，但很快警醒过来，霍景言从履历上看就不是一般的角色，自己如果将对秦可的恶意表露得太明显，一定会被霍景言发现。

这对她的目的有害无利，她必须得避免。

这样想着，秦嫣眼带期盼地看向霍景言，希望对方能理解到自己那番话里的以退为进，听出秦可和霍峻私下有旧交，从而换一个筛选条件。

然而令秦嫣大跌眼镜的是，霍景言思考了几秒，竟然真的淡淡一笑，欣然从之。

"好啊，那就按她说的。"他看向秦可，微笑，"只要你能把霍峻带过来，那我的课代表这个职务，就交给你了。"

秦嫣心想：这可不是她说那句话的目的。

秦嫣难以置信地看向霍景言。只是对着那张没有丝毫变化的微笑脸，秦嫣一时之间也分不清霍景言到底是真的没听懂，还是听懂了故意在装傻。

秦嫣又嫉妒又不甘地看向秦可。

秦可显然也意外于霍景言的处理方式。

她诧异地看向霍景言，而她视线里的霍景言则微微一笑，眉眼温柔。

霍景言："怎么，你也有困难？"

秦可心里一松。也对，这才是她梦里所认识的那个始终温柔始终睿智的霍家管家。秦嫣那些心思或许骗得过别人，但绝不可能骗得过霍景言。

只是……

秦可回过头，迟疑地看了一眼高三精英班的方向。为了拿到艺术欣赏课代表的职务以便接近霍景言而去叫醒霍峻，这样的事情，她实在是做不出来。

就在这让秦可进退两难的沉默里，秦可和秦嫣身后传来一声冷笑。

"那现在呢？"

秦可一怔，回过头，却见霍峻已经扯掉了棒球帽，起身走到她身旁，就势停住，眼神懒散又好像凌厉得带刺。

"'霍老师'，现在你准备怎么选？"

霍峻那双桃花眼眼尾一抬，睐向霍景言。明明是自下而上，偏偏却带着一种睥睨的嘲讽。

秦可不解地看向霍峻。

这人的疯性，她再习惯不过。但多数时候，他对任何人都是懒得假以辞色的，而此时，霍峻却对霍景言流露出再明显不过的挑衅，还是主动挑衅。最可能且合理的解释就是这两人认识，而且有旧怨。

秦可目光一闪。难道霍峻真的和霍家有关？

不等秦可想完，讲台后的霍景言已经笑出了声。

"那还真是为难到我了。"霍景言和霍峻对视两秒，转开眼，笑着道，"那就看你们这节课的表现吧。课后，我会决定该任命谁的。"

这话一出，台下其他女生也隐隐兴奋了。

有胆子稍大些的，举起手来笑着问："霍老师，那如果我们表现好的话，是不是我们也可以当你的课代表啊？"

霍景言莞尔。

"当然。"他低头看三个班长，"那你们先坐回去吧。"

秦嫣表情僵着。

秦可则点头，转身回到了位子上。

之后一整节课，学生们的热情果然都空前高涨。

能够看得出来课件确实不是霍景言自己做的，其中文字表述稍有纰漏，都会被他笑着指正。

而粗略介绍西方油画的几大流派的风格区别时，虽然每个流派的附图都是除了名字以外未有标注的，但霍景言依然能将画家信息、创作灵感、创作时期和背景与画作亮点讲述出来，如数家珍。

大半节课下来，教室里俨然有一半女生快成了霍景言的粉丝了。

课堂中间，乔瑾一度气得偷偷磨牙，说："峻哥，我看他不是来找你回去的，更像来跟我们抢学妹的。"

"别人我不知道，"乔瑜也揶揄道，"不过，我看秦可学妹看霍景言的眼神确实有点往粉丝方向发展了。"

乔瑾："啊？不能吧，我看秦嫣和其他女生都在那儿抢答问题，秦可好像一点都没作声。"

乔瑜："不信你自己看嘛。"

原本面无表情的霍峻闻言，蓦地抬眼，视线越过大半个多功能厅，直接落到高一精英班第一排的方向。

而事实便如乔瑜所说。

作为班长独自坐在第一排，秦可虽然不像其他人一样紧跟霍景言的问题抢答，但仍是聚精会神地望着台上，甚至两只手都乖乖巧巧地伏在膝头，纤细的腰身挺得笔直，漂亮的杏眼乌黑发亮。

目不转睛，一眼不眨。

这不是"往粉丝方向发展"，这俨然已经是粉丝了。

霍峻脸色铁青。

后面乔瑾看见了，努力憋住笑。

"忍忍，峻哥，再有两分钟就下课了。"

而此时台上的霍景言也讲完了最后一个流派。

"蒙克的这幅《呐喊》是表现主义最具代表性的作品之一，共有四个版本，其中有一个版本是蒙克作品中流传最广的几个作品之一。下节课我们会以它为例，先讲讲表现主义在西方美术史里的发展阶段。"

霍景言说完，点向了最后一页课件。

一幅新的油画出现在大屏幕上。

刚经过超越普通人审美水准的大师级油画的"熏陶"，突然出现的这幅油画的风格格外不一样，也引得学生们眼前一亮。

屏幕上是一幅风景人物油画。远景是乌云密布和雷雨交加，近景是一片荆棘，密布丛生。

而在这近景和远景之间，模糊地画着一个长发女人，裙摆散乱，似乎正在这暴雨与荆棘里翩然起舞。

"好漂亮啊。"

有女生情不自禁地纷纷感慨。

"不过这幅画为什么没有写出画作名字？"

"估计是做课件的老师又忘记了吧……"

"霍老师，这幅画叫什么名？"

"是啊，霍老师，这幅画画得好漂亮，也是哪位流派大师画的吗？"

在女生们的询问声里，霍景言正望着屏幕上无奈苦笑。

方才一滑到这一页课件，他就怔了一下，显然没有想到会在这个课件里看见这幅画作。

而此时听见女生们的问题，他也只能移开了视线，似乎在犹豫着要不要开口。

就在这几秒的沉默间，一个轻和的女声忽然响起："风雨荆棘。"

多功能厅里正是安静时，听见这个声音以后，其他人情不自禁地看过去，然后他们之中，尤以秦嫣表情变得复杂起来。

这话竟然是一直沉默的秦可突然开口说的。

连坐在秦可身后的顾心晴都有些意外，顾心晴压低了声音，说："可可，你刚刚说什么？"

秦可盯着那幅画，轻声道："这幅画的名字叫《风雨荆棘》。"

"啊？你认识？"

中间区域，秦嫣表情扭曲了一下。

她皱着眉看向讲台上的霍景言，无比希望他说秦可的答案是错的。她在这节课的表现应该是中上水平，可不希望在这最后一页课件上被秦可抢走了风头。

而此时台上，霍景言似乎也怔了好几秒才回过神。

他笑起来，说："你们之中有人了不得啊，竟然连这幅画也认识？"

秦嫣脸色一变。

霍景言却只看向了秦可，说："我有点好奇，你是怎么知道这幅油画的？不同于前面的诸多大师之作，这幅油画的创作者只是个无名小辈，画作的流传度也很低，即便是专业画者，知道这幅油画的比例应该也不高。"

秦可沉默下来。

她当然认识。

在梦里，霍景言曾亲手临摹了一幅送给她，而对她影响最深的那段话也是在送这幅画时一并赠予的。

也正是那时候，她才得知当时画坛惊鸿一现却又很快没了踪迹的黑马画家"一言"，竟然就是霍景言的化名。

然而此刻，秦可自然不可能这样说。

她安静两秒后，站起身，坦然地道："这幅画是我最喜欢的画家的代表作。《风雨荆棘》在许多杂志上引起过不少的讨论和不小的轰动，那位作家也绝不算是无名小辈。"

霍景言面上的笑意更深了。

"既然你知道这幅画的名字，我刚刚也说过很多画作的创作寓意了，那你不妨也讲讲你对这幅画的创作寓意的理解？"

秦可目光微动。

下个月月底就是霍景言的生日了，按照他们每周一节课的频率，如果真的想拉近和霍景言的距离，进而改变让他失去爱人的那个决定，那她似乎也只有这一条路可走。

想通这一点后，秦可抬眼看向霍景言，声音平静地开口。

"我……"

她话音未落，一个稍有些焦急的声音插了进来。

"老师，我也想试试。"

秦可一顿。

须臾后，她侧过头望向身旁——秦嫣从中间区域的第一排举手站了起来。

霍景言停顿两秒，微微一笑。

"可以，那你先说。"

秦嫣心里一喜，面上却没露。她深吸了口气，定睛看向那幅油画。

"画的色调整体偏暗，而且无论对风雨还是对荆棘的描绘，笔触也非常粗犷，所以我认为画家是在表达一种对现实挫折的不满与反抗和竭力冲破那种阻挠，迎来光明坦途的希望。"

说完之后，秦嫣便满怀期待地看向霍景言，似乎是在等着他的肯定或者褒扬。

然而让她失望的是，霍景言对她的话并没有过多的反应，只是稍稍点头，淡笑着说："不错。"

跟着，霍景言便转头看向秦可。

"你呢，和她的意见一致吗？"

"我们不一样。"秦可轻声道。

秦可眼神微深地望了秦嫣一眼，随即才转回视线。

"这幅画的背景是压抑而沉重的，荆棘丛生与雷雨交加，都是负面情绪的表达。"

秦嫣脸色一松，随即眼底浮起讥诮的情绪。

方才被那句若有深意的"我们不一样"一压，她心里还慌了一下，可现在一看，秦可分明就是在复述她的表达。

而就在这时，秦可话锋一转。

"但我认为，画的中心却并不是这些风景，而是那个在舞蹈歌唱的女孩儿。在传统绘画风格里，很多画家习惯以矛盾的事物突显主题，譬如荆棘与花，风雨与光。然而在这幅画里，我们可以看到的是画家极力地避开了花与光等相关的因素。"

随着秦可的说话声，学生们纷纷注目，随即有人点了点头。

而秦嫣皱眉，忍不住开口反驳："那这不就是完全的压抑与沉重的表现吗？"

秦可没有看她，再开口时语气依然平静。

"不表现未必就是一种渴求。这幅画本身属于写实主义风格，我们不妨以风格的角度来看，画就是在表达最纯粹的现实——没有花与光，而只有荆棘与风雨。"

秦可的目光从画上落下，与讲台后的霍景言目光交接。

她眼神微微闪了下。

"所以我认为画家在这幅画中所寄寓的也并不是负面与消极，而是在告诉我们，人生不是踏破荆棘才见玫瑰，也不是历经风雨就见彩虹。多数人的人生布满荆棘，饱受风雨，与其期待虚无缥缈的花与光，不如去做更实际的事情——学会在荆棘丛生中起舞，在雷雨交加里歌唱。"

秦可说完，垂眼。

"这是我的理解，谢谢老师。"她收声，坐下。

四五秒后，安静的多功能厅的角落里响起几声情不自禁的掌声。

秦嫣脸色难看地坐了下去，显然连她也被秦可这番话说服了。而讲台上，霍景言第一次露出了微笑之外的表情。

他怔然地望着台下第一排的秦可，久久没有回过神。

多功能厅的最左侧第一排。

霍峻轻轻眯起眼。他望了一眼台上的霍景言，又顺着男人的目光落到秦可身上。

盯了两秒，霍峻那双漆黑眼里的情绪彻底阴沉下去。

秦可坐下去后，多功能厅内的掌声持续了许久才停下。

而此间，讲台后的霍景言已然回过神。他深深地望了秦可一眼，然后才笑着将视线收回。

"看来，课代表的人选，你们已经帮我决定好了？"

"是——"

多功能厅内的学生们闻言一齐笑了起来。

霍景言笑着侧过身，说："既然如此，众望所归。秦可同学是吧，这'艺术欣赏课'未来一个学期的课代表职务，就交给你了。"

秦可并不意外，这也是她会把霍景言那幅画作的创作寓意说出来的根本目的。

在秦嫣投来的嫉妒不甘的视线里，秦可站起身，声音轻和安静，道："谢谢老师。"

讲台后的霍景言没有抬头，他只垂眼收拾着桌面的东西，声音里却听得出温柔笑意。

"不必客气，秦可同学，以后我们是互相帮助。"

秦可忍不住轻轻笑了一下。

这时，她突然敏感地感觉到一束比秦嫣的视线更加让她不能忽视的目光落到了自己身上。

秦可若有所察，扭过头顺着那方向看了过去。 正对上一双压在棒球帽下、漆黑深沉的眼。

目光相触的一瞬间，秦可面上的笑意微微停顿了一下。

似乎是察觉到她这细微的神情变化，她视线里的男生蓦地冲她一笑。那双骨节修长又白皙分明的手交叠着抬起来，缓缓扣压在他自己的颈前。

秦可身形一僵。

"下课。"

讲台上的霍景言在此时开口，学生们纷纷起身，有女生忍不住上前去找霍景言，打着"问问题"的旗号套近乎，整个多功能厅内开始混乱嘈杂起来。

秦可的视线里，霍峻的身影也逐渐被无数学生交叠的身形淹没。断掉了那个笑容和眼神的压迫感，秦可才眼神一松，收回目光。

"可可，"顾心晴好奇地从后排离开，走到秦可身边，"刚刚峻哥是在看你吧？"

"嗯。"

"那他那个动作,"顾心晴想起自己方才恰好看见的那一幕,不解地学着交叠了下双手在颈前压了压,学完就更疑惑了,"他那个动作是什么意思?"

秦可脸上没来由地发热。

她撇开眼,伸手扯掉了顾心晴的手,敷衍道:"没什么。"

"明明一定有什么。"顾心晴笑嘻嘻地凑上去,"这才多久,难不成你们之间已经有你们的私人暗号了?那刚刚那个手势是什么意思,告白吗?"

秦可怕顾心晴瞎猜,迟疑了几秒后,她含糊地说了实话。

"不是,算是一种……警告吧。"

"警告?"顾心晴一愣。

"嗯。"

"峻哥警告你吗?警告什么?"

秦可沉默两秒,叹气,开玩笑地说:"家有狂犬,拴紧锁链,免伤无辜。"

顾心晴:"哈哈哈,可可,你也太逗了吧!要是被峻哥知道你这么在背后编排他,他得多生气啊!"

秦可心想:所以说,喜欢追根究底,但偏偏最后又绝不相信那句代表真相的实话,这真的是人的某种劣根性吧。

顾心晴笑点奇特,被秦可一句话逗得前仰后合,秦可也就实在没办法和顾心晴再解释,只得放任顾心晴把这句话当作一个笑话了。

等多功能厅里人数少了些,秦可再定睛去看霍峻原本所在的方向时,那座位上已经没人了。

再看一眼讲台上被女生们围得里三圈外三圈的霍景言,秦可只能暗自叹了声气,按捺下不安的心绪,和顾心晴一齐往多功能厅外离开了。

霍景言又被女生们缠了将近十五分钟,才勉强脱开身。

他独自站在讲台上,收起身后的幕布,俯眼台下,多功能厅里此时已经没了学生,灯光下,只有他一人。

霍景言默默站定两秒,从西装口袋里摸出手机,在第一个默认的号码上按下，拨了出去。

须臾之后，电话便接通了。

电话那头响起一个沉稳的中年男声，带着经岁月磨砺过的厚重感，他是霍景言所熟悉并最为景仰的人。

对方"喂"了一声后，霍景言主动开口道："叔叔，我见到小峻了。"

"嗯。"对面中年男人的声音并没有太多起伏，但霍景言出国前不知追随了霍晟峰多少年，对方的一丁点情绪上的变化，甚至不等霍晟峰表达出来，他都能有所预测，更不必说此时。

那情绪里压抑的关怀又岂止几分？

"你刚到Q城，自己先安顿好，他的事情不用着急。"

"没关系。"霍景言垂了头，"除了有点排斥我的到来，小峻看起来一切都好。"

霍晟峰声音一低，道："那孩子就是被他母亲惯坏了……从他知道自己身世起，就一直对霍家和我都不抱善意，这次还是要辛苦你了。"

"叔叔，这是我的本职工作。"霍景言收起手边最后一叠教学材料，"我会把他带回霍家，这是我理应做的。"

霍景言停顿了下，犹豫之后还是开口问："只是，您确定要让他变回霍重楼吗？"

"怎么，你也觉得我这决定是错的？"霍晟峰声音微微沉了下去，"霍峻年纪尚小，不知道出身的重要性，你也不清楚吗？"

霍景言："不，只是……"

霍晟峰打断了霍景言的话，说："如果他没了霍家大少爷这层身份而只是个私生子，这一辈子，他在圈子里都会被人看不起。为了给他一个合理合法的霍家正统继承人的身份，我从他出生的那一刻起就开始准备，而今，他就只因为他生母的事情，就想弃我多年的努力于不顾，执意选择一条困难重重的绝路？"

霍晟峰在电话对面重重地哼了一声，扔下了总结语。

"我绝不会允许他这样自毁前途。"

霍景言沉默几秒，低声道："我知道了，叔叔。我会尽力让小峻明白您的苦心的。"

电话对面，霍晟峰沉吟片刻，语气稍稍放软。

"如果小峻能像你这样懂事，那我大概也不用操这么多心了。"

霍景言："总有一天，小峻会理解的。"

"希望吧。"霍晟峰叹气，转而又道："我让你查的那件事呢？"

想起今日课堂上那个叫秦可的女孩儿，霍景言目光微微一动。

或许是因为她是第一个真正看透了自己那幅画寓意的人吧……霍景言第一次对霍晟峰撒了谎。

"按照目前我观察到的，小峻并没有和哪个女生行为过密，但我会继续查下去。"

"好，那小峻的事情，我就交给你了。"

"嗯，叔叔放心。"

一两分钟后，通话结束。

霍景言收起手机，拿起讲台上自己带来的教辅材料，顺着台阶走下多功能厅的演讲高台。

厅内此时除了台上几盏灯还亮着光，别处都已经被黑暗覆满。霍景言刚踏下最后一节台阶时，多功能厅的前门突然被打开。

走廊上的光线透入，推开门的人手插着裤袋往门上一靠，薄薄的嘴角轻轻挑了下，眼尾弧度微冷。

"那么辉煌的履历，只用来做这点小事，你也不觉得憋屈？"

霍景言只在最初两秒稍作停滞，很快便反应过来，又戴上了那副微笑面具。

"这是我的职责所在。"

"职责？"霍峻冷笑了声，"你倒不如直说那个人给你许了多大的好处，才能哄得你这样死心塌地地给他卖命？"

"这世上不是所有的人和事情都能以利益收买或者驱使。"霍景言一顿，"只是我也没想到，重楼少爷原来还会做这种偷听别人电话的'小事'。"

一听到那个称呼，霍峻就冷了眼神和脸色。

只不过霍景言原本以为霍峻会在第一时间驳斥他或者直接转身离开，但出乎他意料的是，霍峻在沉默了几秒后，竟然既没发火也没走人，反是明显压下了眼底的戾气。

站在门前，踏在多功能厅里外的光影交界处，霍峻冷笑着说："我对你们之间那些勾当没有丁点兴趣，你不必担心。"

"那重楼少爷这是……"

霍峻转开眼。

几秒后，他极轻地嗤笑了一声。

那一笑带着点戾气，但更多的，却是某种让霍景言听不懂的情绪。

"我只是要跟你确认一件事。"

"嗯？"霍景言眼神一闪，"重楼少爷想知道什么，我一定知无不言，言无不尽。"

霍峻从来不吃他这一套。

所以听了之后，他眼神中依旧含着嘲弄，最深处的某种情绪却缓缓流动起来："秦可，你会喜欢她吗？"

霍景言一愣。

愣过之后，他不由失笑，说："这就是你要问的？"

霍峻似乎也知道自己这个问题问得十分幼稚，在开口时眼神里难得露了丁点狼狈，但话已说出口，他也没准备收回，说："是我问你，不是你问我。"

霍景言仍是笑："虽然重楼少爷和我理论上同辈，但按年龄来算，我几乎已经足够做你那些小同学们的父辈了。喜欢一个几乎比自己小二十岁的女孩儿，在重楼少爷的心里，我就这么不堪？"

霍峻毫不在意他的打趣，说："记得这是你说的。"

确定完，他转身毫无留恋地准备往外走。

霍景言眼神一动，还是喊住了他。

"你应该听到我和你父亲的电话了？"

转过身的霍峻身形突然一停。

他没转身，只侧过脸，本就凌厉的下颌线绷起近乎锋锐的弧度，那双黑眸里也彻底没了最后一丝温度。

"他不是我父亲，我没有父亲。"

霍景言没有与霍峻在这个话题上纠缠，而是十分明智地选择了跳过。

"他的意思，我想你猜得到。"

"所以呢？"

"所以，"霍景言微眯起眼，"我认为如果重楼少爷真的喜欢那个女孩儿，那么在现阶段，你最该做的事情就是离她远一点。"

"应该？"

霍峻闻言，蓦地从嗓子里迸出一声沙哑的笑声。

"在我的字典里，没有'应该不应该'，只有'想要不想要'！"

霍景言难得皱了眉。

"你拿她当附属物？"

霍峻忍无可忍，转回了头。

他眼皮一掀，笑意懒散又冷。

"别跟我扯那一套情感哲理学，我没兴趣。"

他一顿，轻轻眯起眼，眸里漆黑得好似光都不能透入半点。

"霍景言，你知道我和你们，甚至和那个人以及整个霍家之间最大的区别是什么？"

霍景言眼神一闪："愿闻其详。"

"那个人和你，姓的都是霍家的霍，就算那个人只把你当霍家养的、扣着养子名号的一条狗，那也是贵族品种的狗。"

霍峻冷笑一声，眼神里的锋芒刺得人生疼。

"可我不一样。不管你怎么称呼我，我生下来的时候就不是什么'重楼少爷'，而是路边人人都能踢上一脚的野狗。"

"你知道野狗什么习性吗，贵族犬？"

霍峻仰头，看向台阶上的霍景言。

他咧嘴笑，牙齿雪白，眸里漆黑如长夜。

"很简单。"

"谁敢碰我的东西，我会亲自把他撕碎了，一口一口吞下去。不管是你，还是霍家。"

接到霍景言的电话时，秦可已经跟顾心晴走到QD中学的南门了。

"霍……老师？"

听出这个熟悉的声音，秦可着实愣了一下。

电话那头的男人笑着抱歉，道："下课前忘记告诉你留一下，这时候才想起来，真是对不起，秦可同学，能麻烦你回来一下吗？关于下节课的课程内容，我还有一些事情需要通知你，麻烦你回去让大家准备一下。"

"现在吗？"

"嗯，我现在就在多功能厅的外面等你。当然，如果你不方便的话，我们可以另约时间。"

"没有不方便，"秦可说，"我这就过去。"

"好。"

挂断电话，秦可收起手机，看向一旁的顾心晴："心晴，今天我可能不能和你一起回去了。"

"嗯？"顾心晴想起刚刚秦可对电话里那人的称呼，问："是霍老师有事找你？"

"对。说是和下节课的上课内容有关。"

"这样啊，那行，我自己回去也没关系。"

"不好意思了。"

"这有什么，又不是你的错。"顾心晴不在意地摆摆手，跟着就要转身，只是转到一半，她突然想起来什么似的，蓦地一停。

"小可，你什么时候把手机号码告诉霍老师了？"

秦可身形蓦地一顿，神色怔然："我没有给过他。"

别说给电话号码，两人在这节课前后甚至都没有真的一对一说过话。

顾心晴："啊？那霍老师怎么知道你的手机号码的？"

秦可眼神晃了晃，随即笑着说："可能是问了班主任吧。"

"哦，也对，班主任那儿有所有人的联系方式，我都傻了。那我先走啦，后天学校见，可可！"

"嗯，再见。"

目送顾心晴远去，秦可面上的笑容一淡。

她情不自禁地微微皱了下眉。

不知道为什么，尽管秦可给顾心晴的那个答案合情合理，但秦可总有一种事情远没有这么简单的直觉。

然而无论怎么想，梦里和现实的事情搅和在一起，只会乱得秦可心里烦躁，一点头绪都捋不出来。

她晃了晃头，抛开那些杂念，决定先去找霍景言。

秦可转身离开。

她没有看到身后顾心晴在走出南门后，第一时间停住了脚步。QD中学南门外的大理石石碑前，几道身影拦住她的去路。

一见顾心晴一个人出来，站得最近的乔瑾一愣，问："小学妹，总和你走在一起的秦可学妹呢？她怎么没出来？"

普通学生多少是害怕跟着霍峻的这几个男生的，顾心晴也不例外。

被乔瑾一搭话，她不由得了僵神色，眼神里露出点不安。

"可可……可可被霍老师叫回去安排作业了。"

"霍景言叫她？"乔瑾闻言一愣，扭过头看向乔瑜，伸脚过去踢了踢，"你怎么看？"

"看什么看，肯定不安好心。"乔瑜皱了下眉，他张口想说什么，但还是顾忌边上的顾心晴，扯出个僵硬的笑，"行了，没事了，小学妹，你走吧。"

"嗯。"顾心晴连忙攥紧背包带，快步离开了。

等她一走，后面乔瑜才重新拿了话头。

"我看，恐怕霍家那边是看峻哥这条路走不通，想从别处下手了。"

"从秦可这儿下手？"乔瑾愣了愣，随即又笑了，"虽然说峻哥确实是第一次对一个女孩儿这么好，但你是不是把秦可对峻哥的影响力看得太重了啊？至少我觉得她还远远没到能成为霍家对峻哥的突破口的地步。"

乔瑜沉默几秒，皱着眉，坦言道："我也不知道，不过你的话最好别说得那么早，省得到时候脸疼。"

乔瑾："行吧，那你说怎么办？"

"不知道。"乔瑜踢了踢腿，"等峻哥出来，知会他一声，看他准备怎么办吧。"

乔瑾："嗯，只能这样了。"

"需要准备的就是这些事情，之后要麻烦你通知到其他人了。"

多功能厅外，石阶上铺满了临近中午的柔光。霍景言站在一侧，笑容和煦地望着秦可，说："没什么问题吧？"

"嗯，"秦可点头，"老师放心，我已经记下了。"

"那就辛苦你了。"

"应该的。"秦可摇头，"老师路上小心。"

"好，你也是。"

霍景言笑了笑，眉眼温柔，他合拢教案，转身往台阶下走。下了三四级台阶的时候，他的速度慢了下来，最后还是停住。

站在最上面，正翻看着刚刚记录下来的事情的秦可若有所感地抬起头，因为向光的方向，她不由得轻轻眯起眼。

霍景言沉默了一下。

从他的角度看过去，女孩儿肤色白皙，像是质地温润的羊脂玉，五官又恰到好处地点缀在小巧的瓜子脸上。

在最好的年纪，浑身上下挑不出半点瑕疵。再加上气质安静宜人，不见矫饰，犹如一张年代久远又质地上佳的纯白宣纸：最是惹人驻足流连，更想独占描画，不知来日会是怎样一幅惊艳世人的图卷。

难怪霍峻会喜欢上她。

霍景言有点头疼地笑起来。

秦可被他笑得莫名其妙，因着梦里和这人熟悉，此时开口也没太多顾忌，只循着本能不解地发问："你笑什么？"问完秦可才回神，又连忙补了一句，"霍老师。"

霍景言没察觉她这其中的语气变化，仍是笑，说："没什么，想起一些叫人头疼的事情。"

他一顿，又说："我听秦妈说，你似乎和霍峻走得很近？"

秦可神色一顿，点头。犹豫之后，她索性借着这个话机问出了自己的疑惑："霍老师，您和霍峻认识吗？"

霍景言："嗯？为什么突然这样问？"

秦可："霍峻虽然性格有些偏执，但不是会主动挑衅人的那种性格，所以今天课上的事让我觉得有点奇怪……"

"看来，你是真的很了解他啊。"

霍景言笑起来。

说完，他沉默了几秒，却突然开口换了一个问题："课上那幅画，你是怎么猜到创作寓意的？"

秦可想了想，还是选择了坦白。在霍景言面前，她实在做不出故意欺瞒的事情来。

"我确实很喜欢那幅画，不过这创作寓意，确实是我……家里一位长辈告诉我的。这幅画和他的话对我影响都很深，所以我一直记到了今天。"

听了秦可的话，霍景言沉默了很久，最后突然朗声笑起来。

"你很好，知世故而不世故，我很喜欢，未来一个学期，我们的师生合作应该会很愉快。"

秦可被他笑得有点茫然。

霍景言又道："既然你愿意跟我说实话，那我也可以透露一点本不该说的给你，我和霍峻确实认识。"

秦可脸色微变，下意识地张口问道："那你们是什么关系？"

霍景言有点意外地看了秦可一眼。他自然能看出秦可此时有些失态，只是却想不明白原因。

但霍景言也没有深究，只笑了笑，道："这个问题就实在不是我能回答你的了，如果你真的想知道，不妨去问霍峻。他肯告诉你的话，我也就没什么好隐瞒的了。"

说完，霍景言笑了笑，转身离开了。

秦可被霍景言的承认搅得神思空白，都不知道自己怎么走出的学校。

直到出了南门，突然被面前的身影拦下，她才蓦地回神。

秦可抬眼，瞳孔一缩。

"霍峻……"

看清不远处站着的几个少年，秦可情不自禁地停住脚步。

在霍景言承认与霍峻确实认识以后，秦可心里那个可怕的猜测再一次浮现出来。而且与往常不同，这次不再是虚无的直觉一样的感受，更有了事实的佐证。

梦里在霍家生活了那些年，她再清楚不过，S城霍家在霍重楼那一辈，其父亲霍晟峰与早逝的妻子只有霍重楼一个独子，再无其他子嗣。

而秦可的印象里，也不记得霍重楼有什么堂兄弟。

可如果霍峻就是霍重楼，那这个时候他怎么可能会在QD中学呢？

梦里霍景言分明告诉过她，霍重楼从幼时就被父亲霍晟峰送出国，接受最一流的精英教育，直到大学毕业才归国……

诸多繁杂的想法搅得秦可心里烦躁。

而此时，霍峻已经走上前。

少年从方才一碰面，便是一副松懒无谓的神色，直到此时直起身走到近前，秦可才在那双漆黑的眼里看出一点不同的情绪。

她心里微沉，但还是放轻了声音，主动开口道："你怎么在这里？"

霍峻冲她一抬下颌，笑着说："不是在等你吗？"

秦可一顿，问："你找我有事？"

"霍景言呢，他找你有什么事？"

秦可怔了下，问："你怎么知道霍老师找我了？"她犹豫了一下，"他跟我交代了一些下节课要同学们提前准备的事情。"

听见女孩儿的解释后，霍峻没说话，只是眯起眼。

对视几秒，霍峻轻轻"啧"了声。他上前两步，把两人之间原本就短的距离压至极限。

秦可感觉自己几乎要贴到男生的胸膛了。她本能地想退后，那人却在这时候微微俯身，在她耳旁，道："霍老师？"

他偏过脸，眼睛一瞬不瞬地盯着女孩儿白皙、姣好的侧颜，笑眼里染着细微的冷意。

"才一节课而已，你们就已经这么亲近了？"

秦可退开半步，仰脸看向霍峻的眼神中满是无奈："这怎么算亲近？不然我要怎么称呼他？"

"霍景言。"

"嗯？"

"不是问怎么称呼吗？就这样。"

秦可："你能不能别犯病？"

话一出口，两人同时一怔。秦可回过神，紧紧皱起眉，视线垂下去。

梦里霍重楼对她的占有欲很强。每次在被逼到无可奈何的地步时，秦可便会这样说。不知道是不是方才那想法的影响，此时她竟然顺口就对霍峻说了出来。

秦可有些头疼，说："抱歉，是我口不择言了。"

说完她抬头，本以为会看到霍峻面露不悦，然而没想到，视线里的男生不但看不出什么不悦的情绪，反而那黑眸里隐有笑意。

秦可一蒙。然后她就听见霍峻低笑了一声。

"你不用抱歉，也不用改。"

"嗯？"

"我还挺喜欢你这样说的。"霍峻想了想，微微眯起眼角，目不转睛地垂眸盯着她看，"因为你这样说的时候，会给我一种感觉。"

秦可心里微紧，轻轻抿住唇，道："什么感觉。"

霍峻嘴角一弯。

"感觉……你无可奈何，但很纵容我，而我可以对你为所欲为。"

女孩儿面无表情地绷起脸，错开身，说："你想多了，那是错觉。"话虽这样说，借着错身避开那人视线的秦可却有点心虚。

她好像终于知道，为什么梦里的霍重楼总能被她这句话暂时安抚，却也总会在她说完这句话后的夜里格外地"疯"了。

从这一点来说，霍峻的性格与霍重楼又大不相同。在她面前，霍峻似乎永远是直白而毫无遮掩的，即便是最深沉的欲望和最不足为外人道的心思，他也不会对她有丁点隐瞒。

而霍重楼不同。他是从来什么也不说、什么都埋在心底。

所以梦到死，秦可都没有分辨出来那人究竟是真的喜欢她，还是只不过把她当作可以占为己有的玩物而已。

这样的两个人，真的会是同一个人吗？

秦可心绪复杂地垂下眼。过了许久，她才下定决心，抬头看向霍峻。

"你有时间吗？"

霍峻有些意外地看着她，问："嗯？"

秦可："有一件事情，我很想知道。如果你今天下午有时间，那我想和你谈谈。"

这次，不待霍峻开口，旁边听见了动静的乔瑾便笑了起来。

"可真不巧，秦可学妹。不过如果你对峻哥了解得再深一点，就会知道他每个月的第一个周六下午，都是要去见朋友的。"

秦可微微皱了下眉，道："那后天上学……"

话声未落，霍峻截断了她的话，道："不用等后天，今天一起去吧。"

秦可怔了一下。

而旁边乔瑾和乔瑜却是直接蒙了。过了好几秒两人才回过神，乔瑾错愕地看向霍峻："峻哥，你……你认真的？"

霍峻没应声，转头看向秦可，道："今天下午有事吗？"

秦可下意识地摇了摇头。

"没有。"

"那现在你有了。"

秦可皱了下眉，道："我不想去咖啡厅。"

霍峻轻轻舔了下唇角，笑着说："不是有问题要问我吗？跟我去，不管你问什么，我都告诉你。但如果过了今天下午，那些问题我就不一定会回答了。"

秦可安静了两秒，点了点头。

看着两人一起转身的背影，乔瑾面无表情地和乔瑜对视了一眼。

乔瑾："峻哥真的要带秦可去参加我们的聚会？"

"嗯，真的。"尽管自己心里也震惊得不轻，但看见乔瑾那副惊呆了的模样，乔瑜就忍不住想笑，"还记得你刚刚怎么说的吗？现在脸疼不？"

乔瑾："真疼。你说得对，我那句话说得太早，是我严重低估了秦可对峻哥的影响力啊。"

乔瑜没再搭话，只耸了耸肩。

乔瑾又叹了声气。

"不过峻哥这性子，真这么死心塌地喜欢上一个女孩儿，会是件好事吗？"

乔瑜轻轻眯了下眼。

"谁知道。"

咖啡厅内，还是跟秦可初次来时差不多。

只不过那天是霍峻刻意安排的QD中学迎新专场，人多嘈杂。而这个周六下午，场内还没上太多客人，既不会显得过分冷清，也不至于杂乱得让人心烦。

秦可跟在霍峻身后，走上高台。

霍峻他们专用的桌位旁边，已经有三四人提前落座在真皮沙发上了。

最靠外的一个，秦可认识，就是上次见过的那个最自来熟的，叫卫晟的男生。

这一次也是卫晟先注意到了他们，不等为首的霍峻走到台阶下，卫晟已经站起身，咧着嘴笑。

"才说着呢，瞧，小霍爷这不是来了吗？不过今天你们三个可迟到了半个多小时，必须得自罚两……"

最后一个"杯"字，在卫晟看到秦可的身影后，没了下文。

过了两三秒，卫晟才回过神，伸手揉眼睛，同时没回头地招呼身后的人，问："是我老花眼了还是怎么了，我怎么瞧着小霍今天还亲自带了妹子过来？"

沙发上几个二十岁左右的青年的谈笑声，也在卫晟说出这句话后蓦地停了，纷纷消音。

秦可感觉自己被几束目光同时盯上了。

她微微皱起眉。

"这……还真是。"

"这不声不响的，"座中有人回神，揶揄道，"小霍爷怎么还瞒着我们搞起对象来了？"

"漂亮啊。"

霍峻明显地感觉到身后的女孩儿有些不自在。

他漫不经心地抬了抬眼，往旁边迈了一步，挡住秦可的身影，也替她拦了那些打量的目光。

"别胡说。"霍峻笑着补充了一句，"不是女朋友。"

"小霍爷，这就别谦虚了吧。"有人笑道，"都带到这儿来了，不是女朋友还能是什么？"

霍峻沉默两秒，转回头去看秦可，似笑非笑地垂眼问："你是我的什么？"

秦可："嗯？"

被女孩儿拿那样一张娇俏、漂亮的小脸面无表情地盯着的时候，霍峻只觉得心里发痒。

他喉结滚了下，黑眸里情绪沉下又浮起，最后凝结成一点笑意。

"想到了。"

他转回身，笑声在些微喧嚣的背景音乐里显得更沉哑了。

几秒过后，众人只听见霍峻语气淡定地道："算是……我的主人？"

其他人："嗯？"

第六章

我喜欢你不需要理由,不喜欢你才需要。

卫晟张了张嘴巴,艰难地开口道:"什么……什么玩意?我是不是幻听了,小霍爷,你把刚刚那话再说一遍?"

霍峻懒散地瞥他一眼,嘴角微微扯了下,显然是不肯再重复。他抬脚踢了踢卫晟拦在沙发前的腿。

"让位子,往里挪。"

"哦。"卫晟惊呆了,一个口令一个动作地挪进沙发里面。

"我没听错吧?'主人',哈哈哈……"

其他人终于也回过神来,其中一个男生差点笑疯了:"小霍爷,在我的印象里,你还没谈过恋爱吧?"

其余那些人也有笑的,但都没说话,不乏以奇异的目光打量秦可。

秦可有些发窘。她着实没想到霍峻会这样大胆开口,简直毫无顾忌得像个疯子。

所以当霍峻把卫晟踹进沙发里面,挪出两人的空位,再回头看向身后时,就见站在台阶下的女孩儿仍是那副看不出太多情绪的漂亮模样,但白皙的面皮却微微透着粉色。

霍峻愉悦地露了笑,伸出手故意逗秦可:"不坐吗,主人?"

秦可想找个地缝钻进去了。

"小霍爷,不带你这样的啊,大白天的别调戏别人。"

仍是那个笑得前仰后合的男生抽着气打趣。

"滚。"霍峻撇过视线,低笑着骂了句。

等他再回过头，秦可已经绷着脸竭力维系着面无表情，在他身旁坐了下来。

另一旁，卫晟终于从石化状态回过神，他盯着昏暗光线里秦可的脸呆了几秒，问："这位……我怎么看着有点眼熟啊？"

"废话。"

乔瑾乔瑜兄弟俩此时也迈上台阶，去了霍峻和秦可对面的空位子。乔瑾和方才笑得前仰后合的男生一击掌算是打了招呼，然后才转回来看卫晟。

乔瑾："因为你见过啊。"

卫晟："我什么时候见过？"

乔瑾："这学期的暑假前，峻哥搞了个QD中学迎新专场，把这儿当自己家办了场聚会那次。"

在乔瑾的提示下，卫晟茫然的眼神循着某丝线索而渐渐变得清明。

到了某个节点，记忆里的图像一闪而过，他猛地一拍巴掌："啊！我想起来了，那个白裙小美人！"他兴奋地扭过头看向霍峻，"行啊，小霍爷，嘴上说着不追，结果还是把人给追回来了嘛。"

霍峻懒得辩解。

卫晟主动从霍峻眼皮子底下朝秦可伸出手，道："小美人，你好啊，我是卫晟，上次咱俩见过，这还能再见第二次就是缘分啊，索性这次认识了，以后再见面，大家可就是朋友了……"

话没说完，这只手就被霍峻拍开了。

霍峻轻轻咬了咬后牙，眼神冷飕飕地冲卫晟咧了下嘴角，说："你想跟谁做朋友？"

"卫晟，劝你别作死。"对面乔瑾从桌上拿了杯喝的，一边尝一边皱着眉笑，"在我们秦可学妹身上，这次我可算见识到峻哥的'护食'本领了，那可不能离得近了，否则逮谁咬谁啊。"

"真的？"他旁边那个之前笑个不停的男生好奇地探头，"这么宝贝？"

乔瑜也搭腔，揶揄道："嗯，之前喊了一句秦可妹妹，差点被峻哥当场收拾了。"

"不至于吧，小霍爷，"那人笑着看回来，"领来不就是给我们介绍一下，顺便给自己挂个有主的牌子的？护那么严实，还怎么认识？"

霍峻懒洋洋地一掀眼皮，轻轻眯着眼盯了对方几秒，才稍松了神色。他坐直身子，最后仰回沙发里，轻轻笑了声，算是默许。

对面那个人乐呵呵地笑着，转头看向秦可："我叫窦英杰，旁边这个是齐一铭，最里面那个蒋闯。卫晟、乔瑾和乔瑜，你应该都认识了？"

尽管秦可并不想和这些显然与自己不在同一个世界的人熟络，但她到底不想驳霍峻的面子。

于是稍作犹豫，她便轻轻点了点头，说："你们好，我是秦可。"

坐在沙发最里面的蒋闯和齐一铭对视了一眼，也都点点头算是打了招呼。

其中那个叫蒋闯的，看起来有些凶，语气倒是算得上随和，还带了点开玩笑的意思。

"一看就是学校里学习好又得老师喜欢的乖乖女，小霍爷何必将人带到这里祸害？"

"确实。"

旁边齐一铭也开玩笑附和。他戴副银边眼镜，看起来温文尔雅，倒是和这里的音乐和灯光有些不搭。

霍峻轻轻嗤笑了声，懒得和他们争辩。

在秦可视线盲区里，他随意地把手臂往秦可身后的沙发靠背上一搭。

霍峻轻轻扯了下嘴角，笑得又轻蔑又不羁。

"认识完了？"

正对面，窦英杰收了笑容，摇头叹气，拍了拍旁边乔瑾的肩："你说得对，我就没见过像他这么'护食'的。"

这打趣的说话声丝毫不做遮掩，霍峻听得清楚，却也不在意。

他转眼落向身旁，声音稍低，道："你之前想问我什么，可以问了。"

秦可轻轻皱起眉，扫了一眼周身环境和目光时不时落到这里的窦英杰几人。

她犹豫了一下，转头看向霍峻，问："能不能换个地方？"

霍峻一顿。

秦可又补充："这里人太多了。"

霍峻看她两秒，点了点头。

"好。"霍峻陪着秦可站起身，"有点事情，几分钟后回来。"

"嗯？"

桌旁其他人怔然，霍峻却没给他们反应的时间，便和秦可一齐下了台阶，往最尽头安静些的角落去了。

看着两人的背影，窦英杰冲他们抬了抬下巴，问和自己贴着坐的乔瑾。

"他认真的？"

乔瑾抿了口杯子里的果酒，说："不认真能带来吗？"

窦英杰："我看不懂啊。"

乔瑾："这有什么看不懂的？"

"是想不到吧。"沙发里面，齐一铭抬了抬银边眼镜，笑了声，"之前我们不还猜吗，霍峻这样的疯子，得是什么样的人才收服得了。本来以为会是个比他更疯的，没想到啊。"

蒋闯："不知道霍家那边会有什么反应。"

这话一出，桌上几个人都沉默下来。

另一边。

霍峻最终停在角落的那台钢琴前，他回身倚在钢琴盖上，低着一双漆黑的眼，笑着看秦可。

"这里可以说了？"

秦可迟疑一秒，道："嗯。"

"你想问什么？"

秦可慢慢抬起视线，和霍峻的目光相接。她一字一句，轻声问："你和S城的霍家……有关系吗？"

听了女孩儿的话，霍峻有些意外地轻轻挑了下眉。

"你知道霍家。"

"知道。"秦可点头。

"那么谁告诉你，我和霍家可能有关系的？"霍峻轻轻眯起眼，"霍景言？"

秦可沉默两秒，摇头，说："他只说了你和他确实认识。"

"他没说别的？"

"嗯。"

"那你怎么会知道霍家？"

霍峻说到这一句时，漆黑的眼里诸般情绪明显沉了下去，连那点笑意都冷了。

秦可安静地看着他。

这样对视几秒，女孩儿慢慢垂下眼，道："我不能告诉你，但我就是知道。我知道霍景言和霍家有关，所以他说他和你认识，我就来问你。"

霍峻低笑了一声。

那声音混在耳边有点嘈杂的音乐声里，带上了几分重金属的沉淀质感。

秦可晃了晃神，再回过神时，就发现霍峻已经低身向下俯了俯，两双眼睛之间的距离更近了。

霍峻笑着问："不告诉我你为什么知道霍家，却来问我和霍家是什么关系，这会不会有点不公平，秦可？"

秦可抿了抿嘴巴。

她有些不自在地移开了眼，说："对不起，但是这件事对我很重要。"秦可重新抬头看向他，"你之前说过，只要我跟你来，不管我问什么，你都会回答我的。"

"对，是我说的。"

霍峻轻轻眯了下眼，懒散地笑了。

"那你确定只是要问这个？"

"嗯。"

秦可重重地点了下头，同时无意识地捏紧了指尖。她目光紧紧地盯着男生薄而好看的唇形，等着他说出让她心里一紧的那个答案。

两秒后。

"我是霍家的私生子。"

屏息了许久的秦可错愕地抬头，看向霍峻，说："你是……"

"嗯，你没听错。"

霍峻笑得漫不经心，唯独那双漆黑的眸子里，藏着一点久埋的戾气。

看到女孩儿难以置信的神色，霍峻目光闪了下，很快便随意地笑起来："你对私生子有什么歧视？"

"不是……"

秦可半晌才找到自己的声音。

她简直有点要怀疑自己的记忆了，不然梦里的霍重楼一个身为私生子的兄弟，她怎会毫不知情？

秦可有些不确定地又问了一句："那你的母亲……"

霍峻轻轻眯起眼，"她？扔掉我这个包袱有十年了，如今早不知道嫁到哪个国家去了。"

秦可表情呆呆的。此时此刻，她不得不承认自己心里的那种猜测是错的了。

梦里每到霍重楼的母亲，也就是霍晟峰唯一婚娶过的那位夫人的忌日，她都会陪霍重楼一起去墓地给那位夫人上坟。

所以她很清楚，那位夫人应该早在十多年前就去世了，绝不可能有改嫁到国外这样的事情。

那么，梦里的霍重楼竟然真的有霍峻这样一个同父异母的弟弟，而她却毫不知情？

在秦可几乎开始自我怀疑的时候，霍峻开口道："你看起来好像有点失望？"

他目光微微动了下，不知想到了什么，眸子里的温度一点点凉了下去。

"还是说，你最开始就以为我是霍家的正牌少爷，所以才肯让我接近？"

秦可在梦境外第一次见到他时，就已经深切了解了这人像疯子一样的思维和逻辑，所以此时在震撼之后再听见这句话，反而已经没有太大的心绪波动了。

她只是面无表情地瞥了他一眼，道："如果我说是，你会转身就走吗？"

霍峻的眼一眯。

他暮地向前一步，迫得秦可本能地后退，一下子被腿后的钢琴凳绊住而坐了下去，只是由于惯性，女孩儿仍不稳地往后仰倒。跟着，她腰上一紧，被霍峻稳稳地拉了回去。

而止住她身形的男生就势俯下来，单手扣压着她身体两侧的钢琴盖，眼里的情绪深沉得近乎疯狂："你做梦。"

说完，霍峻又想了想，很是不甘地补了一句："做梦也别想。"

他距离她很近，眼神不自觉地往女孩儿的唇瓣上落，过了几秒又不知为了什么，沉下脸色恶狠狠地转过头。

"梦里，你也得是我的。"

秦可心想：疯子，而且是送进精神病院大概都会因为症状太严重被拒收的那种。

见秦可不说话，霍峻最后还是把头转了回来，有点不甘心地看着她，道："你真的想要……霍家的背景？"

秦可："嗯？"

霍峻："如果你真的想要，那我可以为你……"

他眼神一闪，像有很多不甘和戾气随着记忆翻搅上来，但最后还是全数被压了下去。

霍峻垂下眼，没再和女孩儿对视，道："我可以为你拿回来。"

秦可一愣。

其实在霍峻说了自己是私生子后，她就已经明白他对霍家和霍景言的那些敌意的由来。

她也可以从他轻描淡写的言语里猜到，他曾经经历过的种种事迹有多恶劣，又对霍家抱有怎样的恨意。

尤其是在这样的年纪，尤其是他这样偏执的性格。所以她怎么也没想到他会说愿意为了她，拿回那些东西。

秦可有些茫然了。

她张了张口，没有经过思考，只茫然而无辜地看着霍峻，轻声发问："你到底喜欢我什么？"

这样一个可以全无顾忌的少年，到底为什么无论是在梦里还是现实都像是只认定了她一样？可以为了救她不顾性命，也可以为了她去强迫自己接受所厌恶的一切？

秦可越想越是茫然不解。

而霍峻自己似乎都没想到自己能做出那番妥协。他眼神发狠，闻言轻声说："喜欢你不喜欢我，还偏偏吊着我的这副高傲样，够了吗？"

秦可无语至极。

好不容易想心平气和地跟他谈谈，他偏偏不领情地拿话刺挠人。

秦可抬手推了推他的肩，说："你让一下，我要起来。"

霍峻："不让。"

说完，他又低下眼，眸里情绪微微闪了一下，竟然叫秦可从里面瞧出点不安来。

然后她就听见某人轻轻咳了声，放低了声音："你……生气了吗？"

秦可怔了怔。

她实在没想到自己有什么好生气的，她又不像他那样幼稚，会因为一句话和人置气。

只是她的怔然却被霍峻看作了生气的表现。

霍峻皱了下眉："我不是冲你，是因为你提了霍家。"

他显然很不习惯"解释"这件事情，他大概也是第一次这样做，说话都停顿了几次。

"提起霍家，我会很烦躁。"他一顿，"你以后尽量不要提他们，如果一定要提……"

男生伸手不自在地拨开了额前垂下来的碎发，有点烦躁地说："如果一定要提，那我忍忍吧。"

秦可怎么也没想到，他会憋出这样一段话。

她没忍住，转过脸轻笑起来。等意识到时候不太合适，她连忙正色转过脸来，却见霍峻已经望着她的面孔看入神了。

四目相对，霍峻找回了理智。他眼底那种漆黑深邃的情绪搅了搅，最后才低声开口："你不是问我为什么喜欢你？

"我就是喜欢你，看你第一眼就喜欢你了。忍不住，也不想忍。所以，"霍峻抬起手，在半空犹豫了一下，最后只是克制地摸了摸女孩儿的发顶。

"我喜欢你不需要理由，不喜欢你才需要。"

QD中学的师生们最近都有点惶恐，近一个月来，他们似乎和霍峻碰面的频率有点过于频繁了。

搁在以往，有这种感觉的人不久就得倒大霉，但这一次似乎有所不同，屡次见到霍峻的学生们提心吊胆了将近一个月，校园里都安然静谧，无事发生。

大家心情都很微妙。

这感觉就像热闹的小鸡崽群里突然闯进来一只老鹰，唬得平素叽叽喳喳的鸡崽们大气不敢出。

于是，最应该躁动没纪律的开学第一个月，QD中学的学生们却安分守己得仿佛在争当纪律标兵。

教导主任感动得不行。九月份的第一张流动红旗就先送到了高三精英班里。

十月初，精英班的第一堂体育课。

学校大操场旁边，还剩点夏末余热的太阳光里，乔瑾吊在单杠上装睡。

"峻哥，这一个月，我都快无聊透顶了，骨头也快生锈了。求你开开恩，放我们出去找点乐子啊！"

听见说话声时，霍峻正坐在双杠上。

他本身就有一副极好的身形，双腿修长，身体素质也好。此时也不扶着，只那样懒散地坐在双杠的其中一根杠上，眼神远眺。

也不知道是在看天边，还是在看天边前面正在被体育老师操练的高一精英班的学生们。

半天没听见动静，乔瑾忍不住回头。

顺着霍峻的视线看清了操场斜对面的光景，乔瑾伸手抹了一把脸。

他叹气。

"峻哥，你别看了，看也没用，又吃不着。"

这句话大概刺痛了霍峻的某根神经，他眼神不善地转回视线来。

"你是想让我帮你松松筋骨？"

乔瑾无辜地耸了耸肩，说："我是说实话，不说别的，秦可学妹现在可是老师们的心头好，我听数学组的老师说，她们数学老师想破例让她参加咱学校里规定只有高二年级以上学生才能参加的那个数学竞赛。"

"是有这么回事，现在就看秦可那边什么意愿了。"乔瑜从攀爬架上下来，也搭了腔，笑着道，"我记得上次学校里想破例，就是为了峻哥吧？"

霍峻没说话，轻轻眯了下眼。

乔瑾："哈哈，别提那次，小心班主任又跟我们急，他好不容易申请下来的，结果峻哥第二次月考就给他考了个零分。所有选择题全部避开正确答案填涂了错误答案，我听说，那份答题卡到现在还在数学组办公室的墙上糊着辟邪呢，哈哈哈……"

乔瑜也跟着笑。

两人乐了没一会儿，高三精英班有学生从操场门口跑进来，不远处就是他们班的休息区，学霸们成双成群地坐在台阶上拿着书本自觉地自习。

跑进来的男生迎面见了霍峻三人，脸色一变，冲着霍峻喊了声"峻哥"，才小心地绕开这片区域跑到休息区去。

"红榜贴出来了——"他刚一扬嗓，又想起来身后就是霍峻三人，连忙降低音量，冲学霸们招呼，"上个月月考成绩，刚贴上呢。"

一听这话，学霸们也不自习了。

班里的几人对视几眼，尤其是前排争锋不让的那几位，目光里都快擦出火花了。

开始是谁也按兵不动，过了几秒，有其他学生起身往操场外的红榜区走，他们之中才有人按捺不住性子，跟着起身离开了。

这一动之下，精英班里的人几乎全数跟了出去。

乔瑾和乔瑜肩靠着肩看热闹，正议论到一半，突然感觉身边地面轻轻震动了下。离着最近的乔瑾回头，愣了。

"峻哥，你干吗去？"

霍峻反手扣上棒球帽，轻轻眯了下眼，声音被阳光晒得懒洋洋的，"红榜不是下了？看榜。"

几秒后，乔瑾小心翼翼又痛心疾首地开口道："峻哥，你是不是忘了，上个月底的月考，你是全程睡过去的。"

霍峻拿一副看智障的眼神看向乔瑾，问："谁跟你说我要看我的了？"

乔瑾沉默两秒，小声地说："也是，你每次交卷就知道自己是考满分还是零分了。"

乔瑜倒是一点就透，闻言笑了，说："峻哥，你要去看秦可学妹的？"

"嗯。"霍峻拽了拽帽子，转身走了。

事实上，看到霍峻也同去看榜以后，震惊的远不止乔瑾一个，一路上高三精英班的学霸们瞥见了，都忍不住摒弃前嫌，凑到一起嘀咕起来。

"啥情况？峻哥上次月考认真了？"

"不能吧，我记得数学考试收卷那会儿，峻哥还趴桌睡着呢。"

"对啊，物理考试也是。"

"那他这是要干吗？"

"咱班这次以后的前五宝座是不是又要缺一席了？"

学霸们提心吊胆地跟着霍峻走到了总榜前。结果没想到，他们停了脚，霍峻却绕开他们，去看最前面的那个榜单了。

"那不是高一年级和高二年级的月考榜吗？"

"所以峻哥不是来看自己的……"

"有惊无险。"

"你们就不好奇，他是为谁来的？"

"好奇，去看看就知道了，问题是谁敢去？"

"当我没问。"

学霸们小心翼翼地盯着，然后就见男生走到高一年级的红榜前，将帽檐一抬。看了五秒，霍峻转身离开。

其他人："嗯？"

五分钟后。

操场内角，高一精英班刚就地解散。

"体育老师折磨人……"顾心晴抱着树哭，"我跑不动了，我不干了，我中暑了，我要求休息！"

秦可站在旁边，哭笑不得地看着她，说："没人逼你跑了，两圈不是都结束了？"

"可我心灵和身体受到的创伤无法弥补！而且每节课都这么跑，太过分了！为什么高三的就不用跑？"

"要不给你转到高三班里？"

横插进来的体育老师的声音，吓得抱着树的顾心晴差点蹿了上去。

她瑟瑟发抖地转头看向身后，高一精英班那位高大威猛的体育老师正拿着花名册，用一双虎眼盯着她。

顾心晴缓缓地哆嗦了下，挤出一个僵硬的笑："我说梦话呢，老……老师……"

体育老师要笑不笑地哼了一声，转身走了。

顾心晴哭丧着脸，腿一软就蹲到地上，说："可可，今天是不是就要出月考成绩了？文化课成绩也差，体育成绩也差，我这日子是没法过了。"

"行啦，不是还没出吗？"秦可坐到她身旁，轻声安慰，"说不定你蒙的那几道题全对了呢？"

顾心晴可怜巴巴地扭过头看向秦可，问："真的有这种可能吗？"

秦可点点头："嗯，真的。"

她刚说完，眼前一黑，顾心晴一个虎扑抱了上来，力道大得秦可差点呛了气。

"可可，你太好了！我要蹭你的学霸光环，希望我这次考好一点，不然刚开学第一次考试就倒数，我爸妈会骂我的……"

一声轻咳，突然打断了顾心晴的温情时刻，她揉了揉鼻尖坐直身，刚要不高兴地瞪来人，然后就看清了霍峻那张面孔。

男生穿着黑色运动裤，戴着同色棒球帽，正压低着帽檐，垂眼似笑非笑地看着她们。

霍峻从裤袋里抽出手，和顾心晴茫然的目光对上，手指往旁边勾了勾。

顾心晴愣完，指了指自己的鼻尖："我？"

"嗯。"霍峻懒散地应了声。

顾心晴哆嗦了下，下意识地拽紧了秦可的衣袖，说："学……学长有事吗？"

霍峻又勾手。

顾心晴更蒙了。

霍峻看了秦可一眼，竟然让秦可读出点"你从哪儿找来这么个智障朋友"

的意味。

然后他压着不耐烦，转过去看顾心晴，说："让你离远点，别贴她那么近。"

顾心晴抽了抽鼻子，委屈地往旁边挪了挪，闷声应了："哦。"说完，她还可怜兮兮地看了秦可一眼，一副被欺压想诉苦的模样。

秦可无奈，她抬眸望向霍峻，声音在午后的阳光里听起来格外轻软宜人。

"你别凶她，她又没做什么。"

"没做什么？"霍峻咧了下嘴角，眸子黑漆漆的，笑意张扬，"我都没抱到的人，凭什么让她抱？"

顾心晴被那尾声一扫，背后发凉，非常知趣地收起了委屈巴巴的表情和眼神，又自觉地往旁边再挪了几十厘米，才停下来。

霍峻这才满意。

秦可更无奈了，但又拿他没办法，问："你怎么突然过来了？"

霍峻："月考成绩出了，贴在公告栏的红榜上。"

秦可一怔。

随即有点紧张地攥了下指尖，毕竟是她醒来后的第一次考试，也不知道成绩会如何……

注意到秦可的不安，原本想拿这消息给自己换点"福利"的霍峻轻轻眯了下眼。两秒后，他直接开口了。

"安心，你还是高一年级的第一名。"

其实并不意外，但事实被证实后，秦可还是难免有些回不过神。

倒是她身旁的顾心晴眨了眨眼，兴奋地蹦起来："不愧是我们可可！"跟着她又想起了什么，连忙转头看向霍峻，"峻哥，可可的数学单科分数是多少，你看了吗？"

"嗯，"霍峻应了声，"满分。"

顾心晴还是没忍住，转头扑了过去："我一定要蹭'学神'光环！可可'学神'保佑我，班级排名一定要在前三十啊！"

秦可哭笑不得。

几秒后，顾心晴突然坐起身，眼睛发亮："差点忘了，数学老师不是说了，如果你月考数学单科第一的话，他就替你申请一个高二的竞赛名额，对吧？"

"嗯，他是这样说过……"秦可迟疑了一下，点头。

"哈哈哈，那可太好了！"顾心晴兴奋地笑，又攥紧了拳，挥了挥，"这可是头一次破例，你没看咱班有几个学生听见以后都快气晕了，还有人在你背后说你坏话。哼，这次你的月考成绩一出来，非得打肿他们的脸！"

秦可淡淡一笑："不要为那种只会躲在背后议论别人的小人生气，那多不值？"

顾心晴点头，随即她又犹豫了一下。

"不过，他们都说这次如果你能拿到一个名额，那恐怕是要挤掉一个高二的学长或学姐了……"

秦可一怔。

如果她记得不错，梦里好像就是秦嫣拿到了高二的最后一个竞赛名额？

晚上，秦可一进秦家的门，第一时间就感觉到了气氛的不寻常。

她抬头看向和客厅连着的餐厅，餐桌旁秦家父母和秦嫣坐着，原本似乎在低声议论着什么，一听见她进门，立马安静了下来。

秦可眼神闪了闪，心里已经猜到了缘由。但她并没有说什么，只当作毫无察觉，在玄关处换了鞋便背着书包往楼上自己的房间走去。

路过餐厅，秦可垂着眼，没什么表情地打了招呼："爸，妈，姐姐。"

说完，她便不停顿地往楼上走。

身后餐桌旁，秦汉毅和殷传芳对视了一眼，殷传芳开口道："小可，赶紧洗手下来吃饭吧。"

"知道了。"秦可上了楼。

二楼的房门被关上，秦嫣终于忍不住抬头看向母亲，她眼神里满是怨气，"妈，你确定能行吗？"

"肯定行。"殷传芳没抬头，不在意地说，"秦可一直都很听我的话，你放心吧，那个竞赛名额，我会叫她让给你的。赶紧吃饭吧。"

"嗯。"

秦嫣敷衍了一声，但还是无法压下心里的不安，她目光复杂地抬头看了一眼二楼那扇紧闭的房门。

以前秦嫣也以为对秦可看得很透彻，甚至很容易就能把这个傻子一样的妹妹玩弄于股掌之上。

但是好像一夜之间都变了，所有和秦可有关的事情都开始让秦嫣不顺心起来。而这一切，似乎就是从填中考志愿那件事开始的。

如今秦嫣实在越来越不相信自己能玩得过秦可，也越来越看不透这个本应该无知天真的妹妹淡然的眼神后面藏着的心思。

所以这次，当秦嫣听到消息说自己原本险而又险地拿到的最后一个数学竞赛名额很有可能被秦可挤掉，秦嫣第一时间想到的就是回来向殷传芳求助。

秦嫣攥紧了手里的筷子，无意识地扒了一口饭。希望一切真能如殷传芳说的这样顺利吧。

几分钟后，秦可换了一身家居服下楼来。

到餐厅旁洗了手，秦可坐到秦嫣身边的空位上，对面就是殷传芳。殷传芳给秦可盛了一碗饭，放在筷子旁。

"坐下吃饭吧，小可。"

"嗯，谢谢妈。"秦可神色淡淡地开口应下。

刚要继续说什么的殷传芳愣了下，有些奇怪地扫视了秦可一遍，不知道是不是她的错觉，总觉着今天的秦可身上，有点什么情绪和以往不太一样。

殷传芳没看出什么异常，也就没再多想。

她拿起碗筷，一边吃菜一边开口："小可，你最近在学校怎么样，还适应吗？"

秦可："挺好的。"

殷传芳："那就好。我听妈妈说你们学校的月考成绩下来了？"

秦可："嗯，今天刚出。"

殷传芳："妈妈说你考了高一年级的第一名，想不想要点什么礼物，爸妈买给你作为奖励？"

秦可筷子在空中一停，但很快就被她不着痕迹地掩饰过去。

"没什么想要的，妈。"

殷传芳习以为常地点了点头。

她没看见的是，坐在她对面的女孩儿眼底划过了淡淡的嘲弄情绪。

那嘲弄不只是冲着秦家父母去的，更多的是秦可的自嘲，对梦里那个天真痴傻的自己。

梦里无数次，秦汉毅和殷传芳就像刚刚一样，打着问候的旗号，看似关怀备至地问她需不需要什么东西。

秦可每次都被这"情真意切"的照顾感动得不行，她却没想过殷传芳他们夫妻给秦嫣买礼物，从来没问过秦嫣"想不想要"。之所以会问她，不过就是走个流程，等她一句客气的拒绝便顺理成章地不必管她而已。

会被这样的虚情假意欺骗到的梦里的自己，真是不枉最后被坑到那样一个一无所有的地步。

秦可眸里的情绪冷了下去。

这一次，属于她的那些东西，不管是父母的遗产还是自己的数学竞赛名额，谁都别想从她这里夺走了。

一顿晚餐临近末尾，殷传芳放下碗筷，终于提起了自己真正想说的话。

"小可，我听妈妈说，你们数学老师准备为你破例，让你拿一个高二的名额参加数学竞赛是吗？"

"嗯，"秦可没什么表情地应了，"老师确实这样说过。"

旁边的秦嫣心里一紧，忍不住抬头看向母亲殷传芳。

殷传芳给秦嫣递了一个安抚的眼神，就转头冲着秦可露出笑脸。

"小可一贯都很优秀，是金子也总会发光，我就知道你在QD中学会被老师看好的。"

秦可没抬眼，继续吃饭。

"谢谢妈。"

不波不澜的一句话，把殷传芳噎了一下。她下意识地皱起眉，很快又自己调整好了，继续道："只是有个情况你可能不知道，这高二要想分一个名额给你，那就一定得筛掉原来参赛者里的最后一名。也是不巧，这最后一名刚好就是你这个不争气的姐姐。"

殷传芳说完，停下话头，满眼期待地看向秦可。

如果搁在以前，秦可一定会主动说要让出来的，殷传芳很坚信这一点。

然而这一次，她等得面上的笑容都有些僵了，才等到桌对面秦可不紧不慢地抬头，露出了一个无辜的神情："最后一名就是姐姐吗？"秦可转头看向秦嬿，满怀歉意地笑了，"那真是太不巧了。"

桌旁，秦汉毅还好些，殷传芳和秦嬿母女俩都变了脸色。

殷传芳更是皱了眉。

她不相信自己的话说到这里，秦可还会听不出她的意思来，所以秦可现在就是在跟她装傻。

想到这个一直跟傻子似的养女竟然也开始生出自己的心思了，殷传芳就脸色难看起来，尤其几分钟前她还在秦嬿面前保证能压制得了秦可……

这样想着，殷传芳重新挂上笑容。

"小可，是这样啊，你看你今年才上高一，你们学校之所以把有限的名额都给高二的学生，那肯定是有自己的道理的，对不对？"

"嗯。"秦可敷衍了一声，没抬头。

殷传芳脸色沉了沉，心里咬牙，面上还是继续带笑地"劝"："其实道理也很简单，就是高二开始才是正式备战高考，需要为最后一次考试做准备，所以，你姐姐现在才是最需要这个名额的时候，而你完全可以等上高二再准备竞赛，那样精力还能更集中一点啊。"

"是。"秦可点了点头。

殷传芳心里一喜，刚要再接再厉，就见对面的女孩儿慢悠悠地抬起了头。

"所以，妈，你想让我怎么做？"

殷传芳眼里露出笑意，说："你就去告诉你们数学老师，说你自己没准备好，这次就不去了，那个名额还是给原来的人。"

殷传芳语速极快地说完，才觉得自己的反应有点太明显了。她又连忙笑着遮掩。

"这样方便你在老师面前立个稳重的印象，其实对你来说也不耽误什么的，对吧？"

殷传芳的话说完，餐桌上安静了很久。久到她脸上的笑容一点点僵硬，最后再也维系不住，面色难看地看向秦可。

"小可，"她竭力压着怒火，"你觉得怎么样？"

秦可不徐不疾地吃完自己碗里的最后一口饭，放下碗筷，喝了一口水漱了漱口。

然后她才慢慢看向对面。

女孩儿眼神平静地看着殷传芳，道："我觉得道理确实很简单，但你说的那个道理，不是我的道理。"

殷传芳脸色变了，道："你什么意思？"

秦可："我的道理更简单。该是谁的就是谁的，个体独立，我和姐姐之间的前程也互不干扰，没有什么机会给谁是浪费，给谁是恰得其所。"

殷传芳眼神一沉，刚要再说什么，就听秦可又道："我也需要这个机会，竞赛一年一次，每一次都无比重要，能提前一次，就多一分胜算。"

殷传芳："可对你来说这是多一分胜算，对你姐姐而言却很可能是唯一的机会！你就这么自私自利，非得让自己姐姐白白错失了这个机会？"

秦可停了两秒，蓦地轻轻笑出声。

那笑里的嘲弄意味实在太重，重得让秦汉毅和殷传芳都变了脸色。

他们第一次有这种感觉，感觉这个一直被他们控制在手里的无知的孩子，好像开始偏离他们设定的轨道了。

这也是第一次，秦可在他们面前真正剥下无辜的外壳，露出自己的锋芒和锐利来。

而秦可没给他们反应的机会。她轻声笑过，便淡淡地瞥向秦妈，又转而望向殷传芳。

"妈，我诚心实意地问您，希望您也真诚地回答我。"她紧紧地盯着殷传芳的眼睛，一眨不眨，"如果今天我和姐姐换了位置，是我需要姐姐让出这个名额给我，那你会劝姐姐让出来，并且告诉姐姐如果不让，那就是自私自利吗？"

殷传芳的眼神蓦地变了。

她几乎是下意识地避开了秦可的视线，跟着便回神懊恼，这种时候不回答还躲避，这不是授人以柄吗？

而秦可也没放过这个机会。

得了答案的她心底最后一丝温度凉了下去，她再次轻轻笑了声。

"所以，既然这是我凭自己的努力、靠自己的成绩挣回来的名额，那我为什么要让呢？"

殷传芳和秦嫣都脸色发白，最后还是秦汉毅清了清嗓子。

他看了秦可一眼，面色肃然。

"小可，怎么说我们也养育了你这么些年，你姐姐待你也不薄吧？就让你牺牲这么一点，你都不肯？"

听到这句话，秦可几乎要忍不住在心里冷笑了。

她真想把手里的碗筷摔到这嘴脸丑恶的一家人脸上，质问他们：他们一家人不工作，不赚钱，是花的谁的钱？他们也好意思问出这样无耻的话来？

但秦可只是用力压下怒意，垂了头。这个时候的自己还不该知道真相，也不该知道那份遗产的存在。

在她成年之前，她不能打草惊蛇……

秦可深吸了一口气，站起身。

"对不起，就算你们说我自私我也认了，我很看重这次机会，绝对不会把它让出来。"

说完，她离座前又面无表情地看了秦嫣一眼，嘴角轻轻地弯了下："如果姐姐真的想要，那就直接去向老师要吧。"

说完，秦可转身上楼。

关门之前，她分明听见楼下砰的一声，秦嫣懊恼地摔了碗筷，出声咒骂了些什么。

秦可关上自己卧室的房门，同时直接上锁，然后背靠到门上，慢慢放松自己紧绷的身体。

她缓缓松出一口气，压下眼里的慌乱。

无论是梦里还是现实，这都是她第一次公然反抗秦家父母。

在抚养权还在他们手里的情况下，她知道自己这样做并不明智，但秦家父母和秦嫣是什么样贪得无厌的本性，她已经很清楚了，所以她绝不可能退让。

既然开始掀掉面具，那她就不得不加快自己的准备计划了。

这样想着，秦可从床上的背包里翻出手机，找到通讯录里顾心晴的电话号码，拨了出去。

电话很快就接通了。

"可可？"

"是我。"

秦可放低声音，走到窗台前，轻声问道："心晴，之前我麻烦你帮我找的家教工作，你打听到消息了吗？"

"可可，这个时间稍微有点匆忙，我还没来得及联系到合适的同学。"顾心晴在电话里歉疚地说，"不过你放心，你入学就是年级第一，再加上这次月考的成绩，我一定能帮你找到家教工作的。"

"嗯，好，谢谢。"

听到顾心晴这样保证，秦可稍稍松了口气。

顾心晴性格活泼，在同学间算是很吃得来，也认识不少别的中学的学生。

所以秦可在发现自己很可能会因为竞赛这件事情和秦嫣甚至秦家发生决裂时，就请了顾心晴帮自己联系一份家教工作。

"不过可可，你现在真的很急需找一份家教兼职吗？"

顾心晴迟疑了一下，小心翼翼地试探着问："你今天晚上回家以后，他们真逼你了？"

"嗯。"秦可眼底掠过一点嘲弄，"秦嫣母亲告诉我，这个机会我如果不让给秦嫣，那就是自私自利。"

顾心晴似乎在电话对面噎了好一会儿，才忍不住气愤地开口道："他们这一家人怎么能这么无耻呢？你之前说的时候，我还以为是你多想……这……这简直也太过分了！"

秦可叹气。

"今天秦汉毅已经拿养育我的事情来要挟我了，所以我只能尽快独立出去。我记得数学竞赛获奖就能拿到一笔奖金，可那部分钱到账还是太慢，我恐怕等不及，所以就只能……"

话未说完，秦可微微皱起眉来。

"我懂了。"顾心晴语气坚定，"你放心吧，可可，我一定尽快帮你联系好，至少让你提早独立，先搬出家里，离他们越远越好！"

"麻烦你了。"

"没事，有消息我一定会第一时间通知你！"

"嗯。"

挂断电话，秦可心事重重地在窗台前站了一会儿，才放下手机走回书桌旁。

她拿起书桌上的台历。

这个月的最后一个周六被秦可用红颜色的记号笔圈了起来——那天是霍景言的生日。

经过一个月的相处，秦可凭借梦里对霍景言那些习惯和爱好的了解，很快便与霍景言熟悉了，只是对于他个人的感情生活，霍景言却一个字都没提过。

在心里无声地数了一遍剩下的日子，秦可皱眉，暗自下定决心，她似乎不能再这么顺其自然下去了。

必须得找一个合适的机会，从霍景言那里套出话，这样才有可能改变梦里他最爱的那个女人惨遭意外的结局。

这样想着，秦可拿出手机，在网上查了一堆最近艺术界的新闻和报道后，眼睛一亮。

她快速地编辑了一条短信，给霍景言发了过去。

"霍老师，您这个周末有时间吗？Q城这周六下午两点，在艺术画廊有一场哥特式美术展览。这次展览的作品比较怪诞，我自己不太敢去，所以如果您方便的话，我想邀请您一起去参观展览。"

发完之后，秦可就开始等着回信，只是一直过了很久，手机都不见动静。

秦可没办法，只能将手机先放在书桌上，自己收拾了新的换洗衣物，去洗浴间洗澡了。

秦可进到洗浴间关上门后，水声很快就响了起来。

大约两分钟过去了。只听得到水声的秦可的房间里，被锁上的门的锁孔突然一暗。

钥匙插了进来。

门外有人轻手轻脚地打开了房门，秦妈无声地走了进来。

秦妈的表情有点难看。

她原本是想来质问秦可，是不是真的无论如何都不会把那个机会让给她了。但是她听到秦可锁了房门，这才跟母亲殷传芳要来了家里的钥匙，准备溜进来给秦可一个下马威。

她得让秦可知道：秦可现在不过是寄人篱下，是被她的父母照顾的孤儿，对于他们的要求，秦可应该也必须更识相一点才对！

其实秦嫣对数学竞赛的名额没有那么看重。

因为她知道凭自己的成绩，不可能拿到奖项，但她就是不甘心这个名额被秦可抢走。尤其想到秦可还能获奖，就更让她郁结了。

今晚过来，她更想做的是警告秦可离霍景言远一点。吴清越那边的资源和人脉已经不可能被自己利用了，霍景言是秦嫣的最后一个选择。

而这一个月来，她却发现秦可和霍景言的关系越来越近……

一想到这儿，秦嫣就忍不住嫉妒地掐紧了手心。只不过进来以后，秦嫣才发现秦可不在卧室内，而是去了洗浴间。

秦嫣冷冷地看了洗浴间的房门一眼，目光在屋里扫了扫，最后面无表情地走到书桌旁边坐下。

她随手把钥匙扔在桌上，抱臂倚进了座椅里，还调整了一下姿势。她要让秦可知道，到底谁才是这个家里真正的女儿、真正的主人。

秦嫣正面目扭曲地思索着该如何威胁秦可，突然听见书桌上的手机振动了一下。

秦嫣皱着眉望过去。

是一条短信。

秦嫣不感兴趣，刚准备收回视线，却突然顿住了。她猛地转过头，难以置信地看向那条短信。

上面的发件人赫然显示着"霍老师"三个字。

秦嫣脸色唰地变难看。

她想都没想，伸手拿过了手机，打开了手机看那条短信。她一目十行地读完了秦可发出去的那条消息，跟着目光便迅速地落向下方。

霍景言的回复十分亲切，看不出半点平常与秦嫣说话时的疏离。

"当然可以。哥特式美术被文艺复兴时期的艺术家们评价为野蛮怪诞，缺乏艺术趣味。但我并不这样认为。它毕竟起源早，'怪诞'恰是它的魅力所在。如果你感兴趣，我们还可以在展览现场详细聊聊。"

秦嫣一个字一个字地把这段话反复看了许多遍，直到几乎能背下来。她愤恨得近乎扭曲地瞪向还响着水声的洗浴间。

又是这样！每一次她费尽心思求而不得的东西，总是能被秦可那样轻而易举地拿到！秦可到底凭什么？秦可不过是个什么都没有的孤儿，秦可有什么资格跟她争抢？

秦嫣几乎气得发疯了。

她站起身就想冲到洗浴间去质问秦可，只是刚迈出两步，她突然想到了什么似的，脚步猛地一停。

在原地僵硬地站立了几秒，秦嫣目光里扭曲的恨意慢慢被压下去，她表情复杂地看向手里秦可的手机。

又迟疑很久，秦嫣终于下定决心。

质问不能改变什么。

秦可在学校里那样如鱼得水，无非就是凭仗着自己的成绩口碑，还有霍峻的保护。

如果秦可得罪了霍峻……

秦嫣的眼底露出阴冷的笑意。

她快速地将秦可的手机放回桌上，摆好位置，然后拿出手机调成静音，将屏幕上的那两条短信拍了下来。

做完这一切，秦嫣又将手机返回到短信界面，把自己刚刚看完的这条信息重新标为"未读"，然后把椅子放回原处，拿起钥匙无声地退了出去。

房间里安安静静的。

仿佛没有人来过。

第二天就是星期五。

晚上临放学前，秦嫣踏快步踏上了精英班那栋楼的最顶层，那是高三精英班的教室。

门外走廊上还算安静，只有零星几个男生靠在窗台上，望着不远处的球场和城市上空的夜色，嬉笑或是聊着什么。

秦嫣在QD中学挺有名气，她也善于经营自己的形象，即便是高三精英版，也有不少男生认识她。

所以一看到秦嫣上楼，离得近的几个男生很快就注意到了。

有人笑了笑："秦嫣，又来找我们峻哥？难得啊，这个学期好像都不怎么见你来了。"

秦嫣把碎发挽到耳后，只温柔地笑了笑。

"学长好。我确实找峻哥有点事情，能麻烦你帮我喊他出来一下吗？"

"我也想帮你，可惜峻哥不一定听我的啊。"那男生笑着道。

"麻烦学长告诉霍峻学长，就说……"秦嫣眼神一闪，眼底浮沉了点寒意。

她低头冷笑了下。

"我找他的事情，和高一年级精英班的秦可学妹，以及我们艺术欣赏课的霍景言老师都有关系。"

听见班里男生过来说门外秦嫣来找霍峻时，坐在窗台边上的乔瑾和乔瑜就对视一眼，笑了起来。

乔瑾："峻哥，看来还是你魅力大啊，我之前还以为秦嫣已经移情别恋到霍景言身上了，没想到还是盯着你呢？"

霍峻彼时刚睡醒，抬头看了看窗外，似乎是要下雨的模样，空气又闷又湿，天边云都紧紧挨在一起，看起来让人心情格外压抑。

霍峻皱了眉，伸手把空书包往外一扯。

"不见。"

来叫人的男生咧了咧嘴，倒是一点也不意外，窗台边上坐着的乔瑾乔瑜兄弟俩冲他耸了耸肩，表示他们也很无奈。

那男生犹豫了下，挠了挠后脑勺，想想还是把秦嫣跟自己交代的话说了。

"峻哥，那个秦嫣说是有事情要跟你讲，她还说，自己要说的事情跟高一精英班的秦可，还有咱们艺术欣赏课的那个新老师都有关系。"

霍峻动作蓦地一滞。须臾后，耷拉着的眼皮一抬，凌厉的目光扫过开口那男生的脸。

那男生表情僵住。

或许是霍峻那一眼里的戾气实在有些过于骇人了，看得他背后都发毛，只后悔自己不该被秦嫣的两句话就哄得来找霍峻，霍峻性子喜怒无常，虽说这个学期不知道为什么收敛了很多，但还是不是他招惹得起的啊。

男生正心里发虚，手心冒汗，暗自后悔着，就听见霍峻声音里带着点初醒的沙哑，还有熏染了奇特情绪的低沉。

"她还说什么了？"

男生咬着牙僵笑，道："没……没了，她现在就在走廊外面等着呢。"

看出这男生怕得不行，窗台边上坐着的乔瑾一早就收了笑，下巴扬了扬，道："行了，没你事了，走吧。"

那男生如蒙大赦，连忙转身跑了。

目送男生跑开，乔瑾收回目光。

此时高三精英班的教室里已经没多少人了，多数学生已经放学回家。零星几人的教室里，乔瑾沉默两秒，斟酌着开口道："峻哥，你要出去见她吗？"

霍峻起初没说话。

他只抬头看了一眼窗外，已经有闷雷从远处响起。天空阴沉，在这么几分钟的工夫里，就已经比之前暗下了几个色度。

显然要有暴雨将至。

乔瑾和乔瑜认识霍峻很久了，他们兄弟两人都知道霍峻最厌恶的就是阴雨天。

一到这种时候，他的心情基本上就是随时在爆发边沿游走。

偏偏这种时候，秦嫣还拿那样敏感的字眼来碰霍峻的高压线，而且不用脑子想也知道，绝对不会是什么让人心情愉悦的好消息。

乔瑾和乔瑜又不安地对视几秒。两人都不知道霍峻会作何反应，但此时也不敢再问。

就在空气悄然沉寂的时候，他们突然听见从窗外转回视线的霍峻问了句："昨天天气预报有说今天会下雨？"

这个突然转折的话头，把兄弟俩吓蒙了。

两兄弟里还是乔瑜反应稍快，他摇头。

"一个字都没提，应该是突然的雷阵雨。"这么说着，乔瑜故作轻松地开玩笑，"这下不知道得有多少学生被堵在学校里了，校门口家长来接的车辆肯定得堵成灾。"

霍峻面无表情地看着窗外。

那张清俊、白皙的脸，在此时教室里被阴雨天映衬得格外惨白的光线下，看起来更加凌厉。

薄唇抿了几秒，霍峻轻轻嗤笑了一声。

"也不是每个人都有家长来接。"

乔瑜脖子一缩，没敢搭这个话茬。

乔瑾心粗许多，闻言直说道："峻哥，你这儿不是有常备的伞吗？谁稀罕他们来接了。"

霍峻嘴角一弯。

只是那双漆黑的眼里情绪仍旧近乎冷漠，他站起身往教室外走。

"我去见秦嫣。"

以为霍峻已经要忘了这件事的乔瑾和乔瑜一愣，表情迟疑地想说什么。只是不等他们开口，就听到往外走的男生不回头地又说了句："帮我把那伞送给秦可。"

教室里，乔瑾和乔瑜齐齐愣住了。不知道过了多久，两人才慢慢回过神。

乔瑾幽幽地叹了口气："秦可到底是个什么人？天生自带迷药体质？我看这样下去，峻哥魂儿都要被勾到她身上了。"

乔瑜也眯起眼，说："不用这样下去。"

乔瑜又说："他的魂儿早没了。"

秦嫣在高三精英班的门外站得腿都僵了，那道身影才姗姗来迟。

她一边咬牙切齿地想秦可在霍峻心里也不过如此，一边强迫自己露出一个温和的笑。

"峻哥，我没打扰到你吧？"

霍峻冷淡地瞥她，视线停留连一秒都不到就移开了。

"少废话，直说。"声音比神情更冷。

秦嫣面上的笑容僵了下。

她愤恨地低下头去，拿出了自己的手机，把自己前一天晚上拍好的照片翻了出来。

然后秦嫣抬头，紧攥着手机。

"我是想给你看一张照片。其实我不该外传的，毕竟这跟我也没什么关系。"

说完这话，秦嫣低下头去，声音也放轻了："只是，峻哥，你应该知道，我……我一直都很喜欢你。哪怕你不喜欢我，我也不想看你被小可蒙在鼓里，再受到伤害……所以我才专门来找你，想把这个给你看。"

这样说完，秦嫣伸出手，把手机抬到了霍峻面前。

屏幕的亮度被调到最大。在被窗外天色压得昏暗的长廊上，显得十分刺眼。而手机屏幕上的照片里，那两条语气不见半点疏离的短信也跃到了眼前。

霍峻垂眼一扫。

他身子僵了下。几秒后，他抬手从秦嫣手里拿过了手机。

男生拿走手机时，指腹无意刮过秦嫣的掌心，留下一点淡淡的凉意。

秦嫣脸一红，又见霍峻看了照片后，神色有些阴沉，她不由得暗喜。

她就不信以霍峻这样的性格，能忍得了被他视作珍宝的秦可和霍景言有这样不清不楚的关系。

就是不知道霍峻会怎样惩戒秦可，会让秦可有什么样的下场。

秦嫣正想着，突然听见耳边响起个冰冷寡淡的男声："你有备份？"

"啊？"秦嫣刚回神，本能地回答，"没有。"

她话音未落，就难以置信地瞪大了眼睛。只见霍峻修长的手指一动，很轻易地就将那张照片永久删除了。

"峻哥，你……"

秦嫣脸色苍白地抬头，却正对上一双阴沉的漆黑眼眸。

霍峻面无表情地睨着她，几秒后，他冷笑一声："怕我受到伤害？来自谁，秦可吗？"

伴着说话声，他上前一步，将秦嫣逼迫到无路可退的墙角。

这样近的距离里，男生那双漆黑的眼里却只有深沉得骇人的戾气。

"你是怕我伤不到秦可吧？"

话音刚落，霍峻蓦地攥紧拳，捏得那只手机咔咔地响。在秦嫣惨白的脸色前，他提起手机往秦嫣耳旁一掼。

砰的一声。

手机被直接砸到报废，落在了地上。

"在我和她之间挑拨离间，秦嫣，你以为自己算个什么东西？"

男生声音极轻，眼神十分可怕。

"峻……峻哥……"

秦嫣已经顾不得心疼自己的手机了，她看着眼前的男生，身体几乎克制不住地发抖，连嘴唇都哆嗦着。

面前的霍峻简直像个疯子……总之就不是正常人！秦嫣感觉自己好像随时都会被他掐死在这里！

秦嫣吓得腿软，面无血色，眼圈通红得几乎要哭出来了。

"对……对不起……对不起峻哥……"她用力地摇头，缩紧身体，"我不敢了，下次……不对，没有下次了，我保证不会有下次了，峻哥……"

霍峻眼神深沉。他慢慢收回手，垂下去。

"这是最后一次。再让我知道你拿这样下作的手段算计她，我不会让你好过。不信你来试试。"

男生薄唇微动，那声音嘶哑低沉。

"滚。"

秦嫣连手机都没顾得捡，吓得呜咽着跑下楼去。

惊雷在天边响起。轰隆隆的余音像是要把这个世界一起毁灭。

腥潮的雨被急啸的晚风从没关上的窗户间推挤进来，湿气扑面。整个世界的躁动都淹没在这被撕碎的雨里。

霍峻闭了闭眼。男生白皙的额角位置，暴起的青筋慢慢消退。身后的教室和长廊不知何时已经没有其他人了。

霍峻慢慢转身，从露天的盘旋楼梯往下走。越来越大的雨疾速地打在他的身上，他却像是失掉了所有的感知。

清俊的侧颜在此刻近乎苍白，凌厉也失了生气。

秦可会喜欢上霍景言，他一点也不意外。

霍景言温润、儒雅、平和、风趣……霍景言和他完全不一样。

从小，那个生了他的女人就告诉他：你和你那个抛弃了你的爸一样，是个没心没肺的怪物。不，你比他更怪。你就像个疯子，对所有人来说你都是一个累赘。

说了这话的那个生了他的女人，在一个雷雨交加的晚上，把他扔在了通往乡间的泥泞路口。

他不记得自己那一晚上是如何在瓢泼的雨里摔得头破血流，如何在冰冷和饥饿中死里逃生的……

他只记得那女人那晚的每一句话。

连生了他的人都不要他。任何人都不敢亲近他。每逢雷雨天气，乔瑾、乔瑜、卫晟……每个人都会躲他躲得远远的。

所以啊，谁会喜欢一个怪物呢？

霍峻面无表情地踩下最后一级台阶，彻底没了遮拦的雨砸在他的身上，使他瞬间湿透。

楼下还有几个还没离开的学生注意到了他，一看清是霍峻，那些人纷纷低头，加快脚步离开。

霍峻轻轻扯了下嘴角，眼底空洞，他抬腿要往雨里迈第一步。

眼前一暗。一把黑色的大伞突然撑到他面前。

霍峻蓦地顿住。

几秒后，他僵着身子回眸，看见身形纤弱的女孩儿艰难地撑着那把对她来说有点太大了的伞，纤细、白皙的手臂横在他眼前，好似一折就会断。

但秦可只那样艰难地撑着。小巧、精致的瓜子脸上，浮着一点不赞同的淡淡情绪。细细的眉轻轻皱着，眉心蹙一朵漂亮的小花儿。

"你既然只带了一把伞，干吗要给我？"

霍峻瞳孔一缩。

直到此刻，他才被这句话从梦里拉到现实。他眼底划过深沉得近乎狰狞的情绪。

"你来做什么？"

男生字字句句都透着生人勿近的骇人情绪。

秦可却没有一点怕他的样子。

她看他的眼神甚至带上一点无奈，是霍峻说过的他最沉迷的那个眼神，像是最无可奈何的纵容，像是可以容忍他对自己为所欲为。

霍峻咬牙，颧骨在瘦削的脸颊上轻轻抖动了一下。

他蓦地抬手，攥住面前那只纤细的手腕，近乎凶狠地把人扯得往后退了一步，退到走廊里。

秦可的背被抵到墙上，她皱眉仰头，说："霍峻，我们说好了，你别发疯。"

然而此刻的霍峻眼底半点理智都没有。他睁着一双眼，声音嘶哑低沉。

"你现在立刻走还来得及。"

秦可不明所以地看他。

"我走了，你淋雨回去？"

四目相对。

霍峻看着女孩儿眼底映着的那个自己都觉得狰狞可怖，可偏偏女孩儿那双眼眸里澄澈、干净，没有半点闪避。

霍峻几乎要疯了。

他咬牙切齿地说："你就一点都不怕我？"

秦可叹气。

发疯大概会影响智力？不然怎么认识了这么久，霍峻还在纠结这个问题？

"嗯，"她耐着性子哄他，摇头，"我不怕，你又不是什么吃人的猛兽，我为什么要怕？"

霍峻气极了。

像是野狼撞见了一只傻兔子，野狼都替兔子觉得性命难保，偏偏兔子还把白嫩的颈子凑到野狼鼻尖下，还软着声挑衅它：你咬啊？

野狼最后一定是气死的。

霍峻咬牙切齿地想。

他伸手猛地拽掉了秦可手里的伞，扔到了一旁。

"伞……"

秦可急了，刚转过身要去捡，又被那人一把拉了回来，压到墙上。

霍峻就俯身在她颈旁，直到此刻，秦可才惊觉男生的呼吸有些灼热得近乎滚烫。

秦可终于后知后觉地感受到了某种危险的接近。她迟疑了一下，决定好言相劝。

只是不等她张口，就听见耳边响起了男生沙哑的声音："现在呢……还不怕？"

秦可心想：这人可真幼稚啊，像只雨天走丢的大型犬。

秦可的心神反而松懈下来了。她犹豫了一秒，大胆地伸出手，在那半湿的黑色长发上揉了一把。

男生的身子被她揉得一僵。几秒后，他抬起漆黑的眼，自上而下从她的头顶望下去。

秦可无辜地仰头回望。

"雨小点了，霍峻，我们该回家了吧。"

霍峻目光阴恻恻地盯着她。

几秒后，他冷笑了声，不甘又狼狈地垂下眼，低声威胁："算你逃过一劫。"

"嗯？"

霍峻没说话，突然俯身，强硬地把她抱进怀里。

"再有下次，我让你哭得上不来气。"

第七章

我从来没想过碰你，因为怕弄脏。

在经历了周五晚上的一场暴雨后，周六一早，天光明媚，碧空如洗。

秦可习惯早起。吃完早餐后，她觉得肚子有点不舒服，但又没有发烧，思考片刻，还是请了假。

她回房间躺了一会儿后，发现肚子不太疼了，就坐到书桌前，开始自习。

虽然有梦里的基础和智商底子在，但数学竞赛是她没接触过的领域，秦可不敢掉以轻心，无论是那笔竞赛奖金，还是获奖可能给她带来的保送名额，对秦可而言都十分重要。

或许是因为梦里的经历，秦可总能很轻易地集中注意力，进入状态也非常快。远无同龄人的玩心和躁动，专注是她能拿到卓越成绩的第一要素。

一上午的时间很快便过去。

中午十一点半左右，秦可的房门被外面的人不耐地叩响了："吃饭了。"

秦妈带点愤恨的声音不情愿地响起。

自从前天争吵过后，秦妈和秦家父母这两天已经完全不掩饰对秦可的恶意。秦可看得出来，他们是想通过冷暴力逼她屈服让步，甚至主动向他们道歉认错。

坐在书桌前，秦可冷淡一笑，合上了书本。

秦可心想：做梦。

顾心晴昨晚就打电话告诉她，已经帮她找了几份合适的家教工作，她最晚下周就可以过去面试，只要通过，她就有了一定的收入来源。

到了那时候，她一定会尽快搬出这个家。

这样想着，秦可收敛情绪，起身出门。

下楼进到餐厅时，那一家三口已经开始吃饭了。见秦可过来打了招呼，只有秦汉毅抬了抬头，算是回应。

秦可神色不变，淡定地坐到自己的位子上，拿起碗筷开始吃饭。

三人在一旁说话，没有和秦可搭茬。

直到中途，秦嫣在桌下轻轻地踢了踢母亲殷传芳的脚，然后向抬头的殷传芳递了一个眼色。

殷传芳会意地看了她一眼，转向秦可。

"小可，你今天下午没什么事情吧，没事情就陪我去一趟超市，家里需要买点菜。"

秦可手上的动作一停。

须臾后，她没抬眼，说："我提前和我们学校里的霍老师约好了，要去看美术展，今天下午来不及。"

秦嫣连忙又给殷传芳眼神示意。

殷传芳皱起眉，说："美术展？还是和你们学校老师？你现在就是个上高一的学生，搞那些乱七八糟的事情做什么？还是学习重要，知不知道？"

见秦可不说话，殷传芳脸色冷下来，道："平常不使唤你，就这次让你陪我去一下午，你都没时间？"

"明天周日，可以。"秦可抬眼，眼神凌厉，"今天下午不行。"

女孩儿的语气并不见得有多重，但殷传芳竟然被她那眼神一慑，几秒都没说出话来。

等殷传芳回过神，还想说什么的时候，秦可却直接放下了碗筷。

"我吃完了，先回房间了。"

殷传芳气极，把筷子一摔："你给我回来，听到没有！"

秦可头也不回地上了楼。

一直到回屋之后，她还听得到楼下殷传芳的大声谩骂。

秦可眼里阴沉得如同下了雨的夜幕。她面无表情地在原地站了很久，才拿出自己的手机，垂眼盯着。

那天从浴室出来，感觉房间里像是来过人，果然不是她的错觉。

秦嬷或者殷传芳，两人之中一定至少有一个来过她房里。

大概是秦嬷。

所以秦嬷才会想通过殷传芳阻止自己和霍景言见面，甚至让殷传芳拖住自己，然后她再取而代之。

秦可绝不会给她们这样的机会。

她低头确认了一遍时间，便立即收拾了背包，第一时间下楼离开了秦家。

一直到走出房门很远，秦可都能听到小院子里传出来的秦嬷的恼怒声和殷传芳的骂声。

秦可和霍景言后来约定下来的见面地点，就在Q城的艺术广场。

只不过原定的时间是下午两点，秦可因为提前出门，所以一点四十五的时候就已经到了。

正赶上周末，加上美术展的事情，艺术广场附近人山人海。

秦可费了好些力气，才终于找到了霍景言提及的艺术广场许愿池旁边的银杏树。

树下有一张长椅，秦可到的时候椅子上已经坐了一对母子。似乎是在艺术广场逛累了，年轻母亲正牵着不安分的小男孩儿。看见秦可过来坐下，那个年轻母亲冲秦可微微一笑。

秦可自然也回以微笑。

"林林，叫姐姐。"年轻母亲牵着小男孩儿往秦可的方向示意。

秦可回头看过去，和虎头虎脑的小男孩儿对视上了，她弯唇一笑。

秦可："你好呀。"

那小男孩儿蒙了一会儿，突然不好意思地往他妈妈腿后绕。

年轻母亲愣了下。

"林林？叫姐姐呀，怎么这么没礼貌呢？"

憋了半天，小男孩儿终于满脸通红地憋出一句"姐姐"来。

秦可笑得眉眼都弯成了月牙儿。

小男孩儿一会儿就跑到旁边玩去了，没有走远，只在游乐区里。年轻母亲显然是累得不轻，一边坐在长椅上远远地看着儿子，一边和秦可有一搭没一搭地聊天。

过了两分钟，在秦可和年轻母亲视野里的小男孩儿突然和另一个大一点的玩伴说起什么，小男孩儿表情有点激动，还用力地伸手指了指秦可和年轻母亲的方向。

秦可一愣。

她本来以为是自己的错觉，然而又看了两秒，就发现那个约莫有十二三岁的小男生认认真真地瞧了她一眼，又低下头去看了看手心。

不等秦可反应过来，那小男生就扭头跑了。

秦可茫然。

没几秒，小男孩儿跑回来了，兴奋地跟母亲说话，中间还小心地看了看秦可。

"妈妈，刚刚有一个哥哥在找漂亮姐姐。"

年轻母亲一愣，没反应过来，说："什么漂亮姐姐呀？"

小男孩儿伸手指了指秦可，认真又严肃地说："漂亮姐姐。"

年轻母亲和秦可都怔了怔，随即年轻母亲笑起来，伸手轻轻刮了一下男孩儿的鼻尖。

"林林，之前怎么没见你这么嘴甜啊？"年轻母亲说完，又觉得有点奇怪，"是不是认错人了，漂亮姐姐是来这里等人的，不用找。"

小男孩儿急了，摆手，说："不是不是，我看见了！"

"看见什么了？"

"那个方方的……"

小男孩儿正费力地解释着，秦可也专注地听，就在这时，她身前突然投下一道颀长的影儿。

秦可下意识地转头望过去，对上霍景言温润风趣的笑容。

"我本来以为自己能做个提前半小时来的绅士，没想到遇上了一个提前半个多小时就到了的淑女？"

秦可回过神，笑着起身。

"霍老师。"

霍景言很随性地点头，继而问道："你是不是等很久了？"

"没有，"秦可轻轻眨眼，撒了个小谎，"我也是刚到。"

哪想到这话一说完，旁边的小男孩儿立刻拆穿了。

"妈妈，妈妈。"

"嗯？"

"漂亮姐姐骗人。"

"她明明好久好久前就来了！妈妈说了，骗人的不是好孩子！"

年轻母亲有点尴尬地笑着看向秦可，秦可更窘然地望向霍景言。

霍景言笑着走到小男孩儿面前，蹲下身去，到了和小男孩儿齐平的高度，才笑着开口道："那你错了，这个姐姐是怕我羞愧才这样说的，所以她是个好孩子。"

小男孩儿茫然地看向年轻母亲。

秦可从那种被拆穿的尴尬里回过神，开口道："霍老师，那我们就往艺术长廊那边走吧？应该可以进去了。"

霍景言闻言起身，开玩笑道："我可是让我的学生等了'好久好久'的'罪人'，所以今天下午的话语权应该在你，我悉听尊便。"

秦可笑意清浅。

"那我领路。"

"好。"

看着两人渐渐远去的身影，年轻母亲过了很久才收回视线，她笑着摇了摇头，轻轻捏了下儿子的鼻尖。

"林林，年轻真好啊，对不对？"

小男孩儿自然听不懂她在说什么。

只是年轻母亲很快就想起来什么似的，视线一顿，好奇地问道："林林，你刚刚说的在找这个漂亮姐姐的哥哥，是刚刚那位吗？"

男孩儿皱起眉，摇头。

"那是叔叔，不是哥哥。"

年轻母亲意外地愣了下。

"那你确定是找这位姐姐？"

"嗯！我看到了，方方的小纸片，姐姐在上面！"

年轻母亲想了想，恍然大悟："你是说照片？"

小男孩儿喜笑颜开地用力点头。

年轻母亲却愣住了。方才聊起来，女孩儿明明说了在等老师，怎么还会有个"哥哥"找她呢？

艺术长廊的这次哥特式美术展览，是一场免票入场的公开性展览。其中的作品也多以艺术大学的学生向历代绘画大师的著名作品致敬的临摹之作为主。

即便如此，秦可仍看得出来，陪在她身边的霍景言没有一丁点的不耐烦。这让秦可心里感慨颇多。梦里的她以为是年纪的原因，如今看来，霍景言大概一直是个温柔如父兄的长辈吧。

她何其有幸，才能遇到这样一位良师益友啊……

"你似乎对这幅画很感兴趣？"

走神的秦可突然被耳旁的声音拉回了现实。

秦可怔了一下，回头，正看见霍景言站在她的后侧方，此时随着说话声微微向前俯身，目光一瞬不瞬地盯在秦可身前的那幅画上。

秦可方才是瞧着这幅画出神的，霍景言显然以为她在观赏这幅临摹作品。她也不好否认，便"嗯"了一声，然后顺着霍景言的目光落到画上。

"这应该是临摹的西蒙·马丁尼的作品，《天使报喜》。"霍景言一边以视线描摹着画者的笔触，一边给秦可讲解。

"西蒙·马丁尼是意大利画家中很有代表性的一位，典型的锡耶纳画派画家。而且他的老师，杜乔·迪·博宁塞纳更是锡耶纳画派的创始人，西蒙·马丁尼的画风很受他老师的影响。你看这里，色彩鲜艳、画面华丽、线条优美。这个学生很好地捕捉到了锡耶纳画派的精髓，画得不错。"

说着，霍景言直起身，笑着看向秦可。

"他们师生两人可是哥特式美术的重要推进人物，如果你对哥特式美术感兴趣，他们两个就是你不能绕开的里程碑级别的人物。"

秦可听得认真专注，闻言点头："嗯，谢谢老师，我会记下来的。"

霍景言正要张口，一道带着点冷意的声音突然插进两人之间。

"这幅画我也有点兴趣，霍老师帮我也介绍一下？"

一听见这个再熟悉不过的声音，秦可有点错愕地回头看向身后。

站在长廊下，穿着白色运动衣、戴着黑色棒球帽的少年正手插着裤袋，眼神凌厉地望着她身旁的霍景言。

秦可怔了几秒才回神。

"霍峻？你怎么在这儿？"

少年听见声音，慢慢垂下漆黑的眼，眼底那点戾气也被压到深处去了。和女孩儿对视了两秒，少年移开目光，薄薄的唇轻轻扯了下。

那点嘲弄的笑意微微泛着凉意。

"我不能来看展览？"

秦可被这话噎了下。

她目光往旁边一落，正看到霍峻身旁跟了个十二三岁的小男生，长得还有点眼熟。

秦可眨了眨眼，蓦地回神，对着小男生说："你是刚刚那个跟林林在一起的小朋友？"

那小男生冲秦可做了个鬼脸，道："是我怎样？"

像是怕秦可指责他，小男生第一时间指向霍峻："这是我刚认的大哥，他让我们拿着照片在艺术广场找你，我是第一个找到你的！"

"大……哥？"

秦可眼神微妙地看向霍峻。

霍峻铁青着脸垂下眼，道："谁让你这么叫我？"

那小男生被霍峻这眼神一看，登时吓得往边上一跳，不忘委屈地辩解："我说了我不要钱，我看过你打架，我就想你教我打架……"

实在不忍心听这未成年的小孩儿被教坏的现场，秦可满眼无奈地看向身旁的霍景言，求助意味明显。

霍景言原本正看着热闹，向秦可望来，为人师表，到底不好继续隔岸观火。

他笑了笑，道："你刚刚说哪幅画？"

霍峻正烦躁地皱着眉垂着眼睽那小男生，闻言抬头，不耐地随手往对面一指。

霍景言抬脚走过去，把小男生隔到另一旁。

"这是《圣特里尼塔的圣母像》。"

霍峻懒得搭话，小男生却在第一时间被带走了注意力，他好奇地仰头看向霍景言，道："你怎么知道这个人是圣母？"

霍景言难得被噎了下。

旁边秦可失笑，她走上前，道："霍老师是说，这幅画的名字叫《圣特里尼塔的圣母像》。"

秦可看向霍景言，道："上节课您讲过它的画者，是奇马布埃，对吧？"

"嗯。"霍景言欣慰地点头，"乔瓦尼·奇马布埃，他是与之前所说的锡耶纳画派创始人杜乔·迪·博宁塞纳同时期的一位意大利画家，也是公认的第一个敢于反抗当时盛行的古板的拜占庭风格艺术的大师级人物。"

霍景言的目光落向面前的这幅画作。

看了几秒之后，他遗憾地摇头，道："这个临摹画者的水平，比之前那个临摹的学生就有所不如了。奇马布埃的作品风格是更倾向于平凡自然的写实风格，最显著的特点是色彩对比鲜明，这一点上，显然这个学生没有做的好。"

秦可深知霍景言的能力和水平，所以并不惊讶。

而霍峻对这些不以为意。

于是唯独剩下了那个十二三岁的小男生，被霍景言一番如数家珍的讲述带得云里雾里，没一会儿，他看向霍景言的目光已经到达痴迷的程度了。

于是这场展览从中间开始就突然变了组合——小男生"抢占"了秦可的位置，缠着霍景言从整个画廊东面一直问到了西面，秦可跟在两人身旁，连一丁点话隙都找不到。

秦可原本想借这次机会，把霍景言那个心爱的女人的信息套出来，眼看着就要夭折了。她有些哭笑不得。

"是你约霍景言出来的？"拐过艺术画廊的一段，秦可身旁始终沉默的霍峻突然开口问道。

秦可微微怔了下。

须臾后，她转回头，看向霍峻的眼神平静安定。

"嗯。"

霍峻眼底掠过一丝冷意。

少年白皙的额角上青筋微微凸起，沉默了几秒之后，他冷冷一笑，视线在周围那些挂在廊柱下的画作上扫过。

最后焦点还是落回到秦可身上。

"约他来这种地方，你很会投其所好？"

秦可一默。

其实在见到霍峻的时候，她就已经猜到了到底是谁进了她的房间，在她的房间里看到了什么又做了什么。

她也猜到了霍峻一定会误会她对霍景言的感情。

只是她又实在没有什么解释的余地。

对霍景言，她甚至想好了，到最后没别的办法，她会直接告诉霍景言是自己做了一个噩梦，梦见霍景言的女朋友会发生不幸。

就算不相信，以霍景言温润、细腻的性格来说，必然也会在她的提示下做出改变。

可是霍峻完全不同。

秦可很清楚，解释什么都没用。霍峻这个人性格过于冷漠，如同一把开了刃的唐刀，锋利易折，却一往无前。

他只看本质，其余浮面全不在乎。只要她不给他一个亲近霍景言的客观原因，那霍峻也不会在乎其他的理由。

而秦可却唯独不能说这个客观原因。

女孩儿不说话。

霍峻的眼神在这沉默的时间里渐渐冷凝下去。

他轻咧嘴角，眸子漆黑，露出一个微微有些狰狞的笑容。

"你默认了？"

秦可皱眉看他。

霍峻眼底笑意沉下，他伸手轻轻抚上女孩儿的侧脸，指腹下细腻温滑。

霍峻眼神深暗。

"秦嫣愚蠢又功利，我一眼就能看穿她接近我和接近霍景言的意图。可你呢？秦可，你到底想要什么？"

秦可轻轻捻紧指尖，退了半步。

他转而抓住她的手腕，更紧更近地贴上前："以前我以为你天真、干净，像块无瑕的玉，我隔着很远看你的时候，就想象你以后会被雕琢成什么惊艳的样子……我从来没想过碰你，因为怕弄脏。"

他说的话让秦可愣在原地。

而霍峻像没有察觉到一样，眼神凌厉。

"可是从什么时候开始，你成了块墨玉，秦可？好像就在一瞬间，我甚至都没来得及发现，现在的你和过去的那个你完全不同了，你接近霍景言分明有目的，就像当初在咖啡厅你突然出现在我面前一样！"

秦可眼神蓦地一沉。

这一瞬间，她有些近乎惊悚地看向霍峻。

她心里很清楚霍峻根本不可能猜到她这一切行径后的根本原因和目的，但就是在这猜不到的情况下，她不知道霍峻对她的了解有多深，才能到了这种分毫毕现的精密程度。

而霍峻注意到她的失态，只是以为她被他说透了心思。他攥住秦可手腕的手收得更紧。

秦可被疼意带回神，她皱起眉，竭力让自己冷下脸，说："既然被你看穿了，那你还留在我身边做什么？"

霍峻轻轻眯起眼，眸光微冷。

"你什么意思。"

秦可："你不是喜欢单纯无知的女孩儿吗？以前我或许是，但如今早就不是了。"

秦可轻轻咬住牙，眼底露出被梦里回忆勾起的恨意。

又想起秦家三人这两天的表现，她眼底浮起冷淡的笑意。

"你想要那个干净无知任人摆弄的秦可？她早就死了。如今我为了拿回我的东西，不惜任何代价。为了达到我的目的，我也不在乎任何人。"

秦可一口气说完，冷眼看向霍峻。

"这样你懂了？"

霍峻垂着眸。

"所以你想要什么？从霍景言身上，有什么东西是你认为他给得了你而我给不了你的？”

秦可一怔，说：“你……”

“只要你说，不管付出什么代价，我都给你。”

霍峻话音落下后的几十秒里，秦可一个字也没说出口。而在她刚想说话的时候，被耳边响起的一个声音打断了。

“大哥，你在和漂亮姐姐玩‘谁先眨眼谁就输’的游戏吗？”

霍峻和秦可一齐回眸，只见之前还跟在霍景言身边的那个十二三岁的小男生，此时正一脸无辜地站在两人旁边，看着他们。

霍峻在心情最差的时候被人打断，冷然的戾气很快便覆上了漆黑的眸瞳。

他瞪向那小男生。

“再这样称呼我，信不信我抽你？”

小男生被吓得一抖。

秦可本以为小男生会转身跑掉。没想到那小男生反应过来，却嗖的一下躲到了她的身后。

“不……不行……”

霍峻冷眸扫他：“为什么不行？”

“漂亮姐姐……漂亮姐姐在，你……你不会打人的。”

霍峻目光一滞。

须臾后，他轻轻眯起眼，表情看起来更凶了。

“谁告诉你的？”

小男生咽了口唾沫，说：“霍……霍老师说的……”说着，他伸手小心地指向旁边。

正为他的话而感到意外的秦可也跟着望过去，就和霍峻一道看见了站在画廊尽头的霍景言。

似乎是察觉到两人的目光，正跟一位白发苍苍的老奶奶耐心地讲着什么的霍景言直起身，目光温和带笑地与两人对视上，然后他抬起手，冲两人打了个招呼。

小男生适时地补充。

“霍老师还说了，如果我想跟你学打架，就让我缠着漂亮姐姐，他说你只听漂亮姐姐的话。"

秦可表情有点不自在。

她扭过头看向霍峻，本以为会见到霍峻不愉甚至发火的征兆。然而令她意外的是，视野里的男生眼神微妙地冷了几秒，便突然轻轻嗤笑了一声。

霍峻的目光也终于落回到秦可身上。

他一瞬不瞬时紧盯着她，再开口时语气不徐不疾，意味深长。

"对，他说得没错。我只听一个人的。"

被那漆黑的眼盯得久了，秦可没来由地有些发热。她不自在地转开了视线，往旁边走。

小男生见状急了，连忙追上去。

"漂亮姐姐，漂亮姐姐，你等我一起啊……"

话没说完，小男生身后的连衣帽被一只修长的手捏住，不紧不慢地扯了回来。

小男生哆哆嗦嗦地回头，道："大……大哥……"

霍峻差点被这称呼气笑了。

"跟着她可以，但不准碰她，扯衣袖也不行，懂吗？"

出于求生本能，小男生用力点了点头，道："懂懂懂。"

霍峻神色懒散地一笑，直回身，松开的手顺势插回裤袋里。

看着小男生慌忙地追过去，成功地拦在秦可和霍景言之间，霍峻满意地轻轻嗤笑了一声。

临近傍晚的时候，霍景言主动提出请三人在艺术广场附近的小店吃晚饭。

小男生自然傻呵呵地叫好，秦可的目的还没达到，犹豫了一下便也答应了。

小男生迟疑地看向霍峻："大哥，你来吗？"

对这个称呼已经快要麻木了的霍峻抬头，冷着一张俊脸，面无表情地瞥了小男生一眼。

见小男生又想往秦可身后缩，霍峻才淡淡地收回了视线。

"免费的晚餐，我当然吃了"

说完，他余光冷冷地扫向霍景言。

临近艺术广场的街道便是一条Q城内小有名气的小吃街。

街上的店面虽小，但多数都比较干净。

霍景言领着三个年龄各异的"学生"，到了其中一间店外，排了十几分钟的队，才总算排到了他们的桌号。

那小男生一点也不认生，嘴里"大哥""大哥"地喊着，搞得秦可很担心他们三个成了拐卖儿童的。

有霍景言在的时候，秦可好像从来不需要担心气氛尴尬或者冷场。她记得梦里的霍景言像本无所不知的百科全书，无论涉及什么方面的知识，他都能侃侃而谈。

本来就崇拜霍景言的小男生，经过一顿晚饭，便被霍景言完全俘获了。

倒是霍峻的神色越来越沉。看向霍景言的眼神更是充满不善。

知道其中缘由应该是出在自己身上的秦可十分无奈。

晚饭结束前，霍景言起身去结账。

老板娘是个胖胖的中年女人，看起来四十来岁的模样，她从之前就一直在注意这桌人。除了那个小男生以外，另外三人的颜值简直让她店里的顾客数量都翻了两番。

"这是你们家的三个孩子啊？"

老板娘一边给霍景言结账，一边笑眯眯地问："这大点儿的男孩儿和女孩儿可真漂亮，都能送去做明星了吧？"

霍景言闻言笑了笑，温润如玉，也不解释。

"小的那个还没长大，长大了说不定也好看。"

老板娘给他竖拇指。

"这个我懂，你这当爸爸的基因就好，小的以后肯定更好看。"

霍景言垂眼一笑，冲老板娘点了点头，转身回桌了。

刚坐下，他就听见小男生在有点吵闹的店里缠着霍峻哀求什么，女孩儿坐在旁边满脸笑意地看着两人，眉眼弯弯。

有些醺黄的灯光柔软了每一个人的轮廓，点点光晕被染在四周，眼前的图景像是剥离了声音，安静美好。

霍景言的指节动了动。

他有点想画画。

如果能画下眼前这幅画就好了，最好声音也能一并收录。这样的画里，连嘈杂也美好得让人心醉。

一直到离开店里，小男生还在缠着霍峻，让霍峻教他打架。

其实小男生也来折腾过秦可，只是霍峻皱着眉看了一会儿女孩儿无可奈何的表情，就把人又拎回去了。

霍景言和秦可走在前面，听见身后小男生单向地纠缠，秦可笑了笑。

"霍老师，您就不该告诉他，我在的话霍峻不会打他，吓跑了也好。"

霍景言："小孩子，忍忍就好了。"

"可他想学打架，万一霍峻真松了口……"秦可无奈，"这可是教坏小孩儿啊。"

霍景言顿了顿，道："你知道他为什么想学打架吗？"

秦可一怔，摇头，道："我只听他说见过霍峻打架，或许是觉得很帅吗？"

霍景言一笑，没说话。

过了两秒，他转过身去。

"宋轶，漂亮姐姐问你，你为什么要学打架？"

那个叫宋轶的小男生一愣，扭过头看向秦可。

秦可无辜地回望，"霍老师……"

"听他说。"霍景言压低了声音。

秦可依言。

果然过了几秒，那小男生就慢慢低下头去，似乎有点不情愿地开口道："因为……我不想被欺负了……他们总是人很多。"

秦可蓦地愣住。

几秒后她才回过神，呼吸一紧，张口想说什么，却被霍景言拉住了。

"走吧。"

"可是……"

霍景言眉眼温柔地看她，但眼神很坚定。

他重复了一遍，道："走吧。"

秦可咬了咬牙，才看了霍峻一眼。不知为何，少年似乎怔在了原地。

她转身跟上了霍景言的步伐。

"老师，我们是不是该……"

"我们什么也做不了。"霍景言突然说道，"就算这一次能阻止，下一次能阻止，还会有下下次，甚至更多次。"

秦可心里知道，但还是攥紧了手："那我们就什么都不做吗？"

霍景言笑了笑，眼神深邃。

"恶是这个世界上永远不会消失的东西，秦可，当你看到一个受伤的人的时候，教会他点什么，比去惩恶扬善要可靠得多。"

秦可一怔，回神。

"你是说，真的让霍峻教他……"说到一半，秦可自己停住，她有些犹豫地皱眉，"这样好吗？"

霍景言耸了下肩，难得不太负责地开玩笑，道："天知道。"

秦可无奈。

走出去几步，听见身后传来小男生的欢呼声，秦可有些意外，

"他真答应了。"

"嗯，他会答应的。"

霍景言说完这句，沉默两秒，才问道："你问过他，我和他的关系了？"

秦可点头。

迟疑之后，她轻轻捏紧了指尖，道："我没想到……霍峻说他是私生子。"

霍景言目光晃了晃。

须臾后，迎着最后一抹晚霞的余晖，他深吸了口气，又慢慢吐出来，伴着爽朗的笑声："那你应该知道他为什么会答应了。"

秦可一愣。

"因为他也是这样过来的。"霍景言低声道。

那一瞬间，秦可似乎在霍景言的眼神深处看到了某种感同身受的伤感，只是很快便跟镜花水月似的，被一点笑意打散了。

霍景言眼神温柔地回头看了一眼身后，一盏盏亮起的路灯下，一高一低两

道身影并排走着。

很久之后，他才转回身。

"秦可，如果以后你真的要和他在一起，别被他的假象骗了。

"'刺猬'把他唯一柔软的地方敞给了你，别'杀'了他。"

晚上，那个叫宋轶的小男生是被霍景言送回家的。

秦可则和霍峻一路。到最后也没找到合适的时机跟霍景言提起那件事，秦可心情颇有些烦闷，一路上也没怎么说话。

艺术广场离秦家住的小楼不远，步行只有二十分钟左右的路程。两人一路无话，秦可想着自己的心事，不知不觉地就看见了秦家的小楼。

秦可回过神，转身看向身后。

"我已经到了。"秦可指指身后亮着灯的二层小楼，犹豫了下，她开口道，"里面……是秦嫣的家人，不太方便请你上楼。"

霍峻听了，眉毛一挑。

"你还想请我上楼？"

这话衬着此时如墨的夜色，怎么听怎么暧昧。

秦可无奈。

霍峻没再逗弄女孩儿，只扫了一眼那有点老旧的建筑，便转回视线："他们家的人对你怎么样？"

秦可默然。

霍峻眼底的戾气顿生，他上前一步，声音不自觉地压得低沉了，

"他们欺负你？"

秦可回过神，被霍峻语气里的冷意吓了一跳。

她下意识地伸手拉住了男生的手腕。

还在夏末，少年只穿了一件短袖的单衣，手腕上别无衣料遮盖，直接相触的温度像是烫了秦可一下。

她脸颊一热，又连忙退开，松了手。

"没。"秦可转开眼，停顿了下，她声音恢复淡然，"就算有，我也能自己处理。"

霍峻没说话。

两人安静几秒，只余几声零落的虫鸣，夏夜静谧美好，天穹上月光如水。

这样的气氛里，秦可却突然听见男生问了句："你缺钱？"

秦可一蒙。

她蓦地抬眼，和霍峻对视好久，才想起来什么，脸色难堪又郁闷地摇头。

"我不是因为那些东西，才接近霍老师的。"

"我当然知道你不是，如果是就好了。"

霍峻声音有点冷。

秦可觉得有些尴尬。

显然霍峻方才提起这个不是因为霍景言，而是因为秦家，被她误会了意思又提起霍景言后，面前少年的神色立时冷了不少。

只是很快，霍峻转开眼。

"算了。当我没问。"

秦可眼神晃了下，道："嗯，那我回去了，你路上小心。"

霍峻没说话。

他看了面前的女孩儿一眼，转身离开。

少年的身影很快就没进没有路灯的夜色里。

而楼前的女孩儿在原地站了几秒，也转身回去了。

须臾后，楼内传来几声斥责声。

一声关门声响起后，一切声音又都消失了。

二楼房内的一盏灯亮起，窗帘上映着一道身影，女孩儿洗漱、看书，最后关灯、睡觉。

时间过去了不知多久。

直到亲眼看着那盏灯灭了，浓墨似的夜色下的树影里，少年修长的腿才又一次跨了出来。

他抬眼看着那扇窗户，眼底掠过复杂的情绪。在原地站了许久，他从口袋里拿出手机，拨通了一个电话。

夜色里的少年转身，声音留在身后。

"定在明天吧。"

第二天一早，秦可起来没多久，就接到了顾心晴的电话。

"好消息呀，可可！家教的事情有眉目啦！"

刚从睡梦里醒来的秦可意识还有点朦胧，闻言瞬间脑子里一片空白。她一下子从床上坐起来，抱紧了被子，声音里带点初醒的暗哑。

"面试时间定了？"

顾心晴："嗯！我之前不是跟你说我有个同学准备请家教吗，但是他家不太想找学生教。结果刚好那个同学说他认识一个家里更倾向让学习好的学生来教的，他就把你推荐过去了。那边说对你的成绩非常满意，今天就面试看看，没问题的话就可以敲定了！所以如果你有时间，那我上午就陪你过去！"

秦可看了一眼房间里的钟表。

"好，那我洗漱一下，你把时间和地点发到我手机上，我待会儿就过去。"

"嗯，我等你！"

上午九点半，秦可和顾心晴坐着出租车赶到了秦可"未来雇主"的家。

保安打完电话询问过后，才从保安室里出来放了行，坐在出租车内的顾心晴有点蒙。

"我那个同学还真没告诉我，他给我介绍的这个家里这么有钱啊……"

秦可也有些意外。

虽然梦里她在Q城待的时间不多，但也清楚这片别墅区恐怕就是Q城最有钱有势的那些人的住处了。

一般来说，这样的家庭完全不缺专业的私人家教才对。

容不得两人多想，出租车司机已经把她们送到地址上的那栋别墅前了。

下车后，看着面前这栋四层高的别墅，顾心晴迟疑了一下，由衷地发问："我们不会被拐卖了吧，可可？"

秦可心里刚浮起的疑惑，被这玩笑话瞬间冲得一干二净。

她哭笑不得地转回头："那可能会赔本得有点厉害。这别墅的价格大概是卖掉十个我和你也未必买得起的。"

顾心晴顿时对眼前的别墅及其主人肃然起敬。

"有钱人的生活会是什么样子的啊？"

秦可一怔。

她想起了梦里的霍家，霍家在S城内也是名门望族，吃穿用度从来都是最高标准，然而绝大多数时候，那样生活的人根本不会在意东西的价格。

但是在那样的生活里，哪怕有一瞬间的幸福感，都成了这世界上最难得的东西。

她一点都不羡慕，也丝毫不想回去。

秦可回过神，用力地握了握指尖，转头看向顾心晴。

"我们走吧。"

"嗯。"顾心晴点头。

两人刚走到别墅的院门前，甚至还没来得及按下电子门铃，就听见金属院门嘀的一声，自动打开了。

上方的摄像头跟随着两人转动，大门旁边的电子显示屏仍是一片漆黑，但已经有个中年女人的声音传出来

"两位同学，请进门吧。"

随着说话声，别墅院内的正门也打开了。

台阶上，穿着家居服的中年女人冲两人点头致意。

顾心晴本能地往回一缩，小声地说："可可，她好像我们初中部的教导主任，看起来就很严肃的样子。"

秦可笑了，拉着顾心晴走进去。

别墅里有些空旷冷清。

除了见到两三个用人打扮的人，秦可和顾心晴一路随着中年女人上到三楼书房，竟然都没见到其他人。

进了书房内，中年女人请秦可和顾心晴坐到沙发上，便怡然开口。

"从下周周末开始，秦可同学就在这里开始授课辅导吧。"

秦可一愣，道："我不用面试了吗？"

"面试？"中年女人笑着摇了摇头，"不用面试，你的在校成绩我们都看到了，十分优异，我想Q城内也找不到第二个比你更适合的小老师了。"

秦可更不解了。

"那今天让我过来是因为……"

"啊，只是为了做一些基本的了解而已。"

说着话，中年女人跟变戏法似的，从身旁拿出一个硬质地的文件夹，同时摘了支笔，认真地比对着文件夹内白页上记录的问题。

须臾后，中年女人抬起头。

"方便的话，我们现在开始？"

秦可和顾心晴对视了一眼，然后秦可迟疑地转回来，点头。

"您请问。"

"好的。第一个问题，秦可同学，你的生日是哪天？"

正在脑海里捋高一的各科知识核心点的秦可一蒙。几秒后，她才犹豫地抬头，问："什么？"

中年女人耐心很好地重复："你的生日。"

这一次确定了不是幻听，秦可表情微妙，但还是实话实说了。

"十一月二十七日。"

"好的，十一月二十七日。"中年女人速写着，笔尖移到了第二个问题上，她抬头，"你喜欢的食物、讨厌的食物分别是什么？可以举例多种。"

秦可："嗯？"

在经历了长达十分钟的问卷调查一样的面试后，中年女人中途离开，留下秦可和顾心晴坐在这偌大的书房里茫然对望。

顾心晴："可可，你是什么时候出了名我不知道吗？他们是想雇你做家教还是想请你上电视采访啊？"

秦可："我倒是觉得，自己刚填完了一份同学录。"

顾心晴回忆了一下那些问题，由衷地表示赞同。

"那些问题确实有点像同学录。"

两人又压低了声音讨论了一番这个奇怪的雇主后，之前的中年女人重新出现在书房内。

让用人给秦可和顾心晴换上了新的红茶，中年女人笑着向秦可问出了最后一个问题。

"你是否需要预支薪水呢？"

"预支薪水？"

秦可意外地抬眼。

中年女人笑着点头，道："你是个很不错的小姑娘，所以我愿意对你说实话。我家孩子非常难教，已经气跑了许多家庭老师，他们跟他完全没办法沟通。所以为了避免再次出现这种情况，也考虑到你这样的年纪出来当家教老师必然是有经济上的紧急需求，所以我想提出一个互利条件。"

秦可思考一番，点头，道："您请说。"

"很简单。我们签一份家教合同，你只需要按照合同内容工作足够的时间，而我们可以提前为你预支部分薪水。"

说着，中年女人已经拿出手里的新文件，摆在秦可和顾心晴眼前。

她露出一个淡定又含有深意的微笑。

"如果担心我所说有假，你甚至可以把合同带回去找律师问一问。"

秦可没有急着开口，她拿过那份合同，快速地翻看起来。

只算是一份草拟合同，内容十分简单，相对而言，倒是给秦可的保障条例更多一些，似乎确实如这中年女人所说，只是用预支薪水，来保证留得住秦可这个成绩优异的小老师。

但秦可心里总有点不安。

再次确定过一遍合同内容后，秦可抬头看向那中年女人。

"请问，您家的孩子是女孩儿还是男孩儿呢？"

中年女人淡定地微笑，似乎早对这个问题有所准备。

"女孩儿。"

秦可点头，又问："那能预支的薪水比例是多少？"

"百分之三十。"

中年女人这话一出口，秦可眼睛微微亮了起来。

"最早什么时间能够预支呢？"

"签下合同就可以。"中年女人说，"当然，秦可同学需要保证合同上规定的授课辅导时间。"

秦可微微垂下眼。

这百分之三十的薪水对现在的她来说是一笔至关重要的钱。不只是能带她离开秦家，更可能解决她最烦忧的霍景言生日那件事。

思索几秒，秦可抬头。

"我签。"

被面带微笑的中年女人送到别墅外时，顾心晴仍旧有些云里雾里。直到跟着秦可走出一段路，顾心晴终于慢半拍地回过神。

她神色茫然地转向秦可："这就定下了？"

秦可倒是比顾心晴看起来正常很多。

她挥了挥手里的储蓄卡："嗯，不只是定下了，这个学期家教薪水的三分之一，他们也已经预付给我了。"

顾心晴眼神呆滞地转向那张卡。

"这里面……她说有多少钱来着？"

秦可："两万。"

顾心晴咽了一口口水。

秦可失笑。

顾心晴回过神，有点不好意思，但是很快就伸手抓住了秦可的手臂，道："可可，你一点都不紧张吗？这可是两万块钱！而且都已经是你的了！"

"别晃了，头晕。"

秦可笑着拉住顾心晴的手指，说："其实真的没有很多，尤其是对我需要花钱的地方来说。"

顾心晴茫然地停下。

"是吗？那为什么我觉得已经很多了？"

秦可笑了笑，没接话。

对于一个普通家境的高中生来说，两万块钱确实是一大笔财富，但如果真细算一下，她想脱离秦家，就得面临房租、水电、日常开销，甚至下学期的学费等最直接的问题。

毕竟成年之前，她丝毫不认为霸占着抚养权下的那部分可调用遗产的秦家，会愿意给她拿出其中哪怕一小部分。

所以秦可低头看向手里的银行卡，苦笑了一下。

两万块钱，最多只能解她最近两个月的燃眉之急。

似乎是察觉出秦可的话并非夸张，顾心晴原本雀跃得快要飞上天的情绪也按捺下来。

"可可，那你之后准备怎么办？"

秦可抬头，冲顾心晴露出笑容。

"不用太担心，之后的竞赛，我会尽力拿到奖金，也会有别的办法，总能解决的。"

"好吧。"顾心晴晃了晃脑袋，"不想了，我们回家吧。"

"嗯。"

周一上午八点，秦可破例请了一上午的假。

她在QD中学附近看上了一处学生公寓，是专门提供给离家远的中学生的住处，公寓里面还有自带的小食堂。

算上水电费，公寓的租金也不多，可以说是物美价廉，最重要的是离学校很近。

秦可提前一天跟学生公寓那边的人打了电话确认相关事情，最后定在周一上午去学生公寓里看房间和其他设施。

班主任宋奇胜对这个得意门生已经是越来越放心了，听秦可解释过后，没犹豫便给了假条。

经过了半个上午的时间，秦可终于敲定合同细则。她从学生公寓走出来后，第一时间拿出被自己调成静音模式的手机扫了一眼。

秦可原本只是想看一下时间，然而屏幕亮起，上面显示的十几通未接来电，却让她愣在了原地。

短信绝大部分都是来自顾心晴。

还有一通未接电话来自霍峻。

几通未接来电之外，顾心晴还发来了短信。秦可点了进去，上面只有非常匆忙的一段话："可可，你今天先不要来学校了，其余事情我晚上再找你。"

连最末的标点符号都没顾得上打。

秦可轻轻皱起眉，指腹无意识地在手机屏幕上摩挲了两下。

这意味着顾心晴发这条消息的时候，心情必然是十分紧迫的。发信时间是上午九点左右。

显然是学校里发生了什么事情，而且还跟她有关。

秦可抬眸，在原地站了几秒，她伸手拦了路过的一辆出租车。

有车子停住，司机问："去哪儿啊，小姑娘？"

秦可目光淡淡地看着车外。

"QD中学，谢谢。"

不管发生了什么，梦里那个怯懦心软的自己早就变了。所以，除了重蹈覆辙，她什么都不怕。

司机一直把秦可送到了保安室门外。

付钱下了车，秦可拿着假条到保安室销假，里面值班的保安不经意地看了她一眼，跟着就顿了下。

过了几秒，那保安的表情变得有点微妙。

"你是不是高一精英班的秦可？"

秦可意外地看向对方，道："我是，不过您怎么知道？"

"现在学校里哪还有不认识你的人？"保安一躬身，从桌边角落拿起一沓类似纸质画报的东西。他犹豫地看了秦可一眼，最后还是将那卷东西放到秦可面前。

"看你年纪也不大，怎么就摊上这种事了？你自己看看吧，最好还是叫家长来处理。"

秦可没说话。

她伸手拿过那卷质地粗糙的纸，将它铺展在面前的方形木桌上。

最上面是剪裁黏贴上去的黑色大字标题，十分扎眼。

《曝高一某女生行为不检，与校内某男老师关系亲密！》

秦可瞳孔一缩。

她视线迅速地向下扫，几张照片粘在那纸报上，显然是偷拍的，十分模糊。

拍摄的内容就是上周末她和霍景言在艺术画廊参观美术展时的照片。

照片里并没有实质内容，只能看出确实是两人同行，而后来霍峻和小男生宋轶加入的部分，一张都没有。

拍这些照片的人心思昭昭，不言而喻。或者想毁了她，或者想毁了霍景言，或者两者皆有。

这照片背后的恶意，让秦可在这夏末的燥热中午，都有些背后发冷。

她紧紧地捏起了拳。

"你是不是在学校里得罪了什么人？"那保安问，"今天早上不知道什么时候贴上去的，我们一收到通知，第一时间就赶紧去缴了，真正看到的应该没有多少学生，不过大家传得很快，人言可畏，所以……"

他犹豫了下，直说："我建议你还是先回家吧。"

秦可站在原地，身子僵硬了几秒之后，蓦地松弛下来。

那一瞬间，她的神情甚至称得上平静了。秦可抬起头，看向保安，说："这是对我的污蔑和造谣，更直接侵犯了我的名誉权和肖像权，所以我想我应该有处置它们的权利吧？"

保安愣了好几秒，显然没想到这个女生看起来会这么淡定。

他迟疑了一下，开口问："你是想做什么？"

秦可冷眼，扫向那些照片。

"您说得对，人言可畏，与其撕掉这些根本什么都没拍到的照片，任绝大多数没看过的学生对这些事情妄加揣测和添油加醋，不如索性公之于众。"

保安蒙了，问："你是想？"

秦可点头道："麻烦帮我贴回去。"她一顿，"您这儿有纸和笔吗？我还需要多贴一份声明。"

秦可淡淡一笑，眼神冰冷。

"有些人的嘴脸难看得很，既然他们不想要了，那我就帮他们撕下来，司马昭之心，不如让路人一起评判？"

保安把她的话思索了一番，最后不由得点头："我听说你是高一的年级第一名啊，学校里不少老师夸奖过你，果然是名不虚传。"

"谢谢。"秦可眼神一闪，笑意转为温婉。

几分钟后，简短、干练地写完澄清词，又用几句话挑明了这件事背后的恶意，秦可便将这些照片和那份澄清词一齐交给了保安。

保安显然对她十分欣赏，第一时间就拿着这份东西重新贴在了学校的公告栏里。

而这时间，秦可接到了顾心晴的电话。

"可可，你真来学校了？"顾心晴的声音听起来急得沙哑了。

"嗯，"秦可语气淡定，"这种时候，我不来才是真正乘了某些人的心思。"

"这倒也是。不过这件事越闹越大了！那几张照片放出来就有人拍下来发到学校贴吧里了，因为实在没啥内容，所以除了个别嫉妒你的人在那儿瞎说以外，贴吧里面多数的风向基本都是往你这边倒，而且后来霍峻好像找到了你们一起去的那家店的监控录像，截了照片传到网上，本来半小时前，事情都平息了……"

突然从顾心晴那里听到某人的名字，秦可眼皮一跳。

她怎么把这颗"炸弹"给忘了？要是说有人会对这件事比她的反应更可怕，那一定就是霍峻了。

而且霍峻那杀伤力……

秦可顿时头大。

她做了个深呼吸，然后才语速极快地出声问："霍峻现在在哪儿？"

顾心晴那边哑然几秒。

"心晴，告诉我。"

"可可，你最好别来……我觉得霍峻已经疯了……你没看他刚刚冲进咱班里的那反应，我都快被吓坏了……"

"心晴！"

"好吧好吧，他好像认定是秦嫣做的，现在去找秦嫣算账了。"

秦可赶到高二年级精英班所在的楼层，还不等她从旋转楼梯上走出来，就已经听到不远处的教室里传来秦嫣带着哭腔的辩解声。

"真的不是我！我没有拍过那些照片，峻哥，你相信我……我真的不敢……不敢做这样的事情了……"

秦可皱眉走出楼梯口。

走廊上有不少学生，其中一部分是高一或者高三精英班的，显然是听见动静，忍不住过来看的。

方才给秦可打了电话的顾心晴，此时就站在这些小心地趴在门边观望的学生们的身后。

秦可走过去，伸手轻轻拉了拉顾心晴。

正聚精会神的顾心晴似乎被吓了一跳，连忙转过身，看清是秦可才松了一大口气。

"可可……"顾心晴压低了声音，小心翼翼地观察着秦可的神情和反应，"你没事吧？"

"我就是去看一看学生公寓，能有什么事情？"秦可故意放轻松了语气，她扭过头看了一眼高二精英班教室门的方向，只是被围观的学生挡得太严实，什么也看不到。

秦可犹豫了一下，又转回来，问："里面什么情况，怎么样了？"

"不知道……"

顾心晴神色复杂地摇了摇头，眼神深处藏着些遮掩不住的恐惧。

"霍峻进去有两分钟了，只隐约听见秦嫣在哭，其他学生都没有敢阻止他的。"

秦可皱眉，问："那老师呢？"她抬手看了看腕表，"已经快到上课时间了，老师还没来？"

顾心晴："我来得晚，没看清楚。听咱班里提前到的学生说，霍峻进来的时候，其实高二的老师已经站在讲台上了。那老师拦他，但霍峻理都没理，表情特恐怖。老师都没敢直接硬来，好像是摔了书去主楼办公室找高三的班主任了。"

几乎是顾心晴话音刚落，就听见门内忽然又传来一声秦嫣的尖叫声，紧随其后，呜咽得快上不来气的哭号声传出来，而在这之后，教室里的背景音更是静得鸦雀无声。

秦可眉心皱起个疙瘩来。

她站在原地停了几秒，还是扭过头往教室里走。

正踮着脚看动静的顾心晴吓了一跳，连忙伸手把秦可拉住了。

这一次，她连声量都没顾得上往下压。

"可可，你疯了！这时候哪能进去啊！霍峻这会儿精神状态根本就不对！

万一真出点什么事，说不定他会伤着你的！"

顾心晴这没压住的声音终于引来了走廊前面低声议论的学生们的注意力，其他人回头一看到秦可，不少人眼神都变了。

显然他们之中多数都知道，霍峻到底是因为谁才发这样的疯。更甚至，几秒之后，学生们自觉地在秦可面前让出了一条通路。

笔直地正对向高二精英班教室的后门。

秦可叹了口气。

她轻轻吸了口气，定下神色，转头看向顾心晴，道："我心里有数，心晴，你不用太担心，我会注意的。"说着，她伸手拍了拍顾心晴的手背，就要转身往里走。

顾心晴再次拉住她，急得脸色都变了，道："你根本没必要进去，秦嫣是罪有应得，活该倒霉。就算这次不是她做的，你不是都说了，她竟然拿着钥匙溜进你房间，偷拍你手机上的通信记录，这已经足够她接受惩罚了，你管她干什么！"

秦可声音仍旧平静。

"你真觉得我是为了秦嫣才要进去的？"

"那你？"顾心晴刚要问，跟着就反应过什么来，她皱起眉，"可霍峻现在情绪状态真的不太对……你确定你进去以后他不会伤到你吗？"

"我不确定。"秦可说。

"但他是为了我的事情才这样的，我不能放任他这样做，万一他因为我做出了什么事情，产生了什么无法挽回的后果，那他需要付出的代价也会成为我永远无法释怀的事情。"

"好吧。"顾心晴见秦可去意已决，只得慢慢松开手，同时不放心地嘱咐，"那你一定要小心啊，有什么事记得喊救命。"

秦可原本严肃紧张的情绪状态被顾心晴这一句话逗笑了，突然有点哭笑不得，"里面一屋子人呢，你别想那么多吓唬自己了，倒是你，如果有老师来了，你一定记得给我报信。"

"好，我知道了。"

秦可这才转身，独自往教室里面走去。

这一路进去，路过的长廊上的学生看她的眼神复杂又感慨，跟目送要上战场的烈士似的。

秦可无奈，也被他们看得有点紧张了，深吸一口气才推开了高二精英班教室的后门。

如果摒除秦嫣的哭声，高二精英班此时的教室里绝对称得上安静，秦嫣甚至怀疑这里面坐着的多数学生，是在轮换着屏息。

她连一声明显点的呼吸声都听不出来。

其他人都安安静静地坐在座位上。秦嫣甚至看得到离自己最近的位子上的学生紧紧地抓着课本埋着头，像是生怕有什么祸事从天而降，砸到他的身上一样。

在这无比安静的教室里，一声明显的开门声响起后，都没有几个学生敢抬头看过来。

秦嫣下意识地看向唯一站着人的地方。

那是在秦嫣的座位旁，乔瑾和乔瑜表情复杂又不忍地看着前面，而被他们身影挡住了大半的方向，隐约可以看见霍峻紧绷的背影。

乔瑾最先反应过来，扭过头往这一看。看清了秦可，他表情顿时更复杂了。

迟疑几秒，乔瑾转回头去，说："峻哥……"他顿了下，"秦可来了。"

第八章

霍重楼。

教室里的哭声戛然而止。

下一秒，秦嫣比霍峻的反应都剧烈。秦可甚至没来得及看清，就见乔瑾和乔瑜身形挡住的地方，秦嫣突然不要命似的跑了过来，满脸泪水，眼睛哭得通红。

"小可！小可，你快帮我跟霍峻解释，我真的没有啊！那些照片真的不是我做的，那天下午我跟妈去超市了，你应该知道的啊！"

无论梦里还是现实，秦可都是第一次见秦嫣这样"亲近"自己，像是抱上了最后一根救命稻草似的不撒手。

秦可蒙了两秒才回过神。而在她回神的时候，霍峻已经无声地走到了她的面前。

秦嫣吓得哇的一声，哆哆嗦嗦地躲到了秦可的身后。

"小可……小可，你救救我。霍峻要打我了，小可……"

秦可心情复杂，下意识地抬头。

看清了霍峻此时的眼神和神态，秦可理解了秦嫣，也理解了此时教室内外鸦雀无声的学生们的心情。

霍峻此时看起来确实像是疯了。

少年平素那张白皙的脸，此时泛着不甚自然的潮红，青筋在他额前凸起，猩红的血丝攀上他的眸子，漆黑的眸子里藏着骇人的戾气。

这是情绪压抑到某个极端后就快爆发的征兆。

秦可心里一紧。

或许是有血缘关系的原因，眼前霍峻这副模样，又一次让她想起了梦里的霍重楼。

　　尽管那人是毁容的，但秦可见过他在她双腿残废后的最狰狞、最可怕的一面。与此时的霍峻相比，有过之而无不及。

　　想到这儿，秦可心里不由地叹气。

　　她是"何德何能"，无论是梦里的霍重楼还是现实里的霍峻，她总能招惹得他们为她的事情发疯至此。

　　这样想着，在霍峻面无表情地，向秦可身后的秦嫣伸出手臂时，秦可抬手拉住了他的手腕。

　　教室里响起明显的倒抽一口冷气的声音。

　　班里的学生简直都不敢看了，连乔瑾和乔瑜都不敢阻止，他们不敢看贸然伸手的女孩儿下一秒会有怎样的下场。

　　然而出乎他们意料的是，教室后方安静了很久很久，都没有动静。

　　久到有学生忍不住小心地回头看过去。

　　"够了，霍峻。"女孩儿的声音很轻，在这样安静的教室里，像是脆弱得一下就会被捏碎。但她的声音里听不出半点畏惧或者惶恐。

　　她那么平静，就好像笃定面前暴躁可怕的少年不会伤害到她一样。

　　在安静之后，她又轻声地重复了一遍："霍峻，真的够了。"

　　从一开始就没有定格在秦可身上的那双眼，终于慢慢与她对上。

　　那些阴沉、骇人的情绪全无保留地显现着。

　　而秦可坦然接受。

　　她握着他手腕的五指没有一丝颤抖，只那样轻柔而坚毅，一动不动。

　　柔软的温度从皮肤相触的地方慢慢传来，暖化了冰冷的胸腔里那颗被暴躁情绪包裹得一丝不透的心脏。

　　霍峻眼底所有被疯狂吞噬掉的理智，终于一点点回来了。

　　半晌，他的声音近乎嘶哑地开口。

　　"是她做的。"

　　"不是的，霍峻。"秦可回头冷然地瞥了一眼还在瑟瑟发抖、显然已经被霍峻吓破了胆的秦嫣，然后她转回头，"她说得对，那天下午她和她母亲去超市了，没有时间也没有精力拍下那些照片。"

霍峻："但是只有她知道你和霍景言会去美术展的事情，她偷拍了你的手机信息记录，周五的时候拿给我看过。"

秦可并不感到意外，但她仍摇了摇头，说："她快被你吓死了，她没这样的胆量。"

霍峻冷眼观察着秦嫣，随后看向秦可，问："那是谁？"

秦可无奈。

她觉得自己现在如果说出一个人名，霍峻大概会毫不犹豫地把那人拎出来，不会让他好过。

这样一想，她觉得霍峻就是个杀伤力吓人的人形武器，而她就快成了这个武器的控制开关了。

在那些各异的目光里，秦可有点头疼。

"我会自己来查这件事的，霍峻，现在我们该走了。你不能这样耽误他们上课。"

霍峻没说话，冰冷的目光扫向秦可身后的秦嫣。

看出这人很有借机算旧账的意思，秦可赶紧拉住他，同时她低声"警告"："我们说好了约法三章。第一条是什么，你记得吧？"

沉默两秒，慢慢平静下来的霍峻不悦地侧眸，有些不甘愿地哑声道："不许发疯。"

秦可松了口气，说："你还记得就好。"

她冲后面的乔瑾和乔瑜示意了一下，让他们扶稳身后快哭晕过去的秦嫣，便没给拒绝余地地拉住霍峻的手，转身往教室外面走。

她攥得紧紧的，一刻都没敢放松。

秦可一直把霍峻拖到了外面的长廊上，经过那些噤若寒蝉的看热闹的学生们时，在顾心晴担心的目光下回以极轻的一个安抚性质的点头。

转进盘旋楼梯，秦可终于放开了手。

"别这样了，霍峻。"

秦可转身的时候开口，她压低了声音，道："你没有看到吗，那些学生是用什么样的眼神在看你？你再这样下去，他们迟早会把你当成怪物。"

霍峻冷笑着说："我本来就是。"

刚要开口的秦可舌头打了结，几秒后，她才像有点没法相信自己耳朵似的皱着眉抬起头，问："你说什么？"

霍峻垂眼看她。

那双终于平静下来的黑眸里，情绪依旧深邃得不见底。

"我本来就是。"

他冷着声，一字一句地平静重复着。说完，他嘴角轻轻扯了下，但秦可根本不确定那能不能称得上是一个笑容。

因为她只感受到了冷。

"也只有你觉得我不是吧，秦可？他们都比你看得清楚得多。"

秦可终于回过神，她冷了声。

"我知道你不是！"

霍峻怔住了，旋即轻轻嗤笑了一声。

他冷着眉眼，那点刚退下去的暴躁情绪又一点点漫上他的眼底。霍峻向前俯身，单手搭在秦可另一侧的围栏上。

他几乎把她逼到悬空处，才露出一个冷然的笑容，说："承认这个有多难？刚刚你看见我的时候，难道没有和他们一样，觉得自己看见了一个彻头彻尾的疯子？"

秦可不回避地望着他，眸子里澄澈得仿佛一眼见底。

霍峻的表情一滞，几秒后他厉声说："看见刚刚那个样子的我，你心底就没有一点害怕？"

"没有。"

秦可几乎是压着他的尾音回答。

女孩儿的目光没有丝毫避退，在霍峻怔住的视线里，她反而轻轻弯起嘴角，露出一个柔软的笑容。

"放着那么多对我有恶意的人不怕，怕一个唯一愿意为了我发疯的人，霍峻，你是觉得自己一直以来喜欢的人是个傻子吗？"

霍峻瞠目，半晌一个字都没说出来。

而秦可眼底的笑意更深。

"虽然我不需要任何人不计代价地帮我，但我不会骗你，我得承认，霍峻，看到你愿意站在我前面，我觉得很幸运。"

秦可眼底的笑意慢慢沉淀下去，转为一种深沉地凝视。

她像是透过眼前的人在与梦里那个奋不顾身地救过她的少年道谢："我可能忘记说了，遇见你，是我不幸人生里最大的幸运，霍峻。"

霍峻怔住了。

那一瞬间，他眼底无数情绪起起伏伏，最后翻搅成最浓重的墨色。

少年的眼帘一垂，视线扫落到女孩儿的柔软唇瓣上。

"真的？"他声音沙哑地问。

秦可心里最敏感的警铃被拉响。

从霍峻的神态看，她如果给一个肯定答案会招致怎样的后果……不难猜测。但对着这个冷笑着告诉她"我本来就是个怪物"的少年，秦可没办法否认。

所以她听见自己轻轻叹气。

"嗯，真的。"

少年无声地轻轻弯了下嘴角。漆黑的眸子里掠过一点亮色，他单手紧扣着围栏，向前俯身。

秦可有点紧张地屏住呼吸，几乎要认命般闭上眼睛了。

"可可！"

一声骤然插进来的呼唤声打破了两人之间的安静。

秦可蓦地睁眼，慌忙地躲到了旁边。

霍峻眼底掠过去狼狈的情绪。

而才跑到楼梯口的顾心晴全无所觉，她用力地挥着手里的手机，说："班……班主任找你，说是要你去办公室，比较急，你赶紧过去吧！"

秦可一怔，却并不意外。

"我知道了。"她点头，随即又犹豫地看向霍峻，"你回班里或者回家或者、随便去什么地方，但别再来吓唬高二精英班的学生了。"

霍峻冷眼瞥着秦可，眸里带着一点不满的神色。

秦可无奈，只感觉自己像在哄一只刚压下狼爪的大型犬。

"你不想以恐吓罪被带进去吧？高二的学生们可都快被你吓出问题了。"

又安静了几秒，霍峻才低低地闷哼了声。

他没再说话，手插着兜侧过身，从秦可身前下了楼梯。

目送着霍峻的背影消失，顾心晴冲秦可竖起大拇指。

"可可，以后我不叫你可可了，叫你'驯龙高手'怎么样？"

秦可哑然失笑，隔空点了点她。

"不跟你闹了，我得赶紧去找宋老师了。"

"好。"

秦可赶到宋奇胜的办公室里，也见到了不知道何时赶到的霍景言。

秦可尴尬又愧疚地看向对方："抱歉，霍老师，给您添麻烦了。"

霍景言正和宋奇胜低声说着什么，闻言苦笑："你怎么知道不是我给你添麻烦？"

秦可："您初来Q城，更是第一次进QD中学，应该没人想算计您。"

"嗯，确实不是冲霍老师来的。"

宋奇胜插话。

秦可一蒙，连忙转头看过去，问："宋老师，你知道是谁干的了？"

"干这事的那学生犯傻，估计以为公告栏那里没有监控吧，树旁藏着一个呢，虽然刚好被叶子遮了一半，但凌晨六点，学校路过那个监控的人可绝不会多。"

宋奇胜说着话，将手里的一张学生资料表往桌边一推。

秦可连忙上前。

她拿起那张资料表，快速地扫向姓名和照片栏。

看清之后，她愣了一下。

倒不是她有多熟悉那人，恰恰相反，她在自己的记忆里几乎找不到和这人半点相关的印象。但又模模糊糊地感觉眼熟。

倒是宋奇胜看见她的反应后，略感奇怪地问："你不认识？"

秦可摇了摇头。

她看向宋奇胜，随后在对方有点奇异的目光里怔了怔，问："我该认识吗？"

宋奇胜和旁边站着的霍景言对视一眼，有些无奈。

"你上初中那会儿，他跟你是一个班的，同时还是学校校刊的摄影记者。他那天去艺术广场拍照片交宣传栏任务，大概是看见你和霍老师了，所以才拍了那些照片。"

秦可觉得有些尴尬。

从梦里醒来后，时间便在中考后，她对初中时班里的学生自然没印象了，只是……

"校刊摄影记者？"

秦可一怔，蓦地从梦里的记忆海洋里翻找出一点点零碎的片段，几秒后，她恍然大悟："他是那个……"

"跟你当众表白过你都能忘，"霍景言故作轻松地笑，"秦可同学，你刚刚说得没错，这件事确实得算是你这坏记性连累了我。"

秦可已经回想起来了。

霍景言说得对，这个人在梦里给了她一点印象，因为曾经拿着偷拍的她的好几张照片向她表白过。

那时候的秦可还没接触过霍峻和霍重楼这样段数的"高手"，便被这男生吓坏了。

如果她记得不错，自己当时还拿着照片找到了班主任，请班主任一定把自己和那人的位子调开。

看来就是因为这个……

秦可回神，无奈苦笑："是我当时年纪太小，处理不当。"

宋奇胜感到有些奇怪："不是才过去一年吗？"

秦可笑了笑，开了个玩笑遮掩过去，道："上了高中成长太多，恍若隔世。"

宋奇胜对自己这个得意门生容忍度颇高，即便他一贯不苟言笑，此时也捧场地笑了下。

随即他正色道："为了你的名誉着想，这件事已经提交给校宣传部了，学校决定立即对他进行通报批评，并做承担恶意中伤后果的劝退处置。"

说完，宋奇胜看了一眼腕表，"现在各班教室那边应该结束广播了。"

秦可眼底一软，点头："谢谢宋……"

她的动作蓦地滞住。

几秒后，秦可连忙抬头，道："已经通报了？"

宋奇胜被她吓了一跳，道："怎么了？不能通报？你不要不忍心啊。秦可，你知不知道这件事性质其实非常可怕，这也就是霍老师处理得快，不然真构成中伤事实，你知道后果会有多严重吗？"

秦可顾不得听宋奇胜说教。她咬了下牙，只能在心底祈祷霍峻已经离开学校了。

"宋老师，谢谢您，那如果没什么事情，我先……"秦可加快的语速被骤然响起的电话铃声打断。

"我先接个电话。"宋奇胜开口道。

他接起电话，刚说了两句，就陡然变了脸色。下一秒，他挂断电话，脸色铁青地看向霍景言，道："坏了！他们说霍峻把那个男生拎到楼顶了！"

秦可和霍景言对视一眼，同时变了脸色，扭过头就往外跑。

两分钟后。

秦可和霍景言气喘吁吁地跑到了高一普通班所在的教学楼顶楼。

天台门外，一群学生都挤在那儿看热闹，霍景言三人赶了过来，秦可最先冲过去。看清眼前的场景，她瞳孔就蓦地缩紧了。

就在她的视野中，霍峻扯着那男生的衣领，眼看着就要把人从楼顶矮墙后推下天台！

秦可张口欲喊。

而就在此时，她身后响起霍景言暴怒的声音："霍重楼！"

听见那三个字的瞬间，秦可的身体蓦地一颤。她瞳孔紧紧缩住，难以置信地扭过头看向身后的霍景言。

而霍景言无暇注意她的失态，趁天台边上的霍峻也被这一声震住时，他大步跑了过去，在秦可身旁带起一阵风声。

那风声震得秦可耳鸣目眩，几乎站都站不住。

她腿上发软，本能地向后退了半步，倚到身后天台的矮墙上，秦可眼神惶惶地看着不远处。

　　已经失去理智的少年被霍景言和冲上来的其他老师一齐按住。那个散布谣言中伤秦可的男生在得救后吓得昏厥了过去，无数学生在低声议论，脸色难看……

　　秦可的耳边全是那些嘈杂得让她窒息的声音。

　　不知过了多久，天台上的人影渐渐散了，世界慢慢安静下来。

　　之前与众人一起离开的霍景言返回天台，重新站在秦可的面前。

　　他蹲下身，担心道："秦可？"

　　看着女孩儿仿佛散了焦点的眼眸，霍景言伸手在她眼前摇了摇，忧虑地问："你怎么了？是吓到了吗，还是哪里不舒服？"

　　秦可张了张干涩的唇，却一个字音都没说出口。

　　她这副模样和状态让霍景言更担心了，霍景言皱起眉，向前伸手试了试女孩儿额头的温度。

　　又用手背贴了贴女孩儿的指尖。

　　都是一片冰凉。

　　显然是受了惊吓，而且程度还不轻。

　　"你这个样子不行，我送你去一趟医务室吧。"霍景言说着便皱眉俯身，伸手要将秦可扶起来。

　　秦可却近乎本能地避开了他的搀扶，缩紧了自己的手臂道："不……"

　　霍景言不解地看向她。

　　又过了十几秒，秦可慢慢稳定了呼吸，之前大动的心神缓缓平复。

　　她抬头看向霍景言，强撑出一个很淡的笑容。

　　"我没事……霍老师。"

　　霍景言："你现在这副脸色，可不像是没事的模样。"

　　"我只是……"秦可张口，却又无从解释。

　　沉默几秒后，她有些颤抖地望向霍景言，道："霍老师，我想问你一个问题。"

　　"嗯，你说。"

　　"你刚刚喊霍峻……霍重楼？"秦可的喉咙干涩得发紧，她无意识地攥紧了手，"他……那个名字……"

霍景言愣了下。

"你不是说，霍峻告诉过你他的身世？"

秦可心不在焉地点头，道："他说过，他说自己是霍家的私生子……"

女孩儿抬眸，语气不自觉地有些急了，道："可是霍重楼不是霍家的……原定继承人吗？"秦可咬了咬唇，"霍重楼现在不是应该在国外留学？"

霍景言说："那看来是霍峻没有告诉你，霍重楼就是他，或者说，真正的霍重楼从一开始就没存在过。"

秦可震惊地看向霍景言，一个字都说不出来。

"霍重楼怎么会不存在？"

"霍重楼这个名字和这个名字所代表的一切，都是霍峻的父亲霍晟峰先生虚构出来的。"

霍景言深沉地叹了口气。

"当初霍峻一出生，霍晟峰先生是想将他接回霍家的，但霍峻的私生子身份不会被圈内真正的正统名流所接受。霍晟峰先生为了避免霍峻在日后因为出身的事情而耽误了人生，所以在霍峻出生那年开始，就虚构出一位由他原配夫人所生的霍家大少爷的身份，并且以先天不足为由将孩子送到国外调养，等他大学毕业的时候，就可以以接受过精英教育的正统继承人身份'回国'。"

这个消息几乎将秦可完全地震在原地。

她的大脑里一片空白。梦里和现实加起来多少年的认知，好像都在这一瞬间被完全推翻了。

秦可从心底涌起一种复杂难言的无力感。很久之后，她才压紧了指甲，让掌心传来的刺痛感唤回了自己的理智。

如果霍景言此时说的一切才是真相，那么毫无疑问，梦里的她被霍重楼和霍景言一同蒙骗了。

她印象里根深蒂固的"霍重楼是年少时在国外因恐袭意外而毁容"的所谓事实，就是霍景言告诉她的。

而能让霍景言这样欺骗她的，只可能是霍重楼本人。

霍重楼是为了掩盖他就是曾经的霍峻这个真相。可他喜欢她，甚至救过她，那为什么又要欺骗和隐瞒她呢？

除非……

秦可的脑海里蓦地划过一道白光。

指尖又狠狠地掐进了手心，女孩儿无意识地闷哼了一声，却顾不得去看。

梦里那场因道具爆炸而引起的火灾……霍峻就是从那天开始，彻底消失在她的人生中。

而霍重楼被毁掉的容貌，还有声音……

秦可的瞳孔猛地一缩。

她在嘴巴里尝到了铁锈一样的血腥味道。她无意识地咬破了舌尖或是别的什么地方，可她早已麻木。

秦可痛苦地低下头。她把自己缩成一团，脸埋在腿上，胸腔间发出像受伤的鸟儿那样哀伤的哭声。

原来都是因为她。

原来梦里和现实那样偏执地只看得到她的两个疯子，都是同一个人。

霍峻……

霍重楼……

秦可坐在宋奇胜的办公室沙发上，失魂落魄。

霍景言推门进来，将手里一瓶常温的矿泉水拧松了瓶盖，然后递到秦可面前。

"你喝口水吧？"

秦可回神，接过水，声音很轻地道了一声谢。

轻得像随时能在风里被打散。

霍景言和旁边的宋奇胜对视了一眼，宋奇胜低下头重新办公，而霍景言则拎过来一把椅子，放到了秦可坐着的沙发对面。

他坐下来。

办公室里安静几秒，霍景言还是忖度着慢慢开口。

"你看起来是……被霍峻吓坏了？"

秦可抿了抿干涩的唇瓣，打开瓶子喝了口水。

"不是……"

"那是怎么回事？"霍景言问。

秦可无法解释。

所幸霍景言善解人意，也从来不是喜欢刨根问底的性格，所以他在见女孩儿确实不想说之后，便也自动跳过了这个问题。

"那我们就不聊这个了。"

"嗯……"女孩儿白皙小巧的瓜子脸上没什么情绪，"谢谢霍老师。"

"这有什么好谢的？"

秦可轻轻抿了抿嘴角，抬起手里的矿泉水瓶，道："我说这个。"

霍景言哑然，须臾后失笑摇头："看你还能开玩笑，那我也不用太担心你了？"

"嗯，我没事了。"秦可点头。

随即她似乎终于想起眼前的事情，连忙抬头问霍景言，道："那个昏过去的人没事吧？"

霍景言也开起了玩笑，道："你是希望他有事，还是希望他没事？"

秦可想都没想，答："当然是没事。"

霍景言："看不出来，我们秦可同学真的是非常善良啊，就这么个想害你的人，你还希望他没事呢？"

"霍老师，我真的没事了，所以你不需要跟我开玩笑逗我笑了，你比我清楚得多，我不关心他有没有事，但是如果他出了事，那霍峻就一定会出大事的。"

听了这话，霍景言没说什么，旁边的宋奇胜却轻轻哼了声。

"难得你们这群小疯子里还能有个拎得清的，我还以为都跟霍峻一样，脑子一热什么后果都不管了。"

宋奇胜没好气地把自己的手机放到桌上，瞥了一眼霍景言。

"放心吧，医院那边给结果了，就是受到了一点小小的惊吓，没什么大碍，最多让你们霍家负担一部分安心凝神的药钱，这件事就算是了结了。"

霍景言眼神一松。

显然他之前那些淡定和开玩笑的模样，也有一部分是伪装出来的。

"不过这件事性质有多恶劣，你知道吧？"宋奇胜没好气地瞥向霍景言，"当着大部分师生的面在高二那边玩了那么一出，充其量还只算是吓唬了一下，可刚刚这次，那可是大家一起看着，要不是你们去得及时，这人怕是真会被推下楼……"

说到这儿，宋奇胜自己都皱起眉。

他表情有点难看，连带着语气里都带了点冷嘲热讽的意思。

"你们霍家的'小祸害'，能不能趁早拎回去，别再在我们学校搞这种事情？"

霍景言苦笑了一下。

秦可却在另一边的沙发上看得发蒙：宋奇胜和霍景言，她都算了解的，这相处模式比她想象中的普通同事关系，好像亲近许多。

似乎是看出了秦可的疑惑，霍景言视线扫过来，笑着解释了一句："哦，我是不是没告诉过你，你们班主任刚好跟我是中学同学……是吧，老宋？"

宋奇胜冷飕飕地扫了霍景言一眼。

"你还好意思说，我先是帮你带进了霍峻这个'小祸害'，然后又介绍你到学校里来任职，结果前后给我搞出来多少事情？回头，这主任或者领导再算到我头上，我就找你算账！"

秦可难得见霍景言露出点吃瘪的情绪，他似乎有些无奈地挠了挠头，满怀歉意地说："这不是没发生什么大事吗？"

"幸亏没有！"

宋奇胜直接站起身，道："我真是想想后果都觉得吓人，这要是真出了事，你知道得连累多少人吗？"

眼看着气氛越来越紧张，秦可连忙从沙发上站起来，软声开口缓和气氛："抱歉，宋老师，说到底这件事是因我而起……"

"这事跟你没关系！"宋奇胜说完，似乎又觉得自己太过偏袒秦可了，便扫了秦可一眼，补充道，"至少源头不在你身上，要不是你们霍老师送来的这个'小祸害'，连转校回个家都得跟三拜九叩似的才能请回去，霍景言用来咱们学校？"

这话一出，秦可惊讶地看向霍景言。

"霍老师，您是因为霍峻才来的？"

"嗯。"

话都被说到这个份上，霍景言自然没法再掩饰。他苦笑了一下。

"我之前也跟你说过，霍晟峰先生定的就是在霍峻十八岁这年正式接他回霍家。但是出了点岔子，霍峻现在怎么也不肯回去，所以我专程过来，就是想看看事情有没有转机或者缓和的余地。"

宋奇胜在旁边冷冷地笑了一声。

"说起来，你那个养父也是厉害。就为了点声誉，把自己亲儿子扔在我们这小城市里不管不顾了这么多年，到今天这一步，有什么好意外的吗？"

霍景言替霍晟峰辩解："当初霍先生是给了霍峻母亲足够的生活费和可以指使的用人的。只是霍峻母亲气不过，故意瞒着他偷偷离开了，后面又报复似的抛弃了霍峻。我们也是后来才得知这些事，只是那时候，霍峻已经……"

话没说完，霍景言轻轻叹了声气。

"行了行了，扯这些干吗。"宋奇胜摆了摆手，"你现在就好好想想，怎么把你们霍家这个'小祸害'一起带走吧。"

"一起？"秦可敏感地捕捉到了这个词，有些意外地看向霍景言，"霍老师，你要离开学校了吗？"

霍景言犹豫了一下，有些责怪地看了宋奇胜一眼，"你平常话不多的。"

宋奇胜有点理亏，道："这不是被你们霍家人气得。"

他清了清嗓子，自己挖的坑还得自己填。

宋奇胜看向秦可。

"秦可，你和霍老师被这个学生恶意栽赃，事实真相是什么，我们老师和其他同学都很清楚，只是你得知道这就像颗种子，虽然现在没什么事，但如果以后你们继续在同一个学校里待着，继续有亲近的师生关系，那看到的同学就会不由自主地去想你们之间到底是什么关系。"

宋奇胜顿住，定睛看着秦可。

"你明白我的意思吗？"

秦可眼神闪了闪，有遗憾，有不甘，但更多是深知世事的释然。

"我懂的，宋老师，众口铄金，积毁销骨。"

"你明白就好。"宋奇胜叹气，"所以这件事，必须得有一个人离开大家的视线，这样大家才会慢慢地把这件事淡忘。你不适合走，QD中学是你的母校，这里有一切适合你发展的环境，而你们霍老师……"

宋奇胜瞥向霍景言，尽管眼神中透着无奈，但语气却故作嘲弄。

"自己造的孽，自己来背吧。再说了，我们QD中学这小小一个'破败庙宇'，哪里容得下您这尊'金身大佛'啊？"

"你今天三句话里至少两句半是用来戳我痛处的，"霍景言气笑了，"要不给你个机会，我俩出去打一架？"

宋奇胜立刻正色。

"我可是个文明人。为人师表，以身作则。"

"你是记得中学那会儿被我按在地上捶的事吧？"

"放……放什么厥词！明明是你被我捶！"

"呵，那你来，我给你好好回忆一下，到底谁是挨捶的那个。"

"你离我远点啊，这可是教师办公室，你有没有个当老师的样子你！"

"我都要引咎辞职了，还当什么老师？来来来，今天就单纯地作为中学同学，我们好好'叙旧'一番。"

"滚滚滚！"

看着两个将近不惑之年的老师，如同两个幼稚儿童似的笑闹起来，秦可也忍不住在微沉的心绪里，露出一点笑意。

只是很快，她就想起了霍峻。

依梦里的秦嫣偶尔所言，霍峻在后巷被人下药打成重伤，住了半年的院，后来就在QD中学销声匿迹了。

再次出现便是剧组那场大火。

那之后，声容全毁的他，应该就是被迫回到了霍家吧。

他那一生本来已经足够不幸了，深渊的泥沼里终于长出桀骜不驯的芽叶，他本来就要踏上阳光里的路，却因为她被彻底埋进了无底的深渊里。

那段时间的他，该有多绝望、多自暴自弃……

"以前我以为你天真干净，像块无瑕的玉，我隔着很远看你的时候，就想象你以后会被雕琢成什么惊艳的样子……我从来没想过碰你，因为怕弄脏。"

艺术画廊里，少年说的话再一次在耳边响起。

梦里，这就是他默默地守在她身边那么多年，从来没让她发现的原因吧。

他说自己是个怪物，他觉得自己也是从泥沼里爬出的人，他不碰她是因为怕弄脏她。他看她犹如不能触碰的水晶，把她捧在不可触及的高度上。

所以……

梦里，婚礼的那天晚上，看到婚床上的人是她时，那人才会那样震惊而痛苦。

他小心护翼、捧在心尖上的水晶，跳进了泥沼里。

他那句被她忽视掉的话——

"早知道，我就不该……"

秦可低下头，眼睫毛颤了颤。

她心里发闷。

不该什么？

那时候，他是不是就已经后悔毁了自己的一生而救了这样的她呢？

"秦可？"

耳边突然响起的声音，把秦可从痛苦的回忆里拉了出来。

她慌忙地抬头，撞进眼底的就是霍景言和宋奇胜担心的表情。

"你没事吧？"霍景言问，"不然还是我或者宋老师先送你回家休息吧？"

秦可露出一个有点无力的笑，道："我真的没事，霍老师。"

宋奇胜也插话："可你的脸色确实不太好。如果身体不舒服就回去休息，可不要逞强啊。"

"没事，是今天发生的事情太多了，我昨晚也没有休息好。"秦可硬撑着笑，"对了，老师刚刚是跟我说什么了吗？我有点恍神了，没听到。"

"哦，其实也没什么。"宋奇胜晃了晃手里的手机，"医务室那边说，霍峻的情绪基本算是稳定下来了。"

秦可一顿。

霍景言已经起身走过来："我去医务室看一下他。"霍景言犹豫了一下，回头问，"秦可，你要跟我一起去看看他吗？"

秦可迟疑了很久，慢慢垂下眼。

她点了点头，道："好。"

霍景言默默地看了她两秒，最后还是没有说什么，他转向宋奇胜：
"那你……"

"我收拾你们留下来的烂摊子，一堆领导等着我点头哈腰地道歉呢。"宋奇胜面无表情地说。

"你点头哈腰？那个场面还真是难以想象。"霍景言临出门前不忘揶揄，"不能现场观摩，真遗憾啊。"

"滚蛋，绝交，别回来了！"

秦可和霍景言到医务室门外的时候，门口还站着两个穿着制服的学校保安。

两位保安大叔一左一右地站在门口，右手警惕地放在腰间的安全棍上，对着房门严阵以待，似乎随时防备着里面冲出什么可怕的东西。

见了这场面，霍景言和秦可对视了一眼。

霍景言轻轻咳了声，上前。

"两位辛苦了。"

两个保安转回头，看清是霍景言，这才松了口气。

其中一个说："刚刚里面砸了东西，不知道是什么，霍老师，你要是再晚点来，我可能会因公殉职。"

霍景言笑起来，伸手拍了拍两人的肩。

"今天的事情真是麻烦你们了，明天我请客，一定请几位吃顿饭，赔礼道歉。"

学校里的保安很少被这么客气对待，更何况是履历金灿灿的老师，被拍肩膀那个有点受宠若惊，不好意思地摸着后脑勺笑了笑："哪里，这不都是我们的本职工作吗？"

霍景言又跟两人客气了几句，才终于把人劝走了。

两个保安一走，霍景言长松了口气，扭过头看向秦可。

秦可轻轻笑了下。

霍景言："那我们进去吧？"

"嗯。"秦可下意识地深吸了口气，屏住。

霍景言推开门，率先走进医务室。秦可紧随其后。

脚边的地面上一片狼藉。何止是摔了一件东西？

秦可皱起眉，看向房间里唯一一张还算囫囵的床。

床边上坐着个少年，眉眼漆黑，侧颜线条绷得十分凌厉，像是能划伤人一样。

少年又长又直的双腿踩在地上，似乎蓄着随时能爆发的力量；肤色白皙的小手臂上，衬衫袖子被挽了起来，小手臂上被不知道什么东西划下了长长的一条血痕，伤口处还有刚刚干涸的血迹。

听见动静时，他猛地转过头。

眼神凶狠凌厉，整个人像一只关在笼子里的野兽。他们在无声的环境里都仿佛能听见那压在喉咙里跟闷雷一样的嘶吼声。

只不过在看见女孩儿身影的一瞬间，他的目光陡然一僵。

须臾后，他慢慢低下头。

就像野狼一瞬间变成了狗，还是刚撕完家就见到主人的那种。

也许是那一瞬间的眼神变化太快，连霍景言都察觉了。他有些似笑非笑地侧过身，给了秦可一个揶揄的眼神。

秦可回视。

然后她落下视线，重新看向床边坐着的少年。

霍峻还是那个霍峻，没什么不一样。

她在心底这样安慰自己。

然而看着这个少年，秦可的脑海里不自觉地就浮现出霍重楼的轮廓，梦里的他给她的印记，根深蒂固，几乎成了她的心魔。

所以不管做了多少次心理预设，在看到霍峻的一瞬间，她脚下的步子还是不由自主地慢了下来。

最终，秦可停在离他两三米远的地方。

霍景言并未察觉。

他一直走到霍峻坐着的病床边才停下来。

"感觉怎么样？"霍景言低头问，同时观察着霍峻，"有没有什么不舒服的地方？"

霍峻没有说话。

少年薄薄的唇被抿出一道锋利如刀的弧线。医务室里安静了许久，久到落针可闻，空气也变得有些让人呼吸不畅，霍峻才终于抬了抬头。

"人呢？"

霍景言挑眉，问："什么人？"

霍峻冷眼抬了头，道："你别明知故问，当然是你从我手底下抢走的那个。"

"哦，你说那个，送医院了。"霍景言微微一笑，语气却罕见地有点冷了，"不送医院留在学校，等你再发一次疯把人从楼顶推下去？"

提起那个人，霍峻眼神变得凌厉起来。

须臾后，他轻轻嗤笑了一声，转开脸说："他还不配，我只是给他点教训。"

"教训？"霍景言收敛了笑，声音冰冷，"如果当时我们没去，你自己收不收得住手，你自己清楚！"

霍峻没说话，只有点情绪阴沉地轻轻眯起眼。

霍景言轻轻吸了口气，压住自己难得有点要爆发出来的情绪。

他微微垂着头，说："我希望这是最后一次。霍峻，你已经是个成年人了，有些东西就是高压线，别任性地放任自己去触碰，还是说，行走在危险边缘就让你那么上瘾？"

"我跟你有什么关系？"霍峻眼都不抬，"什么时候轮到你来教训我了？"

霍景言刚平复下去的怒气，被霍峻一句话又提了上来。

霍景言凝视了霍峻几秒之后，慢慢吐出一口气，移开视线。

"你应该很清楚这次你自己做了什么样的事情，QD中学，你不要想还能再待下去了。"

霍峻眼神一冷。

他侧过脸，目光在不远处站着的女孩儿身上一扫，停留了不到一秒，便转开了。

"你是来传达学校的意思？"

"不只是学校的，也是你父亲的。"霍景言说，"你通过这种没限度的任性成功地遂了他的愿。现在，QD中学，你待不下去了，Q城的其他公立中学更不可能收你这种学生。"

霍峻面无表情地看向他，盯了两秒，他嘴角一扯，眼里露出一点狠戾的笑意："所以呢？"

"所以你只能跟我回去。"

"做梦。"霍峻神情不变，他眼底露出点冰冷的讥嘲，"拿上学的事情威胁我，霍景言，你当我是你这种最听霍晟峰话的'忠犬'？"

霍景言皱眉，道："那你是准备连高中都没毕业就直接辍学？"

霍峻轻蔑地看着霍景言说："你在国外读傻了？你没听说过社会考生？"

秦可难得见霍景言被人气得噎住。

而霍峻在几秒之后，似乎突然想到了什么，他抬眼看向霍景言，嘴角弯起，露出了一个由衷的笑容。

"你是不是要回去了？"

霍景言压着火气瞥他，道："就算我现在回去了，你觉得你父亲能放任你这样在Q城胡闹，拿自己的前途开玩笑？"

霍峻："我再告诉你最后一遍，霍景言，霍晟峰他不是我父亲，他不配。"

"可你的吃穿用度，哪一样不是他给你的？"

"他给我的？"霍峻冷笑了声，眉眼锋利如刃，"当初我流落街头像条丧家犬的时候，让我活下去的不是他，是我自己。后来也是你们找上门纠缠我，所以我才被迫接受那些所谓霍家的照顾，这么多年，我什么时候多花过霍家一分钱？"

霍景言脸色一沉。

但他却没说什么，显然霍峻说的每一个字都是真的。

霍峻冷笑了声。

"所以不要拿这种东西来威胁我，我巴不得他全部收回去。"

霍景言声音低沉地说："你就是铁了心不想跟我回去了？"

霍峻的目光转回来，只在门前的女孩儿身上停了一瞬。他漆黑眼里的那些情绪更加阴沉。

"我不回去。霍家是你们的霍家，跟我无关。"

霍景言没再说话。

他盯了霍峻许久，突然不回头地开口对身后的秦可说："秦可，麻烦你先出去一下，我有几句话需要单独对霍峻说。"

"好的，霍老师。"

秦可回过神，转身就要走。

"等等，"霍峻却突然出口喊住秦可，他起身直接走过去，"任何可以对我说的话都可以让她听。"

说完，霍峻已经走到女孩儿身后，他伸手要把背对着自己的女孩儿拉回来。

然而就在他的手指即将碰到女孩儿的手腕的前一秒，秦可突然若有所察地抬起了手。

"既然霍老师说要单独和你说，那我也不想掺和你们的私事。"

秦可竭力让自己的语气听不出变化来，她伸手去拉医务室的门。只是门缝刚拉开十厘米时，一只修长的手突然压到了门边上。

砰的一声，那木门被那只手直接关上。

秦可的背影一僵，但仍没回头。

霍峻的眸子紧紧擒住面前女孩儿的身影。停顿几秒，他轻轻眯起眼，再开口时声音缓而低。

"你怕我？"

秦可的身子彻底僵住了。

她头疼地蹙起眉，感觉这人就好像在她的身上安了一个情绪感知的雷达一样，她再细微的变化都逃不过他的眼睛。

这样僵持了几秒之后，秦可才咬了咬舌尖，逼迫着自己拉回理智。

她将自己声线平压下来。

"看你差点把人推下楼，我不该怕？"

霍峻一噎。

过了几秒，他有些不自在地移开视线，道："是我错了，以后不会了。"

背对着男生的秦可一怔。

须臾后，她眼睫轻轻颤了下，慢慢垂下头。

"嗯，没事了。"

说完，秦可没再给霍峻阻止的机会，重新拉开门走了出去。

对着紧紧合上的房门，霍峻轻轻眯了下眼。

他抬手想往外追，而身后的霍景言就在此时开口，制止了他。

"就算你不为自己想，你也不为秦可想？"

霍峻迈出去的脚步蓦地一停。

两秒后，他转回头，眼神冷得厉害。

"你拿她威胁我？"

霍景言声音低沉地说："你很清楚你父亲是个什么样的人。当初他能为了霍家和你以后的声誉下那样的决定，如今他就能为了逼你回家做任何事情。我来之前，他已经知道你和秦可的行为过于密切，嘱咐我重点监视这方面的情况，是我替你们瞒了下来。"

霍峻额角青筋一跳，垂在身侧的拳攥紧了。

他没有发火。

因为他知道霍景言说得没错。霍峻太清楚自己那个父亲是个什么样的人，那个人为了达到目的绝不忌惮伤害任何人。

霍景言又加了一句。

"你不会想看到她因为你的事情被来自霍家的伤害波及吧？"

医务室里长久地安静下来。

不知道过了多久，站在门前的霍峻终于慢慢松开了拳。

"所以，我根本没有什么选择余地，是吗？"

霍景言沉默片刻，终于还是开口道："霍峻，如果你真的想跟你父亲抗争，那你就不能有软肋。以前你可以无所顾忌，现在不行。所以如果你能做到，你可以选择放弃秦可，那样你就重新回到了以前的不败之地。"

霍峻转身看向他，眼神发冷。

而霍景言平淡回视："说不定放弃了她，对你和她都是好事呢？"

霍峻轻轻咧了下嘴角，露出个含着戾气的笑："你是不是也喜欢秦可？"

霍景言："我不想在同一个没意义的问题上解释两遍，而且我有女朋友，谢谢。"

听到最后一句，霍峻才勉强松了眼神，懒散地走到一旁去了。他没回头地开口，语气轻淡得像是很随意。

"我不可能放弃秦可。"

霍景言："那在你足够强大之前，你就只能任你父亲拿捏着。"

床边重新坐下的少年低垂了眼，白皙的侧脸上没有情绪，像是尊雕塑似的。几秒后，他才慢慢起了声："我可以回去，但不是现在。"

霍景言皱眉，道："我已经拖延了很久。"

"那就再久一点。"霍峻看向墙面，目光仿佛已经穿过那面雪白的墙壁，落到了外面走廊上的女孩儿身上，"我还需要时间。"

"多久？霍峻，交易也得有期限。"

"三个月。"霍峻慢慢呼出一口气，他弯着嘴角，转头看向霍景言，"三个月后，不用你们逼，我自己会回去。"

霍景言："好，这是你说的。"

说完，男人就要往外走，只是拉开医务室的门，看清远处长廊尽头站着的女孩儿的时候，霍景言突然想起来什么，停住了脚。

他皱眉看向霍峻："到时候，你准备拿秦可怎么办？"

霍峻目光闪了闪，起初不言，在见霍景言一副不拿到答案就不走的样子后，他冷眼看过去。

"不关你的事。"

霍景言沉默两秒，道："绑架犯法，这个不用我提醒你吧？"

霍峻："我不会强迫她做任何她不想做的事情。"

看着霍峻的那个表情，霍景言目光动了下。

几秒后他，霍景言低下头。

"你骨子里流的还是你父亲的血，你们有些地方真的很像。"

霍峻眼底的温度降到最低。

"你想说什么？"

霍景言抬眼，道："秦可是个好苗子，你别毁了她。"

霍峻冷笑。

"我比你，比你们任何人，都更珍惜她。"

霍景言沉默下来。

这个他倒是相信，这应该也是霍峻和他父亲最不相同的地方了吧。

"秦可是我的学生，我会监督你的，不管我在哪儿。"

说完，霍景言抬脚走了出去。

见霍景言走到身旁停下时，秦可才从失神里慢慢找到了理智。

她抬头看向霍景言，缓缓开口道："霍老师，这周末的艺术欣赏课，您还会来吗？"

霍景言笑得有些抱歉。

"恐怕不能。我最迟明天就会向校方提交辞职申请书，并且在全校师生面前做一番自我检讨……"

他轻轻皱了下眉，开玩笑道："可能还会顺便威胁一下他们，比如再有谁肆意传播不实言论，我就会请我的律师给他们送公告函之类的。"

秦可自然知道霍景言这样做都是为了她，不由得心生愧疚。

"霍老师，对不起。"

"不用对不起，你没有对不起任何人。"

霍景言却在听见她这句话后，显得有些不高兴："受害人有什么错？没有人像个超人一样无坚不摧，所以受害还成了他们的错了？"

"可是您是因为我才被迫离职的。"

"我不是因为你，是因为那个恶意散播谣言的学生，他也确实得到了惩戒，这就够了。"霍景言稍稍缓和了语气，"而且我来这里的目的算是达到了一半，这还多亏了你。"

秦可一愣，不解地抬头看向霍景言："什么一半？"

霍景言笑着说："这是个秘密。"

秦可无奈。

霍景言："好了，你也算是我的得意门生了，只不过被老宋中途抢了去，我很高兴有你这样一个学生，我们暂且就此作别。"

霍景言若有深意地往后示意了一下。

"而且我总感觉，我还会因为某人再见到你。"

秦可没顾得上辩驳，连忙开口拦阻霍景言："霍老师，稍等。"

"嗯，还有事吗？"

"我想问您一个问题。"秦可犹豫了下，咬了咬牙，抬起头直言，"您有女朋友吧？"

霍景言一愣。

他显然有点意外，但也没有掩饰什么，点了点头："有。"

秦可："那我冒昧推测，你们现在是处于冷战期？"

霍景言更意外了："你怎么知道？"

秦可含糊地解释："推……推理，比如根据您从来没有和她打过亲密电话，之前在艺术画廊里也没见过你们联系，你身上也没有两人亲密相处过的痕迹……"

听秦可胡扯了一通，霍景言笑了笑。

"看来你还是福尔摩斯的粉丝呢？"

秦可有些尴尬，快速地跳过了这个话题。

"我记得这个周末就是您的生日了。"

"嗯，这没错。"

秦可点头，从口袋里拿出两张票来，递给霍景言。

"这个希望您能收下。"

霍景言一愣，但还是伸手接过，好奇地一边看一边问，说："这是？"

"两张音乐会的票，就在您生日的那天下午。"秦可轻轻吸了口气，"希望您一定带您的女朋友到场。"

霍景言一愣。

过了两三秒他才回过神，道："这不行，你还是个学生，这音乐会的票应该很贵，我不能接受这样的生日礼物。"

秦可却坚定地看着他。

"霍老师，您是我最尊敬的老师。其实在更早以前，我就认识您了，我知道您就是画家'一言'。您或许不清楚，但您的画曾经是我能坚持下去的希望。所以在您来QD中学之前，您对我来说就已经是老师了。"

霍景言怔愣地看着秦可。

"秦可，你……"

"所以请您务必收下。"

秦可后退一步，冲着霍景言躬下身去。

想起梦里的霍景言每次提及自己的生日时，眼里闪烁的内疚与自责，秦可紧紧地攥住了手，低声道："也请您让学生任性一次。如果您和您的女朋友不能到场，那会成为学生一生的遗憾。"

说完，秦可没有给霍景言任何辩驳的余地，便直起身，扭过头跑开了。

而霍景言在原地站了半晌，对着两张票苦笑了两声。须臾后，他将音乐会的票收进了口袋里，转身下楼去了。

等霍景言的脚步声消失在楼梯口。正对长廊的拐角处，秦可的身影重新露了出来。她慢慢地松了口气。

看霍景言的反应，应该是答应了。

到了音乐会那天，只要他们到场，她一定会拖住那两个人，过了霍景言说过的那个意外发生的时间就行。

而如果他们没走，她就只能依自己原本最无奈的那个办法来做了。

秦可想得入神，没察觉眼前突然投下一道长长的阴影。

等她再抬头时，想跑已经晚了。

霍峻轻轻眯着眼，低头看着她。少年的眼神和表情都有些冷漠。她好像还从来没见过霍峻这样看她。

霍重楼倒是有过一次。那是在梦里，她被那人误会和霍景言有某种不可言说的关系之后。

托这个经验的福，秦可第一时间就明白了霍峻此时的想法。

她叹气，而面前的少年已经开口："你有多喜欢他，秦可？非得让他把他女朋友带到你面前，你才能死心？"

秦可低垂着眼，没有看他。

"我对霍老师只是敬仰，没有别的感情，你不需要妄加揣测。"

"如果只是那样，你为什么要拿音乐会的票做礼物，又为什么非得让他带他女朋友一起？"

秦可心想：好问题。问的都是她没法回答的问题。

秦可的沉默自然惹恼了霍峻，他垂着眉眼蓦地向前踏了一步。

一直有所戒备的秦可，几乎下意识地做出反应——女孩儿像受了惊吓，慌忙地向后退了一步，靠到了墙上。

霍峻的瞳孔猛地一缩。秦可仿佛能感觉到少年周围的温度都骤降了不少。

良久，秦可听见霍峻很轻地笑了声，只是那声音里的冷意几乎要扎进骨子里。

"几个小时前，你还说你不会怕我的，秦可。"

霍峻慢慢压下来，迫近，像是要贴到秦可的耳边。

"是那时候的你在说谎，还是现在的你在跟我做戏？在你眼里，我是不是一直都像个傻子一样，不管你怎么玩弄、怎么忽远忽近，我都随意？"

听到这句的秦可被勾起了梦里那些像梦魇一样的记忆，她攥紧了拳蓦地抬头，用力地睃着霍峻，说："我从来没对你忽远忽近！"

霍峻垂眼看她，眸里漆黑。

须臾后，他冷淡地笑着说："是啊，是我自作多情。你只是施舍一点可怜给我，我怎么就把它——"他的声音蓦地一沉，近乎嘶哑，余下的每一个字音都像是从牙缝里挤出来的，"我怎么就偏偏把它当成回应？"

秦可被少年眼底的痛意戳得眼神一缩。

她下意识地避开了他的目光。

沉默几秒后，她轻声说："今天发生的事情太多了。霍峻，我们每个人都该冷静下来，好好想想。你这周之后要处理的事情应该还有很多，我们之后再说吧。"

秦可说完，从男生身体和墙壁之间的缝隙里走了过去。

一直到走到楼梯口，她身后都很安静。

而就在她要转身下楼的一瞬间，少年沙哑的声音传了过来。

"需要考虑和选择的从来都只有你。"

秦可一愣，她扭过头看过去。

然而少年已经转身离去。

周六下午。

S城中心公园音乐厅。

距离音乐会开场还有半个小时，音乐厅内开放了观众入口，零散的观众陆续走进厅内。

进场的观众多数都是成双结对的成年人，而且着装正式。这也就让一个只穿了T恤和长裤就进来的少年显得格外扎眼。

更何况，那少年还有一张让人过目不忘的白皙、清俊的面孔。

落座的观众看着他笔直地进到厅内，停在了入场口不远处的一位安保身旁。

两人似乎低语了几句，保安在起初露出一点不赞同的神情后，很快就连连点头。

在保安连连点头应声后，少年薄唇轻勾，笑着走向中间那排座位。

那是一片双人沙发专座的贵宾区，私密性非常好。几秒后，他坐进了最边上的位子。

进到音乐厅内的第一时间，秦可就看到了坐在贵宾区的霍景言和他身旁的年轻女人，秦可长长地松了一口气。

她见过那个女人的照片，梦里曾被霍景言用一只非常旧的怀表收在身上，闲暇时便会见他拿出来托在手心里端详。

秦可一直吊在心头的那块石头总算放了下来。她走回属于自己的普通座席区。

只是刚落座几秒，秦可就见音乐厅场边大步走过来一位穿着制服的安保人员。他停在秦可身侧，恭敬地冲秦可露出一个微笑。

"这位小姐，您好。"

"您好。"

秦可未解来意，但还是冲对方点了点头算是回礼。

"很抱歉，打扰您了，是这样，您的这个座席在之前的例行检查里发现有松动迹象，为了您的人身安全着想，请您换一个位子。"

秦可一愣，下意识地低头看了看自己坐着的位子。

"松动？我好像没有感觉到。"

"但我们还是请您换到另一个位子。"

说着，安保人员将手里的音乐票递给秦可，微笑着道："这是为您补录的新座位，请您移步。"

说完，安保人员冲秦可略一躬身，便笑着伸手示意。

秦可低头看向手里的票，不由得一愣，手里拿着的票赫然是个贵宾区的座位票。

类似飞机免费升舱、酒店免费升套房这样的"馅饼"，竟然也落到她身上了？

秦可心里隐约觉得不对劲。

但此时身处音乐厅内，她又必须得监督霍景言和他的女朋友全场都在，一时之间除了遵循也没有别的合适选择。

于是秦可起身，跟着那名安保人员一齐往贵宾区走去。

这场音乐会的宣传力度一般，演奏者的知名度也并不高，故而即便离开场只剩下不到五分钟，音乐厅里还是有不少空缺座席。

贵宾区格外空旷。

秦可落座前，先观察了一下贵宾区的构造。沙发从造型上看是非常复古的双人沙发，从视觉效果上看柔软舒适，沙发之间有一块空处，可以容一张大理石质感的小桌升降。

而沙发单人位置的靠背后又有可以放平椅背的大块密闭空间，私密性上显然已经做到最好。

注意到自己旁边的位子并没有人，秦可心里一松。她按照自己拿到的座席号坐在了双人沙发的左边。

没多久，灯光暗下，音乐会即将开场。

秦可的目光落向前一排。

换了这个贵宾座席的优点之一，就是观察霍景言两人是否在场的情况更方便了。

只是秦可的目光刚落过去，就感觉自己坐着的沙发突然一动。顺着动静传来的方向，秦可扭头望向自己的右手边。

被她那轻微夜盲加成过的黑暗里，她只能隐约辨认出自己坐着的双人沙发的另一个空位上坐下了一个人。

其余，全然看不出来。

秦可往旁边挪了挪。

受梦里霍重楼的影响，她已经养成了不和任何陌生人在私密空间里相处过近的习惯，就连电梯里稍微拥挤一些都会让她感觉不安全。

更不必说此时。

秦可想到两人之间的桌面是降在最下的情况，便主动伸出手，想将桌面升起来。只是她还没摸到开关，手腕就突然被旁边的人一把攥住了。

秦可脸色骤然一冷，抬头就要做出动作，只是又突然停住了。

"霍峻？"

黑暗里的人影一滞，显然也没想到会在接触的第一时间就被秦可认了出来。

几秒后，耳边少年低低地嗤了声："你还真敏感。"

得到了对方的确认，秦可稍稍松了口气。一晃神的工夫，她就想通了点什么。

秦可把声音压到最低。

"换座位的事情，是你安排的？"

"嗯。"

少年应得随意，还漫不经心地笑了声。

"知道也晚了。音乐会已经开场，你回不去了。"

"你这么会打算，我突然想到补课的面试是不是也是你安排的？那栋别墅就是你家，对吗？"

霍峻有点不自然地撇过头，低声道："是又怎么样，我成绩不好还不允许请家教？"

"允许，我们下周开始。"秦可语气淡淡的，不动声色地把被那人攥着的手往回抽了抽。

似乎是察觉了她的意图，霍峻低笑了一声，修长的指节握得更紧了几分。

秦可无奈，低声道："霍峻。"

"这种时候你最好别喊名字。"

"不信，"身边的黑暗里，微微低沉下去的呼吸俯过来，"你再喊一次试试？"

秦可自觉息声，只当手腕不是自己的了，任身旁那人握着。

两人说话间，台上钢琴声响起，小提琴和配乐团也紧随其后，偌大的音乐厅很快便被由缓入急的乐器声铺满。

秦可却无暇欣赏这场听觉盛宴，她全部注意力都落在贵宾区的最前排，也是她为霍景言两人订的席位。秦可甚至有点不敢眨眼，生怕哪一个瞬间错过了两人离开而没能阻止厄运的到来，那她一定会抱憾终生。

然而注意力集中就导致了她完全没有发现身旁那人的情绪变化。

于是在某节抑扬顿挫的演奏里，秦可突然被身旁那人压在了沙发上，她丝毫没回过神，满眼茫然地看着上方。

"霍……霍峻？"

俯在身体上空的少年声音低沉："霍景言对你的吸引力就那么大，能让你一直全神贯注地看着他？"

话里是不言而喻的冷意。

秦可心里一抖。

她竭力地让自己的声音听起来显得足够平静："这是在音乐会上，霍峻，你……"

"我当然知道这是在哪儿。"

霍峻的说话声压着秦可耳边恢宏的演奏背景音，他笑了声，那笑声里的凉意顺着秦可被禁锢在头顶的手腕，一点点攀进她的四肢百骸里。

呼吸迫近，字字都含着暧昧的气息。

"既然你那么在乎霍景言，应该不会想被他看到，"说话声一顿，"我们现在这副模样吧？"

少年被醋意浸着，连笑都带上点咬牙切齿的味道。

听出这话里的威胁。

秦可的眼睛轻轻眨了下。须臾后，她低声开口道："你不会做什么的。"

霍峻像是听见了一句笑话。

"我自己都不知道我会做什么，你又知道了？"

不等秦可开口，霍峻压下身，在女孩儿耳边缓声开口："天时、地利、人和，我全占了。别说反抗，你现在连大点声说话都不敢吧？"

秦可轻轻吸了口气，鼓足勇气移回视线，正对着黑暗里看不清轮廓的少年，她听见自己的声音湮没在恢宏的演奏声里。

"我知道你不会强迫我。因为你是霍峻，所以你不会。"

少年厉声说："是吗？那是你还不够了解我。秦可，既然你已经是我得不到的人了，那我为什么还要珍惜你？"

秦可轻轻抿住唇，没有说话。

黑暗里，女孩儿的眼睛深处反着从舞台落来的微光，熠熠发亮，像是长夜中唯一的火把。

霍峻脸颊侧颧骨微微抖了下，他单手落回来，捏着女孩儿的下颌，逼迫着她微微抬起下巴。

因之前紧张而抿过的唇瓣艳红漂亮。

霍峻俯身下去。

两人的呼吸拉到最近，灼烫炙热，那让他快发疯的气息近在咫尺。

他一低头就能吻到她。

然而在距离拉到几乎为零的前一刻，少年的身子还是停在了半空。

"呵……"

半晌，秦可听见他嗓音低沉地笑了声，钳制在她手腕上的指节慢慢松开。

少年一点点坐直身体，语气带笑，却满是自嘲。

"我错得太早了。"他的声音里像是藏着只颓丧又濒临发疯的困兽，呼出的低沉气息压着胸腔深处的低哮，"我以为你那样看我的时候，是无可奈何，我可以对你为所欲为，其实反了……"

霍峻蓦地一停，须臾后他哑声笑起来。

"秦可，你是不是看每一个被你完全驯服、任你拿捏的'疯狗'，都会用那种眼神？"

秦可的瞳孔轻轻缩了下。

这是第一次，她在霍峻的声音里听出完全不遮掩的受伤情绪。就像满身伤痕，流着鲜血的野兽爬到她眼前，即便撑不住，还要固执地撕开自己的伤口给她看。

不管有意无意，他在逼她被触动、逼她心软。

而他做到了。

当霍峻和霍重楼之间画上了等号。那他就成了让她最没办法无动于衷的人。

"每一个？你以为这世上会有多少像你这样的'疯狗'？"

女孩儿在黑暗里轻轻地叹气，声音低软。

霍峻回过身，不等他开口，刚刚分离的温度再次覆上他的手背，温热的气息接近。

女孩儿一把抱住了他。

演奏声骤然结束。

灯火亮起，如天光坠落。

又过了几段演奏，音乐会正式结束。

贵宾区座位松散疏离，间隙极大，观众更有限。前面霍景言和他的女朋友刚站起来转回身，便撞见了后排的秦可和霍峻。

霍景言回过神，有些意外地笑起来，道："原来你们也来了？"

"生日快乐，霍老师。"秦可脸颊微红，此时仓促回过神，连忙起身。

站在霍景言身旁的年轻女人挽着霍景言的手臂，笑着仰起头。

"这就是你跟我说的那个送你音乐票还一定要你带我来的学生吧？"

"是，被老宋抢走的我的得意门生。"霍景言和年轻女人说完，抬头看向秦可和霍峻，"给你们介绍一下，这是我女朋友，言安。"

察觉到从霍峻那里投来的目光，秦可视若无睹，和言安相视一笑，道："师母好。"

言安冲秦可点头，然后感慨说："这么乖巧又可爱、成绩还好的女孩子，别说老宋，换了我，我也会想跟你抢的。"

霍景言看了她一眼，随后才和秦可解释，说："她也是高中教师，只不过不在Q城。"

秦可一愣。

她突然想到，或许梦里的霍景言说想做一名老师的愿望，也有一部分是因为言安吧。

回过神时，秦可见言安甩脱了霍景言的手，走到秦可身边笑着道："当然不在一个城市，要不是因为你这个可爱的学生，你这个生日，我都不会来陪你呢。"

说完话，言安停住，眉眼弯弯地瞧着秦可。

"你叫秦可，对吧？"

秦可点头。

便见言安的目光有点微妙地落到她的身旁。

少年从霍景言转过来后，就一句话没说过了，望着霍景言的眼神里还带着点不需言说的敌意。

言安看了几秒，亲昵地贴到秦可耳边小声地笑着问："这是你的小男朋友？"

秦可一噎。

言安的声量并不高，但霍峻的耳朵好使得很。几乎是言安那边话音刚落，秦可另一侧的少年便笑一声。

"不是。"他眼神漆黑又深沉地盯着女孩儿，几秒后，少年懒散地转开眼，"只是没拴好链子的'疯狗'。"

言安愣了几秒才反应过来，无辜地看了看秦可，又转向霍景言。

霍景言有些无奈地垂眼看她。

"啊，"言安忽然笑了起来，转回身，"你就是霍峻吧。在你们霍老师那儿听过好几回了，我可是久仰大名了。"

霍峻没说话，冷淡地瞥向霍景言。

言安也不介意，轻轻拍了下手。

"秦可都请我们看音乐会了，那今晚的晚餐我来请，你们应该有时间赏光吧？"

秦可意外地怔了下。

她本想拒绝，但想到今天霍景言的生日毕竟还没有过去，犹豫了几秒后便点头答应。

"谢谢师母。"

"应该的,作为回礼嘛。"言安很有些自来熟,但丝毫不惹人反感。

问完秦可的答案,她便看向另一侧的霍峻:"你呢,霍峻?"

霍峻起初没开口,只似笑非笑地望着秦可,眼神中却有点凉意。

直到女孩儿受不住,十分无奈地抬头看向他,霍峻才出声。

"当然要去。"他眸里深沉,须臾后才转为一层薄而微冷的笑意,"没把猎物咬着脖子拖回窝里之前,'疯狗'怎么会自己走?"

秦可心想:呜。脖子好凉。

秦可在梦里便对言安有过许多猜测,今天见了,只觉得她温文尔雅又不失俏皮,淑静里还带点活泼,和霍景言十分般配。

所以当言安说要请他们一起共进晚餐时,秦可还以为是去什么西餐厅之类的地方。

然而。

几十分钟后,她就一脸茫然地站在了一家火锅店外。

注意到秦可的呆滞,言安在旁边眨了眨眼,小心翼翼地轻声问:"小可不喜欢火锅吗?"

"啊,不是,没有。"秦可回过神,连忙解释,"我还挺喜欢的。"

"那就好。"

言安松了口气,经过这一路闲谈,她已经和秦可熟悉了不少,利落地挽上秦可的手,拉着秦可一起进店了。

正赶上周末,火锅店里客人很多。

秦可四人不得不拿着号码牌排队等桌子。

四人分成两拨——秦可和言安成了新朋友,正聊得火热;而霍景言和霍峻自然就成了被"抛弃"的那两个。

"我们离这两个臭男人远一点。"言安拉着秦可坐到了最里面的小桌旁。

秦可由衷地喜欢言安的随性自然,也不拒绝,和言安一齐坐了进去。

"我今天还听景言说起了你们的事情呢。"言安说。

秦可一怔,抬眼看言安,问:"我们?"

"嗯，"言安笑了笑，拿手戳戳秦可，再指了一下不远处的少年，"你和霍峻啊。以前我总听景言提起霍峻，太清楚霍家这个少爷有多难缠了，那时候我跟景言开过玩笑，说假如以后霍峻遇上自己喜欢的人，一定会更可怕。"

言安耸耸肩，开玩笑道："这是被我说中了吗？"

秦可迟疑了一下，还是替霍峻辩解了一句："他其实还好，只是有点偏执。"

"偏执就是可怕了好不好，我的小妹妹？"言安笑着说："我听景言说过这周一在学校里发生的事情了，你肯定被吓得不轻吧？"

秦可迟疑了一下。

"我其实已经，"秦可不好意思地笑了下，"有点习惯了。"

"啧，你可真心大。"

言安拍拍她的肩，道："我听景言说的时候，就觉得我挺喜欢你的，果然第一眼看见你，我就觉得对你很有好感，特别神奇，应该是冥冥中注定了吧？哈哈。"

秦可心里一动，但没说什么，只温婉地笑了下。

须臾后，言安轻轻叹了声气："也因为很喜欢你，所以真不忍心看你跳入霍家这个火坑啊。"

秦可意外地抬头看她。

言安："不过我现在说这个，应该晚了吧？"

"嗯？"

"景言说你和霍峻还只是同学关系，可我今天看，不像啊。"

秦可心虚地沉默。

言安了然地笑起来，点了点自己的嘴角，说："音乐会刚散场的时候，你和霍峻的表情都很不自然哦，一看就是做了什么坏事。"

秦可红了脸。

言安见秦可的反应，叹了一声气。

"所以已经跳下去了，我也没法劝了。不过看得出来，他对你是真心喜欢，霍峻那天在天台上发疯的时候，景言说了什么才拦住他的，你知道吗？"

秦可一愣，抬起眼说："霍老师没有跟我说过。"

"那我悄悄告诉你，你不准跟景言告状。"言安笑了笑，轻声说，"景言当时问他'就算你不考虑自己，也要考虑秦可啊，难道你要秦可承担你为她杀了人的罪过，过一辈子吗？'"

秦可愣住了。

"在他心里，你比他重要得多啊。"言安轻轻拍了拍秦可的手，"被这么一个疯子喜欢，对你来说，也不知道是好事还是坏事。"

几米外。

霍峻在后面皱着眉看言安拉着秦可的手，盯了几秒，他没什么表情地转过头，看向霍景言。

"能不能让你女朋友离秦可远点，她天生自来熟？"

霍景言闻言顿住身。

几秒后，他转回头意味深长地看着霍峻。

霍峻冷脸，问："你看我干吗？"

霍景言笑了声："你对秦可，一直占有欲这么强？"

霍峻眼神一闪，没说话。

"那你对自己的形容还真没错，简直跟条'疯狗'差不多。"霍景言似乎心情很好，连带对着霍峻也能开起玩笑，"之前我还以为秦可只是怕你，现在看……"

"看什么？"

霍峻瞥向他，语气显得很不耐烦，脚下却像生了根，一动不动地等后话。

霍景言早就看出这一点，此时也懒得拆穿，笑着道："但凡是个正常人，谁会想被你这种占有欲强得可怕的人喜欢？现在你就没办法忍受她的同性朋友碰她了，以后你会怎么样，把她锁在家里，只有你一个人能看得见、摸得到？"

霍峻额角一跳。尽管不情愿，但他又不得不承认，霍景言的话一针见血。

"别把她逼得太紧，"霍景言转身往里走，"如果你不想吓跑她，你就得学会控制你自己。"

霍峻眉头蓦地一皱。

第九章

她可以改变一切，她也确实做到了。

霍景言返回S城后，霍峻与家里约定的三月之期眨眼间也临近最后期限了。

数学竞赛名额一事后，秦可和秦家彻底闹掰，此时秦可也已经搬出秦家，住进之前订好的学生公寓里。

这三个月内，秦可尽心尽力地辅导霍峻功课。

正式分别之前，经过霍峻连续两个月的软磨硬泡，两人终于达成"协议"——以秦可答应转入A大附中和霍峻一起去S城为条件，霍峻必须在来年高考之前尽最大的努力复习功课并且考入A大。

霍峻肯听话回家已经不容易，还愿意考入A大就更是意外之喜。霍峻父亲在霍景言的提醒下，了解到秦可在摆正霍峻人生轨道里起到的重要作用，对于两人同来S城这件事最是乐见其成，毫不犹豫地帮秦可办理了转学手续。

霍家原本提出要直接帮秦可负担之后几年学业上的费用，但在秦可的坚持下，还是以资助协议和工作后按年偿还的形式解决了学费和生活费的问题。

处理好这一切事宜后，秦可将这件事告诉了秦家和顾心晴。闹掰之后，秦家父母已经丝毫不再掩饰对秦可的恶意，冷嘲热讽地表达过他们绝对不会负担秦可学费和生活费的事情之后就再没了联系。

"好姐姐"形象崩塌的秦妈对这件事情全然不闻不问，大概巴不得秦可立即离开。刚好竞赛名额就能归她了，这样就能把被秦可"抢"走的风头全部抢回来。

唯独顾心晴对这件事反应激烈，抱着秦可哭得一把眼泪一把鼻涕，为此还受到了醋意深重的霍峻几次虎视眈眈的目光警告。

就这样，高一下学期，秦可正式办理手续转入A大附中。在一个春意尚早的晴朗日子里，秦可夹在压着火气和醋意的霍峻和依依不舍来送行的顾心晴之间，哭笑不得又思绪万千地踏上了远上S城的路途。

到达S城那天是霍景言和言安亲自来接的。看着明媚的午阳下，言安挽着霍景言的手臂，冲她们笑着招手的模样，秦可从来没有哪一刻像这样切实感受到希望和如此温暖的阳光铺满了她的去路。

她可以改变一切，她也确实做到了。

她和霍峻，会有一个远比梦里幸福无数倍的未来。她这样期许着，也这样相信着。

同年六月，高考结束，霍峻完成约定，以高出录取分数线二十分的成绩进入A大。

八月末，A大附中和A大相继开学。

经过了一个学期的适应阶段，升入高二的秦可已经基本习惯了A大附中的学习节奏和老师的授课方式，也和班里原本陌生的同学逐渐熟悉起来。

凭借着梦里已经学习过一遍高中课程的基础，再加上她的专注和努力，在上学期也就是高一最后一次期末考试里，秦可又再次拿到了班级第一、年级前三的成绩。

对于自己已经尽全力而仍未拿到的年级第一的事实，秦可只能感叹这世界上永远有让人嫉妒的天才。

比如那位年级第一。

再比如隔壁大学里某位不务正业了很多年，却偏偏凭借着最后一学期的努力就冲进了A大的人。

自认为虽然足够聪明，但绝对和这些天才有一定差距的秦可挂上了耳机，继续听里面的英语原文。

秦可一边在嘈杂的教室里辨识着耳机中的文章，一边做着重点词句的听写，她认为这样有助于锻炼语感。

目前来看，效果还不错。

刚准备听第二篇的秦可突然感觉耳朵上一松，跟着便是教室里的嘈杂声音重新冲了进来。

秦可愣了下，抬头。

站在她面前的是她已经认识了一个多学期的"新"同桌，乔晓芸，一个性格上跟顾心晴十分相像的女孩儿。

秦可之前就发现了，尽管自己性格是个偏好安静、不是很喜欢说话的人，但她似乎更倾向于和这样心地善良又大大咧咧的女孩儿做朋友。

也或者说，这样的女孩儿在同性间，很少有人会不喜欢吧？

"可可，别听英语了。"乔晓芸兴奋地把手里的照片塞给秦可看，"这可是我好不容易才从她们那儿抢回来的，你快看！就是我昨天和你说的那个A大的新校草，怎么样，我说得对吧！是不是很帅？"

在听到乔晓芸的后半段话时，秦可已经看清了照片里的少年。

少年穿着一身黑色的篮球衣站在阳光下，似乎正在做赛前的投篮练习。夏末的光落在他身上，勾勒出来的轮廓像是金色的，原本就清俊白皙的五官，在光下更是被描摹了一层美感。

而篮球衣遮掩不住的修长身形，显然瞬间就把他的外貌评分拉到了最高。

也难怪A大开学还没几天，校草的位置就换了人。

乔晓芸："现在学校里都传开啦，说他叫霍重楼，是A大商学院的，王牌专业。哪哪都好，可惜就是人有点凶。"

"嗯？"秦可抬头。

乔晓芸伸手，把最上面那张照片挪下去，露出来剩下的那一张。

"一共就拍了两张照片，因为拍第二张的时候，拍照的人被他发现了。当时就吓跑了。"

秦可定睛一看。

望着镜头的少年果然眼神凶悍得很，皱着眉，一副随时要上来揍人的架势。

秦可失笑。

"这才像他。"

"啊？可可，你说什么？"

"没什么。"秦可笑了一下。

乔晓芸没多想，把照片拿回来，遗憾地叹气，道："长得太帅了，可惜不能跟他说说话。我听说追他的女孩儿，都能从A大绕全校三圈再排到我们学校门口来了。"

想了想A大那校内要分街道的可怕面积，秦可哭笑不得："是不是夸张了点？"

乔晓芸瞪大了眼睛。

过了几秒，乔晓芸都快把霍峻的照片放到秦可眼前了

"你这个人怎么回事？上次我说他帅，你就不信……"

"我没不信。"

"你当时说还行就是不信的样子，我给你讲，就算你长得漂亮天天对着镜子看了十七年已经审美疲劳了，也不能这样啊，你要对异性有基本辨识度。"

"好好好……"秦可笑着"投降"，"他最帅了，好吧？"

乔晓芸这才收回照片，小声说："好啦，那我就当你答应了。"

秦可一怔，道："我答应什么了？"

乔晓芸得逞地笑着跑到一边："下午他们学校办新生篮球赛，我就当你答应陪我一起去看比赛啦！"

"你真的要去？"

"当然啦，我们不是说好了吗？"

"那只能算你单方面地跟我说好了吧？"

"可可，你就陪我进去一次嘛，就一次，看一眼我就走，真的！我跟你发誓！"

"你觉得我会信吗？"

"嗯……会的！"

秦可苦笑了一下，实在是拿乔晓芸没办法。她看了一眼A大那金光闪闪的校碑刻字，转回头，指了指乔晓芸和她身上的A大附中的校服。

"就算我答应陪你去，你觉得我们穿着这校服，保安会放我们进去吗？"

乔晓芸眨了眨眼，道："我还真没想过这个问题。不过我看其他人都能进去参观，那我们进去应该也没什么？"

"参观那是定时开放。"秦可说，"最重要的是，我们可是附中的学生，现在这个时间严格上来说应该算是逃课了，你不怕被保安室的大爷们逮住，然后拎着你去班主任面前啊？"

乔晓芸顿时垮下了脸。

"那怎么办？"她看一眼秦可，对对手指，"我真的超想去看看……"

秦可："你好好说话。"

"哦。"乔晓芸恢复了嬉皮笑脸的模样，"可可，你最聪明了，肯定有办法帮我们混进去还不会被抓，对不对？"

秦可睨她，道："在你眼里，我的聪明就是擅长做偷鸡摸狗这方面的事？"

晓芸眨了眨眼，道："我才没说这话呢。"

秦可看了一眼大门，转回来，无声地叹气，问："你真要去啊？"

"嗯嗯！"

"就帮你这一次，下不为例。"

"嗯嗯！"

乔晓芸顿时点头如鸡啄米。

两分钟后。

A大北门树后。

"这样真的可以吗？"乔晓芸咽了口口水，伸手捋了捋被秦可扯掉了发绳而松散下来的头发，小心地问。

"可以的。"秦可安抚她。

乔晓芸深吸了口气，抬脚准备往前走。

秦可："等等。"

乔晓芸吓了一跳，连忙把迈出去的前脚收回来，问："怎么了？我哪里出问题了吗？"

秦可指了指她眼睛的位置："眼神不要这么'英勇'。"

乔晓芸："嗯？"

秦可想了想，换了个说法，道："眼神松散，最好没什么焦点，你刚刚那个太有活力了。颓一点、蔫一点，再冷漠一点。"

看乔晓芸挤眉弄眼，最后神色痛苦地揉着酸掉的脸看向自己，秦可叹了一口气。

"算了，我给你一个模拟情景吧。你这次期中考试考砸了，比上次落后了十名，结果突然得知要开家长会，现在你需要去把这个消息告诉你爸妈。"

说完，秦可看清乔晓芸神色，打了个指响。

"好了，维持这个表情，你可以装着打电话，电话那边就是你即将去开家长会并且得知你落后了十名的父母。"

目送乔晓芸走过去，顺利通过了校内大门，秦可也松了口气。

秦可摘掉了发带，晃了晃头发，身上的高中校服外套早就被她脱了翻了过来，里面朝外。

然后秦可将衣服搭在臂弯，再自然不过地混在三三两两的人群里走了进去。

等两人在门内会合，乔晓芸兴奋得差点跳到秦可身上。

"淡定，淡定。"秦可安抚住她，"我们现在要往哪儿走？"

"跟我来！这附近的地图，我都能闭着眼画出来了！"

乔晓芸拉住秦可往一个方向大步走去。

A大的篮球馆今天热闹极了，离篮球赛开场还有十多分钟的时间，观众席上却已经几乎没有空位子了。

秦可和乔晓芸来的时间略有点尴尬，刚好是观众席上人山人海的时候。两人顺着前排后排之间的过道绕下来，问了的空位都被旁边的人占着，等绕完之后，就发现连个前排站着落脚的地方都快没了。

乔晓芸心情复杂，拿手肘撞了撞身后的秦可："现在你知道我说的追霍重楼的女生数量能把A大绕三圈，然后再排到我们学校门口去这句话不算夸张了吧？"

秦可心情更复杂了。

"这些人都是为他来的？"

乔晓芸用一种"你怎么还不相信"的眼神看了秦可一眼，然后捧起笑脸拍了拍旁边座位上女生的肩："学姐，今天篮球馆人怎么这么多啊？"

那女生惊讶地看了她一眼，道："你不知道今天是商学院和法学院的比赛吗？商学院工管那个新校草今天上场，这不是都来看帅哥顺便也看热闹了。"

"这样啊，谢谢学姐啊。"

乔晓芸直起身，耸了下肩，看向秦可，在越发嘈杂的背景音里开口："这下你信了吧？"

秦可无言以对。

大约三分钟后。

商学院和法学院的篮球队分别从篮球馆的东南门和西北门两个角门入场。震耳欲聋的尖叫声瞬间充斥着整个篮球馆。

猝不及防的秦可差点被吓得蹲到地上。

等她回过神，茫然地抬头环顾四周，就听见那些尖叫声里逐渐有一个名字，从混乱无序、众口纷杂，到逐渐找到了某个节奏从而合为一个声音："霍重楼！霍重楼……"

秦可有些惊讶又觉得有点好笑。

她觉得自己已经能想象到某人此时的表情了。

这样想着，秦可踮起脚尖，视线越过前面忍不住站起来的女生们的头顶，看向下面的篮球场中。

原本和几个队友低声说着什么的少年顿住身，他对面的队友似乎开玩笑地说了几句什么，便见男生回眸，剑眉快要皱起个疙瘩来，目光冷飕飕地刮过叫得最欢实的区域。

然而他这个反应却引起了女生们的兴奋劲，馆内的声音一时间几乎要冲破了顶棚。

秦可捂着耳朵哭笑不得："我是进了什么演唱会现场吗？"

兴奋的乔晓芸百忙之中抽空搭理她一句："普通粉丝追星哪有我们这么真情实感？"

秦可心想：行吧。

所幸在比赛正式开始前，裁判的哨声终于平复了这帮女生们的激动劲。

场内观众席的一部分男生没承受住方才的"耳膜虐待"而提前离席，秦可还没回过神的时候，就被乔晓芸拉着找到了两个空位。

"可可，快坐快坐！"

秦可迟疑了一下才跟着坐下。

她有点不安，因为这个位子好像十分地靠前。

确切说，就在第二排。

不过想到场中这么多女生，霍峻又被烦得此时一眼都不想往观众席看，秦可又放心了。

应该不会那么点背，刚好逃一次课就被他发现吧？

秦可在心底这样自我安慰，便安下心开始认真地看起球赛来。

即便秦可对篮球赛的规则和那些动作并不熟悉，但这不妨碍她看出霍峻这场球赛打得不错。

尤其是每次他的进球或者助攻之后，那些响亮的加油声更能将这一点提醒得彻底。

大半场球赛下来，秦可已经有点为这帮歇斯底里的女生们担心嗓子嘶哑的问题了。

直到比赛结束的哨声响起。分数定格，商学院以大比分获胜。

女孩儿们的尖叫声再次响起，声浪滔滔，几乎要不受控地掀起篮球馆的顶棚了。

全场视线最焦点的位置，穿着黑色球衣的少年走到场边，从包里拿出矿泉水，皱着眉忍着那声浪灌了两口水。

长凳旁边围着商学院篮球队的其他队友自然也很开心，此时正一个个笑着挪揄霍峻。

"霍哥，人气又见涨啊？"

"这样下去，我们得向学校申请建一个大点的篮球馆，这么小一个，哪儿还装得下霍哥的粉丝。"

"不过真别说，霍哥这些粉丝质量很可以啊，我刚刚打球的时候看见了个小姑娘，长得贼漂亮！"

"你刚刚传球差点扔我脸上，敢情是因为看小姑娘看走神了？"

"少废话，有福同享！快指给我们看看！"

"行行行，看看看。就前面第二排那个，看到了吗？"

"还真是。"

"霍哥，快快快，遇上极品了！"

几个队友拉着霍峻往观众席看。

霍峻不耐烦，正要开口，目光却蓦地一停。

几个队友原本只是闹着他玩。

相处了一段时间了，他们都很清楚，霍重楼有多招女生喜欢，就有多不爱搭理那些女生。有段时间篮球队里人人自危，不知道谁传出霍重楼很可能是个同性恋的消息。

不过这个传闻在霍重楼听到并冷笑一声，然后把每个人痛扁了一顿后，不攻自破。

故而此时看着霍重楼真的怔在原地，他的几个队友反而都震惊了。

"他什么情况？"

"这虽然是少有的漂亮又清纯的小姑娘，但也不是天仙下凡，怎么一眼就把我们霍哥迷住了？"

"难不成认识？"

几人还没讨论完，霍峻已经醒神。

他把手里喝了一半的水拧上盖子扔进包里，顺手拿出手机，快速地敲了一条信息出去。

而十几米外。

在和霍重楼的目光一对上的时候，秦可心里就咯噔一声。

她慌忙地想低头避开，然而却被身旁的乔晓芸激动地一把抓住了手臂。

"可可，可可！霍重楼在看我们这里啊！"

乔晓芸话没说完，周围就蓦地掀起一阵巨大的尖叫声，显然霍峻望过来的事情不只是乔晓芸一个人发现了。

而就在此时，秦可手里的手机蓦地振动了一下。

秦可一哆嗦，低头看去。

"你带外套了吗？"

秦可迟疑了一下，小心翼翼地回了一个字。

"嗯。"

对方几乎是秒回。

"披上。"

秦可愣了一下，发了一个问号过去。

"是为你好。"

手机连振了两下。

"不然别怪我没提醒你。"

第二句话后面还跟了一个恶魔的小表情。

看到那个小表情，秦可下意识地想要抬头，然后突然发现身旁的乔晓芸更激动了。

"他是不是过来了？"

秦可来不及多想，快速地抖出自己的校服外套，往身上一披。

耳边的尖叫声越来越高，前排的女生已经激动得站了起来，秦可在转身跑与不跑之间苦苦挣扎了几秒。

然后她突然感觉耳边一静。

秦可旁边，一道身影停了下来。然后她肩上的外套被向上一提，蒙住了视线。

几秒后。

外套下有人钻进来，紧紧抱住了她。

校服外套的外面，偌大的篮球馆内，瞬间沉寂下来。

秦可蒙了。

几秒之后，她听见耳边瞬间有骚乱的嘈杂声音开始扩散。

秦可下意识地伸手推了推霍峻，压低声音："你疯啦？"

女孩儿受惊不轻的模样换来了霍峻一声低笑："这是你瞒着我突然来，还不想让我发现的代价。"

"你……"

秦可一句话还未出口，面前的人便退了出去。

校服外套仍罩在她身上，然后她双臂的外侧被一双手扶住，那人将她从座位上搀起。在那片越发压不住的噪音里，秦可步伐踉跄地被男生护在怀里，一直远离周围那些声音，最后在一扇大门合上后，耳边彻底安静了。

"好了，现在安全了。"

霍峻低头看见女孩儿难得乖巧地缩在他的怀里，一幅生怕被外面几乎疯了的女生们撕成碎片的模样，便愉悦地笑出了声。

秦可气极了。

她扯下外套，听声辨位，红着脸就在面前半俯着上身站着的少年的小腿上轻轻踹了一脚。

"嘶！"

突然有倒抽冷气的声音从别的方向传来。

秦可一愣，顾不得整理被之前罩在头顶的校服外套弄乱的长发，惊慌地回过头看去。

然后她就看见，之前还和霍峻一起比赛的四个队友，此时正表情各异地看着她。

只不过一见秦可目光扫来，四个人迅速动作一致地抬起双手。

"不是故意围观的。"

"这是我们的更衣室。"

"我们什么也没看见。"

"而且我们不会往外传的。"

那四人像是被秦可的凶悍模样给吓到了，弄得秦可有点不好意思了。

她转回头，懊恼地睖了霍峻一眼。

"都怪你。"女孩儿声音轻得几乎听不到，给霍峻做口形。

霍峻轻轻眯起眼，说："我可是为了你好，你想被她们看到？"

"你还知道不能被看到，那你刚刚还……"

余下的后半句话吞了回去，秦可用力地睖了睖他，才算消了气。

"我和朋友一起来的，我还得出去联系她。"秦可一边说着话，一边把身上的校服外套取下来，按照之前的方式反向叠好，抱进了怀里。

后面一直安静得把自己当空气的队员里，终于有一个忍不住了，小心翼翼地试探着问："霍哥，小嫂子是隔壁附中的？"

霍峻瞥他，似笑非笑地说："不然呢？"

"真是啊？人家好像还没成年吧？"这人刚问完，就被旁边的队友不动声色地用肘子撞了一下。

听见这句话，霍峻没什么反应。他从来不在乎别人怎么说。

秦可却轻轻皱了下眉。

然后霍峻的几个队友就见从一开始便不怎么说话，还有点不好意思的女孩儿转过来，眼神认真又严肃地看着他们，漂亮的脸蛋儿微微绷着。

"我们是认真的。"秦可说。

四人一噎。

不知道怎么回事，刚刚看起来还挺温柔挺文静的一小姑娘，这几秒间眼神就好像随时能飞出小刀子来。

谁不相信谁挨刀。

首当其冲的就是方才那个瞎开腔的，那人被盯得后背一僵，连忙挤出个笑容来："认真好，认真好。"

秦可没说话，这才露出一个很淡的微笑。

她转了回去，睖了霍峻一眼："我刚刚可是穿着附中校服的。"

霍峻看起来心情正好，闻言只一挑眉，说："所以？"

秦可气得又想踹他了，想了想还是忍着性子，压低声音，说："所以如果你不想闹大了被学校里拎着谈话，还是立刻想想怎么找个理由瞒过去吧。"

霍峻笑了一下，毫不在意。

"他们没看到你，没关系。"

秦可被他气到无语。

被瞪着的时候，却觉得女孩儿这副生气的模样都可爱极了。霍峻笑了一下，道："好了，我送你从另一个门出去。剩下的事情，我会处理的。"

秦可深表怀疑地看了他一眼，还不放心地嘱咐："霍老师最近忙婚礼的事忙得焦头烂额，你可别再给他找事情了。"

一听到这个词，霍峻顿时阴沉了眼。

他冷笑了一下，伸手捏了捏女孩儿柔软的脸颊，问："干吗？他结婚，你比他都关心？到现在还对他不死心？"

秦可心想：又犯病了。

秦可懒得和三天一小醋五天一大疯的人辩解这个快说破嘴皮的话题，更清楚霍峻就是借着这个话题跟她另类地"撒娇"，所以秦可伸手就拍掉了男生的手，同时"警告"他："你今天已经摸了一根高压线了，最好别再摸第二根。"

霍峻眼底阴沉的情绪晃了晃，几秒后，还真压了下去了。

"那好吧，明天再说这个问题。"

说着，他转身往某个方向走。

"我送你出去。"

目送着旁若无人的两人离去，商学院篮球队的其余四人才堪堪回过神来。

四人眼神复杂地对视了一眼，好半晌才有人开口。

"刚刚这情况，你们怎么看？"

"你是想问享用了这盆狗粮后，我的用餐评价如何？"

"真香。"

"嗯？"

"我是问你们怎么看霍哥竟然和一个女孩儿……还是个高中生的事情？"

"这能怎么看？看出七色花来也没用，谁敢管霍哥的事情？"

"不过刚刚可真是开了眼界啊，竟然能有人让霍哥身上出现类似'听话'这种行为？"

"咱院长要是能看见这一幕，估计会感动得痛哭流涕吧？"

"我不知道他会不会感动得痛哭流涕，不过我知道要是听见你这话，他应该能让你痛哭流涕。"

"唉，难怪从开学到现在这么多女生追，霍哥都不懂凡心。原来是心里有主，主人还在隔壁附中。"

"羡慕。"

"别羡慕了，脸、身材、成绩、气质缺一不可，而你一样都没有。"

"谁说的！"

乔晓芸足足和秦可绝交了三节课的时间，直到秦可用"请喝奶茶"挽回了这段友谊为止。

乔晓芸一边咬着奶茶里的珍珠粒磨牙，一边气愤："过分，太过分了！A大的新校草和你竟然是那样的关系。这么重要的事情，你竟然都没跟我透露过！这杯奶茶是挽不回我们之前的友谊的！"

秦可哭笑不得："他是新校草的事情，我还是从你这里知道的。"

乔晓芸："那你在刚认出来的时候，怎么没告诉我你认识他？"

秦可："如果我就那样告诉你，那我们可能不会有这段奶茶能挽回的友谊了。"

乔晓芸咬着吸管想了想，道："也对哦。"刚说完，她就一下子回过神，气得直摇头，"不对不对，明明就是你的错！"

"好好好，"秦可苦笑着，"我的错。"

乔晓芸心想：一点都没有被安抚到，还是好气哦。

乔晓芸十分气愤地喝完了面前的一整杯大号杯奶茶，然后心满意足地打了个嗝，仰进了奶茶店的软沙发里。

怨气全消。

秦可坐在对面看得忍不住笑了，这种没心没肺到可爱的朋友，实在是再好玩不过了。

似乎是注意到秦可的反应了，乔晓芸有点不好意思地轻咳了声。

"这家奶茶店味道真不错。"

秦可莞尔，也不拆穿。

正在这时，店门被推开，几个大学生模样的女生成群结队地走了进来。

几个人点了饮品，便刚好坐到了秦可和乔晓芸旁边的位子上。

那几个人落座没几秒，声音就从那桌传了过来。

"你们听说了没，好像商学院那个霍重楼已经有女朋友了？"

"嗯？"

"真的假的！"

"真的？他怎么就有女朋友了？"

"是啊，前两天不是还说从开学到现在，从来没见过有哪个异性能靠近他半米内的吗？"

秦可表情一顿。

而秦可对面，乔晓芸意味深长地看向她。

两人正做着无声的感情交流，就听见对面几个女生因无法接受这个消息，进入了暴走状态。

"哪个学院、哪个专业、几班的？我一定得去看看这个勾走了霍重楼的女生长什么样！"

"听说不是我们学校的。"

"异地恋啊？那就凭霍校草那颜值，被撬墙脚岂不是迟早的事？"

"好像也不算异地恋……"

"姐姐，别卖关子了，直说吧。"

最先开口那个迟疑了几秒，才放低了声音小声道："我不知道消息准确不准确啊，当时篮球馆里人实在太多了，我根本什么都没看见。反正有离得近的，说被霍校草直接裹进外套里的那个女生身上穿着咱学校隔壁附中的校服。"

空气蓦地沉寂。

几秒后，旁桌响起了一声尖叫声："还没上大学？"

秦可扶着吸管的指尖一抖。

对面的乔晓芸不厚道地捂着嘴巴笑了起来。

秦可郁闷地看了她一眼。

而邻桌的女生话题一转，开始聊两人分手的可能性了。

"简直无法想象啊，霍校草会看上一个高中生？"

"说得跟你很了解他似的。"

"我不用了解他，我只需要了解现在咱学校里那群女生就够了，所以更想不通了啊。"

"说不定用不了多久就分了呢。"

"我看也是。A大里多少学姐摩拳擦掌地惦记着。长得帅的男朋友能轻易留住？没可能的。"

"话说他女朋友长什么样？好看吗？"

"没见过。当时霍校草护得特严实，一丁点脸都没露出来。不过听说身材普通，估计好看不到哪儿去。"

旁边，本来还笑着的乔晓芸闻言一顿，嘴角轻轻抽了下，眼神不高兴地看了那几个女生一眼。

然而那边聊得火热，根本就没注意到乔晓芸的目光。

乔晓芸转回来，声音压到最低："不，比你们好看一万倍。在背后幸灾乐祸地想让人家分手，还挑人家女朋友长相、身材，不就是嫉妒人看不上你们吗？哼！"

桌子对面的秦可听见了，不由得莞尔一笑。

之后，两人又安静地等了二十分钟，才终于听见那几个A大的女生结束了这场谈话，离开了奶茶店。

等最后一个人一出门，乔晓芸立刻长长地松了口气。

"哎哟，吓死我了。"

秦可抬眼看她，问："怕什么？"

"还不是怕她们突然发现你就是她们口中那个欲除之而后快的高中生？"

乔晓芸一副惊魂未定的模样看了秦可一眼。

秦可笑着说："我短跑特长。"

乔晓芸一愣，随即表情有些复杂："不愧是俘获了霍校草的女生，这种时候还笑得出来。"

秦可有点哭笑不得，道："这种时候是哪种时候？"

乔晓芸："你没听见吗？刚刚那几个女生都将你们分手的一百种可能罗列了一遍！"

"你是说她们说的那些……我被甩或者被挖墙脚的一百种可能？"秦可笑着问。

"你还笑？"乔晓芸被气得不轻，"你可真心大！被她们那样编排，你都不气的啊？"

秦可眨了眨眼，直言："只是一群素未相识的陌生人，而且就像你说的，她们只是在嫉妒我拥有她们想要的人或者感情，我为什么要为她们生气？"

乔晓芸噎了一会儿。

"虽然你说得确实有道理……"

这次沉默了格外久，乔晓芸终于还是把心底的担忧说了出来："你就不怕，他们说的事情变成真的？"

"嗯？"

"就是万一霍校草在大学里被别的坏女人蓄意勾走了怎么办？"乔晓芸犹豫了一下，"毕竟，你知道的，你的情敌数量实在是太多了。"

秦可笑了一下。

"我不担心。"

"为什么？"乔晓芸想都没想地说："你就对他那么有信心？"

说完，乔晓芸就有点后悔了，连忙摆手："你当我胡说八道的，别往心里去……"

"没事，我确实很相信他。"

秦可说完，沉默了几秒，她把玩着手里的吸管，转了一圈又一圈。

不知道想到了什么，女孩儿在许久后蓦地笑了一声，抬起眼，干净的眸子里澄澈剔透。

"他和其他男生不一样。不，他和正常人就不太一样。"

乔晓芸愣了下，突然扑哧一声笑了出来。

"那你们可真是天生一对啊？"

"嗯？"

"你不知道啊，咱班里甚至是年级里，好多同学都说你跟正常女生不太一样。其实我也这么觉得，哈哈哈。"

秦可这一次愣了许久。

愣过之后她哑然失笑，低头道："或许真是这样吧。"

从奶茶店出来，正是下午开校门前半个小时左右的时间，秦可便和乔晓芸一起往附中正门走。

此时校外还没什么人，秦可和乔晓芸说说笑笑地走到门外。然后两人听见身后传来了一声——

"秦可！"

两人同时一愣，抬头看过去。

秦可面上笑意一淡。

校门旁的石碑前，站着的赫然是秦家父母——秦汉毅、殷传芳。

看清了开口的人是秦汉毅和殷传芳时，秦可的神色便冷淡了下来。

而那两人的表情更复杂。

殷传芳闷不做声地上上下下看了秦可几秒，才挤出了个笑容。

"小可，我们找你找得好辛苦啊，你跑到这么远的地方来上学，想爸妈了吗？"

"可可？他们是……"

乔晓芸听见这对中年男女的自称，惊讶地看向秦可。乔晓芸分明记得之前秦可说过她的亲生父母在她年纪很小的时候就因为一场车祸而意外去世了。

秦可眼帘一垂，遮住眸里的冷意。

"我跟你提过，他们就是我的养父母。"

"啊，他们就是那……"

乔晓芸气愤地要说什么，却被秦可一把拦住了。

秦可："你先回学校去吧，我待会儿和他们谈完之后，自己回去。"

"你能行吗？"乔晓芸问。

秦可轻轻笑了一下。

"没事的。"

"那好吧。"

乔晓芸一步三回头地往校门方向走。

在临近校门时，她看见三人在原地僵持了几十秒后，不知道说了什么，便一起朝着学校斜对面的咖啡馆走了过去。

乔晓芸犹豫地顿住步伐。

站在原地想了很久，乔晓芸终于下定决心，她扭过头快步朝学校隔壁A大的方向跑了过去。

二十分钟后。

乔晓芸终于找到了A大商学院金融系大一一班的必修课教室。

教室前门外，乔晓芸冲带自己过来的女生一鞠躬，道："谢谢学姐！"

那个模样温柔的高年级女生扶了下眼睛，问："你真不是来找霍重楼学弟告白的？"

乔晓芸把脑袋摇成了拨浪鼓，道："不是不是！我真的找他有急事！"

"那就行。不过别怪我没事先提醒你，还没告白就先被霍重楼吓哭了的女生，在学校里可不止一例两例了。"

乔晓芸震惊地睁大了眼，问："他这么可怕吗？"

那个学姐温柔地笑了笑。

"所以啊，我只能帮你到这儿了，有机会再见吧。"

对方单手抱着书本，另一只手冲乔晓芸轻轻挥了一下，说完便转身离开了。

乔晓芸在原地僵硬地站了好几秒，终于慢慢回过神。她咬了咬牙，僵着身体往教室的前门走去。

此时还没上课。

教室里吵闹得很。一般来说，任何专业的大一课堂上，学生的出席率都是最高的，可以理解为刚从高中升上来的学生还比较乖巧，或者维系了从中学带上来的身为优秀学生的自觉性。这一点上，多数学生在之后会逐渐消磨掉。

然而此时这个教室里的出席率，已经绝对不是"高"能形容的了。

因为已经是"超高"了。

大于百分之百的出席率，使得学校按照上课人数分配的教室无法满足，甚至还有不少来得晚的学生尴尬地站在教室后面，或者三块课桌区域之间的过道上。

显然，教室里有很大一部分的学生根本不是来上课的，甚至根本不是商学院的。

她们的目的实在过于明显，视线都不加遮拦，故而也就帮踏进教室的乔晓芸在第一时间里发现了霍峻的位置。

教室里有一半的女生是看着那个方向的。

乔晓芸看清人，咬了咬牙，走过去。

霍峻就坐在教室最左边区域中间某排的边上，几乎是乔晓芸离着这边还有六七米的距离时，坐在霍峻身旁的男生就笑了一声。

"霍哥，又一个送上门的爱慕者。"

霍峻没抬头，眉先皱了起来。

他掀起眼皮往前一扫。

被目光波及的乔晓芸蓦地一僵。

她现在总算相信，之前在教室门外那个学姐说好几个想告白的女生还没说话就被吓哭了的情况是可能的了。

这……这人也太凶了点吧。要不是为了秦可，乔晓芸这会儿大概已经忍不住腿软，转头往外跑了。

一想到秦可，又想到对方跟自己浅显提过几句那对不尽人事的养父母，乔晓芸攥了攥手，重新走了过去。

这周围的人显然是注意到了这个和教室里的多数学生格格不入的小女生，

教室里已经有些安静了。

乔晓芸紧张得脸色发白，终于在霍峻那排的桌前停住。

"霍……霍学长……"

霍峻冷着眉眼看她。

漆黑的眼里掠过一点迟疑，有那么一瞬间，他觉得对方似乎有点眼熟，但脑海里又实在没什么印象。

托着这点眼熟感觉的福，乔晓芸都不知道自己因此在霍峻这儿得到了说完第一句话的机会。

"我是隔壁……隔壁附中的……"乔晓芸声如蚊蚋。

而霍峻眼神却蓦地一顿。

这句话瞬间让他联想到秦可，也第一时间把记忆里那点熟悉感拨了回来，篮球馆内，秦可身边坐着的似乎就是这个女生。

霍峻脸色蓦地一变，想都没想便站起身，问："她怎么了？"

霍峻这个反应，让教室里离得最远的学生都惊讶地望了过来。

开学这么久了，其他人见过霍峻各式各样的冷漠和面无表情的模样，但这还是他们第一次见男生有这样焦急的反应。

偌大的阶梯教室瞬间彻底安静下来。

乔晓芸更是被霍峻吓得本能地往后一退，然后才压着声音微微颤抖地开口："可可，她……她养父母来找她了……情况……情况好像不太对……"

乔晓芸话音刚落，霍峻已经头也不回地往教室门外走了。

乔晓芸连忙追上去。

而霍峻座位旁的室友刚回过神，下意识地张口就喊："霍哥，还有两分钟就上课了，你……"

话没说完，走到门口的霍峻非常不巧地迎面遇见了抱着书本进来的教授，两人一打照面，教室里其他学生的表情都有些微妙。

在所有人都以为霍峻会就此退回的情况下，男生只是略一颔首，快速地走了出去："急事请假，谢谢老师。"

话说完，人已经出门了。

这可真够嚣张的。

老教授回过神，转回头扫了一眼全班，似乎也不生气，笑呵呵地问："你们不会也都有急事，要请假吧？"

抱有旁的目的而来、此时刚准备偷偷溜走的学生们顿时一滞。

几秒后，大家尴尬地坐了回去，闷声摇头。

老教授笑呵呵地往台上走。

"一个换一堆，也值了。"

秦可领着秦汉毅和殷传芳到了A大附中对面的咖啡馆里。

S城熙熙攘攘，A大附中又身处市中心，不论工作日还是节假日，咖啡馆这类地方就没有人少的时候。

进来以后，三人找了张桌子落座。

秦汉毅和殷传芳还是第一次到这样的大都市来，心里难免有点拘谨，眼神也显得有些闪烁。

两人落座后，见到秦可很自然地走到柜台前点了三杯咖啡，殷传芳忍不住冷下脸色和秦汉毅说："我就说她手里肯定有她爸妈给她留的我们不知道的钱，你还不信，不然就凭她一个十七八岁的小姑娘，凭什么来这里上学，还能在这里生活？"

秦汉毅算是稍微见过点世面，闻言皱了皱眉。

"调动她这个学籍，就算有钱也做不到，你以为什么人都能随随便便转到这儿来上学？"

"哼。"殷传芳表情难看地看了女孩儿的背影一眼，"不管怎么说，她肯定藏着东西呢，要么就是她爸妈死前认识的朋友之类的。"

"她爸妈要真提前给她打算好了这一切，或者有什么朋友照顾，她家的财产怎么可能落到我们这远房的手里？"

殷传芳噎了一下，没好气地开口道："那你说她是怎么回事！她一个孤儿，咱家嫣嫣都没这么好的待遇，她凭什么能来这样的大城市生活？"

秦汉毅神色也有点阴沉。

过了几秒，见秦可端着托盘转身过来，秦汉毅压低了声音："你收敛点吧，今天不管用什么手段，是骗是哄，就算是逼也得逼回去。要不然到时候负责审查她父母遗产归属的公证律师到了咱家看不见人，那她家的东西可就跟咱一分钱关系都没了！"

殷传芳咬了咬牙，最后还是不甘心地点头。

此时，秦可已经端着三杯咖啡回到了桌旁。

迎上秦汉毅和殷传芳复杂的打量视线，秦可不动声色地将两杯咖啡放到他们面前。然后她坐到两人对面，往咖啡里倒了三分之一的糖包，慢条斯理地搅拌过了，才抬眼看向两人。

刚被溅出来的咖啡烫了一下的殷传芳对比了自己的狼狈和秦可的从容，不由得挤出一个皮笑肉不笑的笑容。

"小可，看来你在这里生活得很好啊。"

秦可装作听不懂对方的话，很淡定地点了点头。

"是比在秦家要好一些。"

这句话一出，秦汉毅和殷传芳的脸色就都变了。

殷传露了凶色想要抢白几句，却被秦汉毅在桌下拉住了手。秦汉毅扭过头看了她一眼，眼神提醒了妻子不要忘了两人来的真正目的。

然后秦汉毅才缓下神色，转回来看向秦可。

"小可，我知道你既然会选择离开，就一定是对我和你妈产生了一些误会，我们……"

"秦叔叔。"

秦可突然开口打断了秦汉毅，这称呼让桌对面的两人同时一愣，抬头看向秦可。

"你……你怎么这么叫我？"

秦可神色淡定，说："我本来就该这样称呼你们。反正你们从来没有拿我当女儿，也确实不是我的父母。"

"你这叫什么话？"殷传芳终于还是忍不住了，她不由得提高了嗓门，引得周围几桌的客人都十分反感地看向她，而她犹自不觉，眼神阴鸷地看着秦可，"我们辛辛苦苦照顾了你这么多年，你现在是长大了，翅膀硬了，仗着你爸妈给你留的东西想甩开我们了是吧？"

在殷传芳凶狠的表情下，桌对面的女孩儿从头到尾没有流露出半点退意或者惧色。

她只那样一动不动地望着殷传芳，像是个冷漠的看客在望一出可笑的戏剧。

在这样的注视下，殷传芳终于说不下去了。

她愤恨地咬了咬牙，问："你这样看我干什么，难道我说得不对吗？"

秦可终于有了反应。

桌对面的女孩儿侧着漂亮的瓜子脸，轻笑了一声。

"你们什么时候'辛辛苦苦'地照顾过我？"她说完这句话，不等两人反驳，冷笑着将脸转了回来，"你们分明是辛辛苦苦地瞒着我，花掉我爸妈留下来的遗产吧？"

对面两人脸色骤变。

从巨大的震惊里回过神，殷传芳的声音都嘶哑了，问："你……你怎么会知道遗产的事情？"

"是啊，我怎么会知道呢？"

女孩儿轻声笑起来，随着笑意，那双漂亮杏眼的眼角微微弯了下去，配上这张脸蛋，看起来越发显得乖巧单纯，此时的秦汉毅和殷传芳夫妻俩却只觉得惊恐。

"在你们眼里，我不就是棵利用价值有时限的摇钱树吗？像傻子一样的被你们骗着，一骗就骗了这么多年，看你们打着照顾我的旗号，花着我父母的遗产，给秦嫣用最好最贵的东西，给我的永远都是最敷衍甚至是秦嫣扔掉不要的东西。"

在两人被戳破而完全铁青的脸色前，秦可仍是那无害的笑。只唯独那双眼眸里，温度降至冰点，凉意再也没有散去。

"你们没有一刻真正把我当作女儿吧？不然不会在不闻不问了这么久以后，卡着我快要成年前，跑来找我。怎么，怕我不在，你们没办法侵吞我爸妈留给我的在我成年之后的那部分遗产？"

秦汉毅和殷传芳的脸色十分难看。

他们难以置信地对视了一眼，看到对方眼底巨大的惊恐和疑惑。遗产的具体事情，他们连秦嫣都没有告诉，秦可到底是从什么地方得知的。

还是秦汉毅最先强迫自己镇定下来，他挤出一个笑容，看向秦可。

"小可，你一定是听到什么人不怀好意地挑拨离间了吧？我和你殷阿姨从来没有想私吞你父母的遗产啊，我们一直都是准备在你成年后再交给你。"

"我前几年表现得是有多蠢，才会让你们这么肆无忌惮，到现在都拿我当个傻子哄骗？"

秦可毫不犹豫地打断了秦汉毅的话。

见对方被自己拆穿还用这么不知廉耻的说法来哄骗自己，她实在被恶心得忍无可忍。

"你们死心吧，我不可能跟你们回去，更不可能把我父母留给我的东西拱手相让。"

"秦可，你真是……"殷传芳急了，拍桌站了起来。

秦可冷眼扫向她。

"别想用那副父母的姿态来训斥我，你不配。如果不想在我成年后找律师公证，让你们把这些年'吃'掉的那部分遗产一分不差地给我吐出来……"

在殷传芳瞬间变得惨白的脸色前，秦可冷然地笑了。

"那就别再主动出现在我面前。"

殷传芳气极了。

她伸手拎起桌子对面女孩儿的衣领，抬手就要抽下去。

秦可眼神一冷，刚要动作，就听见身后响起一个阴沉、沙哑的声音。

"你敢碰她一下？"

突然插入三人之间的声音十分冷冽，让殷传芳已经抬到半空中的手不由得停顿在那里。

她下意识地抬起头，看向秦可身后的方向。

开口的是个看起来十八九岁的少年，穿着普通的白衬衫与长裤，一张白皙俊美的面庞此时绷着凌厉的弧度。他垂在身侧的手不知何时攥紧成拳，淡青色的血管在白皙修长的指背上隐隐凸起。

那双漆黑的眸子里更是满浸着风雨欲来的阴沉戾气。

"你是……"

没等殷传芳问出对方的身份，少年已经走到桌旁。

他蓦然出手，一把捏住了殷传芳拎着秦可衣领的手腕。手背上青筋一起，五指用力收紧。

就听殷传芳"啊"的一声惊叫出来。

手腕上传来的力量让殷传芳感觉对方几乎要把她的手直接捏废掉！

少年突然而来的压迫感和恐惧感，再加上手腕处钻心的痛苦，让殷传芳几乎想都没想就歇斯底里地叫起来。

"你放开我！你要干什么？我……我要报警了！"

殷传芳显然是被面前这个眼神、表情都有些骇人的少年给吓坏了，以致在这样的场合就大声地叫唤起来。

引得原本就注意到他们这边动静的其他桌客人更是忍不住往这里看，不乏有人用十分反感的目光看着这个从一开始出现，就一直在大呼小叫得像个泼妇一样的中年女人。

"霍……"

秦可压低了声音，刚想喊出对方的名字，但顾念着此时是在S城，谁知道会不会刚巧碰上知晓霍家情况的人？

于是秦可最终还是没有把霍峻的名字全念出来。但劝他收敛的意思已经表明了。

霍峻冷哼了声。

最后他还是一甩手，将殷传芳的手腕直接甩到一旁去了。

殷传芳揾着手腕退跌到座位上，又气又恨又害怕，但她已经不敢和那个就站在桌旁的少年对视了，她扭过头看向身旁："你就看着他这么欺负我？"

被指责的秦汉毅却是此刻才回过神。

方才的一切实在发生得太快了，他还在想这个突然插进来的少年和秦可是什么关系的时候，对方却已经给了殷传芳一个不留余地的下马威。

秦汉毅反应过来，脸色一沉。

他站起身："你是谁？这是我们家的私事，不需要外人插手。"

"你们家？你跟谁一家？"

霍峻一听这话，眼里的温度更是瞬间掉到了冰点。

他抬眸，视线横扫过去，锐利得像刚开了刃的刀锋一样，刮得秦汉毅脸上生疼。

秦汉毅还从来没被一个晚辈这样对待过。

而更令秦汉毅难堪的是，即便是站起来后，他也比面前这少年矮了半个头，而少年捏紧的手臂上绷起的肌肉线条，更让秦汉毅对自己在武力值没半点信心。

秦汉毅眼神急转之后，欺软怕硬地把目光转投向桌对面的秦可。

"秦可，这是你的朋友？你就这样看着你的朋友对你的父……"秦汉毅到底还是没厚着脸皮在这种时候说出"父母"这两个字，他顿了一下才改口，"你就看他这样对你的长辈说话和动手？"

秦可冷笑。

到了这种时候，这夫妻俩竟然还觉着她是会被他们拿捏住的那个软弱的秦可吗？

秦可没有急着开口。

她从自己那边的座位上起身，绕过桌子和桌旁站着的霍峻，一直走到秦汉毅面前才停下来。

看着这个在自己记忆里一点点长大、本以为自己应该再熟悉不过的女孩儿这样眉眼冷淡地走到自己面前，秦汉毅竟然只觉得那眼神让他陌生又心虚。

在秦可停到他面前之前，他竟然下意识地往后退了一步。

而站在他面前的女孩儿已经开口："他是我的朋友，但你们不是我的长辈，你们不配。"

"你！"

"而且，刚刚最先想要动手的……"秦可目光一扫，落到殷传芳的脸上，冷笑了一下，"不是你们吗？怎么，只有你们能肆意妄为，反过来就是我们欺压了？叔叔阿姨，你们这副无耻的嘴脸，还真是跟过去的十几年一模一样，完全没有任何变化啊。"

秦汉毅闻言大怒，脸上一阵红一阵白。

"秦可！你注意自己说话的言辞！"

秦可毫不犹豫地反击。

"你们都不在乎自己这些年做过的事情了，我为什么要在意这个？几句话而已，按照两位这些年侵吞我父母留下来的遗产的嘴脸，这几句话难道还能让你们觉得不好意思并颜面受损了？我看叔叔你是太低估了自己脸皮的厚度了！"

除了一年前两边彻底闹开矛盾和秦可离家之前那场争吵以外，秦汉毅和殷传芳什么时候见过秦可这样言辞犀利的模样？

两人都被秦可骂得呆在原地，好几秒后才气急败坏地回过神。

殷传芳捂着手腕跳起来想要反驳，却被秦汉毅一把拉住了。他脸色阴晦地用眼神提醒殷传芳——咖啡厅里已经有越来越多的人开始注意他们了。

就算这里是S城不是他们生活的地方，但是如果事情真闹大了，那他们很清楚到底谁才是经不得推敲更不占理的那一方。

"有这个人在，我们想要强行带秦可回去是不可能了……"秦汉毅把声音压到最低，提醒殷传芳，"我们先回去吧……回去从长计议。"

殷传芳气得不行，从牙缝里挤出字音："就这么放过她？"

"不然呢。"被两个晚辈当着这么多人面压得抬不起头，秦汉毅自然也十分上火，此时见妻子还不肯听自己的，他更是恼怒，狠狠地瞪了对方一眼。

殷传芳再不甘心，此时也只能放弃。

两人刚准备出座位离开，就听见秦可突然开口。

"你们还记得我说的吧？"

殷传芳和秦汉毅身子一顿。秦汉毅神色不善地眯起眼，扭过头看向她，问："你说什么了？"

秦可眼神淡淡的。

"我刚刚说过，现在说最后一遍——从今天起，永远不要再主动出现在我面前。我父母留给我成年后的那部分遗产，你们更不要妄图惦记，不然……"

秦可蓦地轻轻笑了声，眉眼却冰冷。

"这些年，你秦汉毅、殷传芳，还有你们的女儿秦嫣，你们的吃穿用度、衣食住行……里面有多少是从我爸妈的遗产里拿出来的，你们自己还记得吗？"

殷传芳："你……你少胡说八道！血口喷人！"

"是不是我血口喷人，遗产公证律师会清楚。"

秦可不为所动，冷然地笑了。

"记住我说过的话。只要你们再主动出现在我面前一次，那无论你们秦家过去占了多少，我都会让你全部还回来，不信你试试。"

殷传芳几乎气疯了，甚至都忘了秦可身后站着的少年。她张牙舞爪地就要往前冲，却突然被秦汉毅一把拉了回去。

"别给我丢人！"

秦汉毅低喝一声，随即转头，看向秦可，狰狞又轻蔑地笑了一下。

"就凭你？你自己都还没成年，抚养权还在我们这儿，这你都忘了？我跟你阿姨不跟你一个小孩儿计较，你是不是就真把自己当回事了，你信不信我立刻就能利用抚养权……"

"你能怎么样？"一个冷漠的声音打断了秦汉毅的话。

秦汉毅有所顾忌地抬头，看向秦可身后，他方才之所以一直忍耐到极限，就是因为有所顾忌。

自然不是对秦可，秦可父母给她留了什么，他知根知底，这个还不到十八岁、连抚养权都攥在他们夫妻手里的女孩儿，在他眼里根本构不成威胁。

至少现在构不成。

但对于站在女孩儿身后的少年，这个从一出现就压住了他们气场的陌生人，他却有一种出于直觉的顾忌。

秦汉毅隐隐觉得秦可能来到S城，能在这样繁华的大都市里安安稳稳地上学、生活……里面必然有旁人的一份助力。

而此时看来，那个旁人很可能就是这个在第一时间赶过来的少年。

所以秦汉毅不得不顾忌。

"你们当这里是Q城，是你们能随便撒野的地方？"

在被女孩儿阻止后就沉默下去的少年，此时终于再一次站了出来，霍峻垂眼看着秦汉毅，眼神冰冷。

薄薄的唇角轻轻弯了一下，这一笑带着点睥睨的意味。

"她厌恶你们而不想跟你们计较的时候，你们就该知情知趣地滚远一点。非要留在这儿恶心她？"

在这对夫妻难看的脸色面前，霍峻冷冷地轻轻嗤笑了一声。

他甚至懒得再看两人一眼。

二楼楼梯口上来了三个穿着一丝不苟的西装的男人。

三人目光快速地扫过二楼区域，第一时间将目光汇聚到霍峻身上。然后三人小跑过来，到霍峻身前一两米处停住。

"重楼少爷。"

"资料拿到了？"霍峻问。

"是，路上我们已经研究过了。"

"嗯，就是他们。"霍峻的视线再一次掠到那脸色渐变的夫妻两人身上，嘴角一弯，笑意冷沉，"既然看过了资料，你们也清楚情况了，该怎么做是你们的专业，不需要我插手吧？"

"请您放心。"

霍峻放得下心，秦汉毅和殷传芳夫妻俩的心却几乎要从嗓子眼里跳出来了。他们突然怀疑今天自己来错了地方。这S城里对他们来说很可能是龙潭虎穴，有什么事情他们一无所知……

秦汉毅脸色惨白，但仍强作镇定。

"你们这是什么意思？怎么，要对我们用强制的了？这可是法治社会，就算你们有权有势，也别想……"

"别想那么多。"霍峻冷笑。

他轻轻眯起眼，目光危险地盯着秦汉毅，说："资料呢，只是我关心秦可，所以顺手查了查你们这些年都干过什么狼心狗肺的事情。至于他们……"

霍峻扫了一眼旁边一丝不苟地站着的三人，转回来，淡淡一笑。

"这几位是我父亲总公司法务部的法务，他们会好好跟你们谈谈，关于你们说的抚养权，还有你们不承认的那部分财产侵吞的问题。"

"你……你们不能这样，谁要和你们谈了！"

终于，连秦汉毅都维持不住镇静，他挣开了霍峻轻轻拍在他肩上的手，扭过头想往楼梯口跑，却被霍峻不徐不疾的声音拉住了。

"你不想在这儿谈？没关系，他们会送你们去派出所或者法院谈。"

说完，霍峻再也没看已经僵滞在原地的两人一眼，拉住秦可的手，转身离开。

一直到离了咖啡馆很久，秦可才终于回过神来。

她心里有些惊讶，面上却不显，只转头看向身旁的少年。

"你从什么时候开始知道和调查我的事情的？"

霍峻并没有在第一时间回答这个问题。他转过头，先观察了一下女孩儿的神色。

并没有他想象中的恼然。

霍峻："Q城，你搬到学校外的学生公寓去住那时候，你觉得我能放心？"

秦可哑然，跟着又问："那……那些资料呢，你应该也准备了不是一天两天了吧？"

霍峻冷哼了声。

"虽然我知道你不想主动和他们计较，但是这种贪得无厌的小人，不可能把面前的利益放过去的有备无患而已。"

想了两秒，秦可点头，有些怅然，道："你说得对，他们不会放过的。"

从这话语里听出秦可的情绪不高，霍峻微皱起眉。他停住脚步，拉住了无意识地往前走的秦可。

秦可被他拉得一怔，不解地转回头，道："怎么了？"

霍峻松开了握着她的手，抬在半空的时候迟疑了一下，最终还是十分不习惯地、动作生疏地轻轻摸了摸女孩儿的头顶。

"我会替你解决，不让你心烦。"

秦可怔住了。

像是被施了一个定身术，女孩儿完完全全地怔在了原地。

这是第一次在她不经意流露出的脆弱面前，少年那样生涩而温柔地做出了安抚的行为，就如同一只凶猛的野兽抬起厚重血腥的爪子，却小心翼翼地收敛了锋利的爪尖，尽自己最大的努力轻轻抚摸面前小小的一只"猎物"。

秦可太熟悉霍峻或者说霍重楼了。

正因为这种熟悉感，所以她更清楚对于霍峻那因为过往坎坷而磨砺出来的偏执性格来说，他的字典里原本只有占有和争夺，主动做出"安抚"这种行为的难度有多高。

那个偏执、阴暗、没有一丝光能照进去的角落里。她的少年，向着她迈出了第一步……

头顶传来的温度和极轻的力度仿佛犹在，尽管它的主人已经有些不自在地收回了手。

少年偏开脸去，素来白皙凌厉清俊的面庞上第一次隐隐浮现一点红晕。

霍峻低咳了声，佯装什么都没发生，转身要走。

秦可倏然回神。这一刻连她这样淡定的心性都忍不住失笑。

"你是不是害羞了，霍峻？"

"没有。"声音冷冰冰的。

秦可更压不住笑意了，她步伐轻盈地追上去，走到少年身侧，歪了下头："可我看见你脸红了。"

少年凌厉的侧脸绷得更紧，望着前面空气的眼神都有点凶了。

秦可笑得更肆意了。

"原来你也会脸红。"

忍无可忍的少年终于蓦地停住了脚步。他转回头，凶巴巴地看了女孩儿好一会儿，最后还是懊丧地威胁："你再看，我就要亲你了。"

秦汉毅和殷传芳到底再也没能出现在秦可面前。

秦可不知霍峻是如何解决这件事的，霍峻也不想让她操心，所以只告诉了她最后的结果。秦可父母留下的遗产尽数归还，与之同来的还有一张公证过的、秦汉毅签了字的欠条。

欠条上罗列着这些年秦家耗用和侵占秦可父母遗产的数额细项，最后有秦汉毅的签字和指纹印章。

此刻霍峻的公寓里，秦可和霍峻正在商讨着。

"我不想跟他们计较了。"看到欠条时，秦可将那张纸叠起来，随手放到手边的书本里夹住。

她抬头看向半倚坐在桌旁的霍峻，说："我不是同情他们更不是可怜他们，只是不想和他们再有半点瓜葛。只要他们不再出现在我面前，我就不用再看见他们。"

"就这样放过他们，你不会觉得遗憾？"

秦可莞尔一笑。

"把最珍贵的时间浪费在这样的人身上，最后才会觉得遗憾呢，不是吗？"

霍峻沉吟片刻，随意地点了点头。

"如果你想这样做，那我听你的。"

秦可："其实……这也不是一种放过，只是更长久的折磨。"

"嗯？"

已经起身的霍峻顿了下身子，转头看向书桌后的女孩儿。

秦可抬眼，挥了挥手里夹着欠条的书，淡淡一笑。

"有些威胁，握在手里比拿出去更叫人绝望和担惊受怕。"

霍峻一怔，随即轻轻眯起眼。

"你说得对。"

只要这张欠条在秦可手里，就足够叫秦汉毅和殷传芳一辈子都活在担惊受怕和望风而逃的躲债生活里。

秦可垂眼，这才是他们应付的代价……

秦可刚回过神，就看见面前出现一张放大的俊脸。

她吓了一跳，本能地往椅子里一缩，随即才回过神，问："霍峻，你贴这么近干吗？"

霍峻神色淡定。

"我只是在想，你到底是什么时候，在我没看见的地方长出了这么多的心眼？"

秦可心虚地一顿，挪开眼神。

霍峻也不追问，他直起身，问："你是不是在这边也报了一个竞赛，成绩是不是也已经出了？"

"嗯。"秦可松了口气，缓下心绪，转回头应道。

霍峻："拿到保送名额了？"

秦可："问题不大。"

霍峻："那你想去哪个学校？"

秦可停顿了下，无奈地抬眼看向霍峻，说："你别试探我了。"

霍峻没说话。

而秦可仍那样看着他，说："你有给我准备除了A大以外的第二个选择吗？"

霍峻这次沉默了两秒，很诚实地开口了："没有。"

秦可没好气地睖他一眼，道："那你还问我干吗？"

霍峻："民主。"他指了指秦可，随即手指到自己身上，"集中。"

秦可顿了两秒，扑哧一声被他气笑了。

"你可真是够民主的啊，重楼少爷？"

明知道女孩儿是故意这样拿话笑他，霍峻还是忍不住轻轻睐起眼。

他原本就坐在桌边，此时就着姿势向前一俯身，很轻易地便俯到了女孩儿眼前，顺便将手往椅子两边一搭，把女孩儿困在了椅子和他的身体中间。

秦可眼神顿时一凛，肩膀本能地绷紧了，但表面上仍旧神情淡定，眼皮抬了下。

"别贴那么近。"

"近吗？"

面前的少年懒散地低笑了声，反而将身体挨得更近了。

秦可忍了两秒，只能服软，道："我错了。之后不那样喊了。"

"不，继续那样喊。"霍峻嘴角轻轻扯了下，"你再喊一次，我就放过你。"

秦可试探着看向他，道："真的？"

"嗯，真的。"

被少年那认认真真的模样一盯，又在这样近的距离下，秦可觉得自己脸上烫得能煎蛋了。她偏过脸，心里暗恼自己方才这一逞口舌之快的玩笑话，把自己逼到这么个进退两难的地步。

然而偏偏也没了别的办法。

秦可暗自叹气，面上只能躲着那人的目光，声如蚊蚋地重复了一遍方才开玩笑的称呼。

"重楼少……"

哪想刚出口，就突然被面前的少年深深地压进了椅子里抱住。

秦可气恼这人不守诺言，气得拿手推他，却被不知道被戳了哪根神经就突然发了疯的霍峻单手钳制住双手手腕，压在椅子的扶手上。

然后霍峻俯身紧紧抱住她。

直到不知过了多久，霍峻才慢慢退开一点距离，声音沙哑得厉害："不去A大，你还想去哪儿？"

闹了半天，症结还是在这里。

秦可被他气得不想说话，然而看着眼前少年大有"你如果敢不说我就再来一遍"的威胁样子，秦可只能按捺着性子开口"哄"人。

"我没有要去别的学校，志愿单已经交了，我本来填的就是A大。"

"真的？"

少年眼神里紧绷的情绪松了一下，似乎有点意外。

"嗯。"秦可点头，"不出意外的话，我们下学期开始就可以提前一年做校友了。"

见少年仍是失神地沉默着，秦可莞尔："那霍峻学长，下学期开始，就请多指教了？"

　　霍峻在女孩儿的调笑里终于回神。

　　他轻轻眯起眼，伸手钩起女孩儿的下颌，抬眼问："行啊。不过……"

　　"你想怎么被'指教'？"

　　女孩儿脸颊蓦地涨红，恼羞成怒地抬腿踹了面前的少年。

　　"你快走吧，明天我们都有课。"

　　"可以晚点走，我最近身体不好，需要在家里调养，所以这两个月请假，只在期末考试的时候才去。"

　　好吧，他任性，他说了算。

第十章

余生有你更快乐。

几周后，秦可收到了A大的邮件通知。

"保送生班？"霍峻从电脑椅后趴下来，成了习惯一样地伸出手臂，从后面环抱住女孩儿，连电脑椅一起，反正抱得下，他完全不介意。

秦可已经懒得再做挣扎了。她任霍峻亲昵地蹭在颈窝旁，将邮件的内容重新浏览了一遍。

然后秦可笑了一下。

"看来我不能在家里陪你虚度时光了。按照这上面的通知，我最晚后天就该去A大报到。"

霍峻皱着眉。

"既然都保送了，直接等大一开学不好吗？他们为什么要搞特殊化？"

满满的不加掩饰的私心和怨念。

秦可指了指邮件中间的正文部分，道："这里不是说了吗？'为了让保送生拓展高中部分的知识点，以便尽快过渡和适应到大学阶段的学习生活里'。"

"两个月的保送生班，比其他高三生剩下的在校时间都长了。而且之后大一开学，你们还是要分到普通班级？"

"应该是吧。"秦可不确定地点头。

"能不去吗？"

"当然不能。"

霍峻转移火力点，直接找碴到根儿上了："我之前怎么没听说A大还有保送生班？"

秦可："可能因为你在高三之前从来就没稳定过成绩，再加上你那些'英勇光辉'的事迹，保送这件事跟你完全无关？"

听出女孩儿的嘲笑之意，霍峻也不恼。他只是又向前探了探身，侧过脸飞快地在女孩儿的唇角亲了亲。

偷袭完之后，他还是有点不甘心。

"那我和你一起去。"

秦可伸手点了点屏幕上的"保送生班"四个字，笑着说："霍学长，请自重。"

霍峻："我跟你一起回学校总可以吧？"

秦可故作讶异："前几天不是你说自己身体不好，需要在家里调养，所以这两个月请假，只在期末考试的时候才去？"

霍峻脸不红气不喘，道："不是我说的。"说完，他又泄愤似的亲了一口面前这个越来越擅长揭他短的女孩儿。

见霍峻还想欺身上前，秦可笑着往后躲开，没再让他得逞。

两天后，周日。

一早起来，秦可就做好了出发去A大报到的准备。只不过在离开之前，她还得解决一个小小的问题。

"不会有人看到的。"霍峻站在用人打开的车门前，低垂着眼看着秦可。

秦可摇头，道："会的。你现在可是A大的风云人物，只要是在A大附近，你都太扎眼了。"

霍峻不说话，只盯着她。

秦可挪开视线，清了清嗓子，心虚地说："这个对我没用，别尝试了。我不想还没正式入学就被学校女生记仇，所以你不需要白费力气，我不会改主意的。"

几分钟后。

秦可绷着精致的脸蛋面无表情地坐在开往A大的轿车里，旁边坐着她最后还是没能扛住而放进车里来的霍峻。

霍家老宅离A大并不近，再加上堵车的原因，单程也要耗时将近两个小时。

车行途中，霍峻不知道被窗外什么景象启发到了，突然抬头对司机说："在附近找一家商厦或者百货卖场，我需要买点东西。"

秦可不解地转回脸看向霍峻，道："有什么东西需要现在买？"

"很重要的东西。"霍峻这样说，却没透露到底要买什么。

司机自然按照霍峻的意思，跟着导航先拐到了附近的商厦旁。正是周末，S城市中心每一座商厦几乎都是熙熙攘攘的。

霍峻打开车门后却没离开，扶着门边垂眼看着女孩儿。

秦可一怔，问："我也要去？"

"嗯。"霍峻终于肯透露了，"我要送你一件开学礼物。"

秦可几乎本能地就想拒绝，只是对上霍峻那认真的眉眼和神色，最后还是没忍心。

她只能跟着霍峻一起下车。

司机原本是要陪同的，却被霍峻一句话留在了车上。

"你是要买什么礼物？"秦可被霍峻这神秘兮兮的做派弄得委实不解，进到商厦后，索性问了出来。

霍峻牵着她的手没放开过，闻言回眸，薄薄的唇轻轻勾了下。

漆黑的眸子里情绪熠熠。

"你会知道的。"

秦可心想：总有一种不祥的预感是怎么回事……

秦可甚至还没来得及对霍峻的意图和她那不祥的预感进行预测，就已经被霍峻带到了一家全球珠宝连锁的专柜前。

秦可一怔，下意识地转头看向霍峻，道："你……"

站在门旁的导购小姐一看到霍峻的长相，便眼前一亮，虽然很快就顺着两人牵在一起的手而注意到了秦可，但热情丝毫没有消减。

她步伐盈盈地走上前。

"您好，两位需要点什么？"

"对戒。"

导购小姐眼睛一亮，她在两人进门前就已经不动声色地扫过他们的鞋包和服饰。

几乎每件都是各个大品牌专柜的应季新品。

对这一对看起来还十分年轻的客人的消费能力在心底有了一个差不多的评估后，导购小姐面上的笑容几乎灿烂成花了。

"好的，两位请跟我来。"

导购小姐走进那一片玻璃柜台内，专柜里的灯光让这里的每一片玻璃都格外地晃眼，更别说柜台内那些琳琅满目的珠宝饰品了。

导购小姐心里迟疑了一下，但还是直接问出口："两位需要什么样的对戒呢？"

霍峻对这个自然不会有研究。

"有什么区别？"

"嗯……稍微隆重一些的，比如订婚或者结婚这类正式场合需要佩戴的，我们建议是钻石对戒。"

说着，导购小姐暗示性地看向比少年落后一步的女孩儿，她本以为自己会在对方的脸上看出一点至少压抑着的喜悦，然而让这位导购意外的是，一听到她的话，女孩儿就轻轻皱起眉。

尽管秦可没有说什么，但显然对导购这个建议不是很赞同。

导购小姐的视线还没落回去，她就听见女孩儿贴到男生身旁，把声音压到最轻。

"我没满十八周岁，距离法定结婚年龄还有两年，这你还记得吗？"

导购小姐蒙了一下。

霍峻气势使然，外人一看便知是个成年男人了。

霍峻有点头疼。

他深切地怀疑秦可是故意为之，那导购小姐的眼神已经从最初的和善转为好像看情况不对就准备报警了似的戒备。

为了心里大计，霍峻只能让步。

"普通的情侣对戒就好。"

导购小姐眼神一松，把两人领到了另一个展柜前。

"这部分是素圈对戒，很适合平常佩戴。两位应该还是学生吧？这部分对戒更适合你们这个年龄呢……"

导购小姐介绍的背景音下，霍峻的目光已经快速地扫到了其中一对上。

他伸手点了点玻璃柜台。

"这一对心形的，拿给我们试一下。"

导购小姐眼睛一亮。

"客人眼光真好，"恢复到高职业素养状态下，她的语气和眼神都重归殷勤，一边拉开展柜一边从戒托上取下那对戒指，"这是我们家今年的限量新款，每只戒指各是半颗心形的设计，寓意天生一对……"

导购小姐还想多美言几句，毕竟限量款就意味着是店内价格最靠上的，卖不卖得出去直接与她的奖金挂钩。只是还没等她再开口，少年就接过了两只对戒，将它们捏在一起。

盯了两秒，少年露出满意的笑容。

"嗯，很好。"

导购："嗯？"

年纪轻轻的，长得也帅，怎么感觉脑子不太好使？

秦可却懂霍峻心思。

那整个展柜里，大概只有这一对搁在一起第一眼就能让人看出是情侣戒，单独摘开其中一个就会总觉得缺了点什么似的。

也只有这样一来，霍峻想送她情侣对戒的意图才能被最大化地实现。

秦可十分无奈。

但她也不得不承认，这一对戒指确实是她走到柜台前时，第一眼便看中的。尽管本质目的不同，但她和霍峻的心思还是撞到了一起。

"这个作为开学礼物，你喜欢吗？"

霍峻收回视线，转头问秦可。

看得出霍峻眼底的期盼，秦可明知道他的心思，还是放任地点了点头。

"嗯，喜欢。"

霍峻哑声笑起来。

"秦秦。"

"嗯？"女孩儿茫然地转回头，回应他的呼唤声。

霍峻像是心有灵犀似的，正在那时倾身下去，在女孩儿唇上轻轻一吻。

"你知道吧？我只爱你。"

感受到专柜里其他客人和导购小姐惊滞的目光，秦可的脸颊上瞬间红了。

结完账，背着那一身目光，秦可拉着甩不开的霍峻从店里落荒而逃。

到了A大校外，秦可提前下车，并且从霍峻那儿得到了不许主动去找她的保证，她才去报到。

而霍峻闲来无事，问了下班里同学，得知今天上午刚好有专业课，便也直接过去上课了。

这段时间没了他"撑场"，专业课的课堂上明显冷清不少。

所以霍峻毫无征兆地到了教室的时候，除了那位通知他的同学早有消息，其余人都大吃一惊。

校内贴吧更是迅速地开了帖子。

霍峻对这些毫不在乎。

他趁着课间去了班里男生给他预留的位子上坐下，便坦然地拿出手机给他家女孩儿发"骚扰短信"。

只是他刚敲了几个字，旁边的同学就好奇地凑过来。

"霍哥，你不是请假了吗？怎么突然来了？"

霍峻发出去一条短信，等了半天没等到回应，眼神阴郁地盯了手机一眼，才开口漫不经心地回："想来就来了。"

"那可太好了，你这么久没来，咱院里不知道碎了多少颗少女心啊。"

前面也有人转回头说起了玩笑话。

从那人角度刚好能见着霍峻托在手机后的修长手指。

那男生目光一顿，笑了。

"霍哥，怎么回来还戴上戒指了？去寺庙求的转运戒指啊？"

霍峻闻言动作一顿，眉尾微挑，似乎终于来了点兴趣。

他把没收到回信的手机放下，修长白皙的左手一抬。

"好看吗？"

同学心想：笑得好可怕，这话不敢接。

最先开口发问的那个也被这一笑晃了眼，几乎已经感受到教室里女生们投来的敌意目光了。

他硬着头皮笑，问："这戴左手无名指好像不大对啊，霍哥，你这是什么寓意？"

霍峻想了想，认真地道："守贞。"

霍重楼的左手无名指上戴了个戒指的消息，没用上一节大课的时间就在A大校园里不胫而走。

只不过多数学生对这个消息还是一笑了之的态度。

左手无名指戴戒指那是已婚的标识，但在大学校园里怎么可能？尤其他们都记得上次这位新校草隐约传了绯闻，还是跟一个疑似高中生的女孩儿，但绯闻折腾了有半年了，至今没人见过霍重楼再跟哪个女生亲近过。

和之前一样，几乎所有人都把这件事当作捕风捉影的假消息。

至于戒指，他们权当是新校草性格特立独行，爱戴哪根手指戴哪根，这谁管得着呢？

而另一边。

来A大报到的秦可是在政教处办理自己的入学手续的，在这种办公室内，她很难得地遇上了一位十分亲和的老师。

办完手续以后，老师很亲切地抬头问："秦可同学，你之后没有其他的安排吧？"

秦可没懂对方哪来的这一问，但还是诚实地点头："没有。"

"那就好，我找一位学长或者学姐带你参观一下校园吧。"老师说完，也没给秦可留思考和拒绝的时间，就直接拿起办公室的电话，不知道拨了哪条校内线，接到了校学生会的秘书部，"保送生班又来新生了，你们安排人下来引导一下。"

等秦可回过神时，这位老师已经挂断电话，面带微笑地看向她。

"你就在这里稍微等一会儿，校学生会的办公室就在这栋楼的地下二层，很快就有人来。"

秦可被对方的办事效率惊了一下。但她此时也别无选择，只能苦笑着点头。

"好的，谢谢老师。"

"不客气。"

这位老师说得没错，校学生会那边情愿不情愿不知道，但是上来人的速度是很快的。

距离电话挂断大约过去了三分钟，政教处的办公室门就被人敲响，一个瘦高的男生走进来，道："老师，我是来接引保送生班的新生的。"

"哦，好，"老师抬起头，伸手示意了一下秦可站着的方向，"她就是。"

那男生目光落过来，看清了站在墙角的女孩儿，便一愣，几秒后眼睛微微亮起来。

"学妹你好，我是负责带你参观学校的学长，吴凛涛。"

秦可点头，道："学长好。"

"你……"吴凛涛似乎想说什么，但最后还是没把那句话说出口，他挠了挠头，笑着转口说，"那你跟我走吧，我带你参观一下学校。"

"麻烦学长了。"

秦可点头，跟在男生的身后走出了政教处。

走了十几米后，秦可抬头道："学长。"

"嗯？"吴凛涛听见声音连忙转过来问，"学妹有什么事情要问吗？"

"不是，"秦可摇头，"只是想跟学长说一声，我之前就是A大附中的，A大这边也来参观过几次，对学校里布局其实并不陌生，所以不需要麻烦学长带我参观了。"

吴凛涛一愣，随即赶忙开口："可……可是有一些具体的地点，你肯定没有本校生清楚，我带你了解一下也好避免以后出问题……"

"没关系，我可以自己摸索。"

"嗯？"吴凛涛非常迟疑地挠了挠头，然后才突然想起了什么，"但是这个引领任务是我们学生会的职责，每年都要这样做的。万一老师知道我没完成任务，他可能会责怪我的。"

秦可噎了下，对方话都说到这个地步了，她再拒绝就显得太不识时务，没别的办法，秦可只能点头。

"那就麻烦学长了。"

吴凛涛笑着露出一口整齐的白牙，道："不麻烦不麻烦，这是我们学生会应该做的。"

随后的二十分钟里，秦可就只能跟着这位格外热情的学长在偌大的校园里"参观"。

只不过秦可很清楚对方这"热情"的来源，所以除了礼节性的回应以外，秦可没给对方留任何可以遐想的空间。

看着手表上显示的时间距离自己离开政教处已经有半个小时之久，秦可终于有些忍不住了。

"学长，我有点累了，今天的参观就到这里。"

"嗯？学妹累了？没事，这前面就是图书馆外的露天休息区，后面应该也没剩几个地点了，我们稍微休息一下，很快就能结束。"

秦可暗自咬了咬牙，在心里默念了三遍"他没有恶意所以没必要闹僵关系或者结仇"，这才勉强忍了下来。

两人到了露天休息区。

周末时间，不需要上课的闲散大学生还是很多的，所以此时休息区的人也不少。

秦可和吴凛涛刚坐下，秦可就听见后面有一个尖锐的女声响起来。

"我才不信呢。无名指上戴戒指那是结婚的意思，他今年有到法定结婚年龄吗？"

一听见"戒指"两个字，秦可心里突然非常心虚地咯噔了一下。

她不自觉地竖起了耳朵，认真听起那边的动静来。

"我也觉得不可能。"

"别说结婚了，他哪像有女朋友的样子啊？"

"不过你们记得吗？去年在学校篮球馆，霍校草确实跟一个女生在观众席上拥抱过，那可绝不是谣言，我亲眼看见的。当时离我就十个位子的距离。"

几米外，秦可背影蓦地一顿。

十个位子啊……那她现在只能寄希望于对方不要那么敏感了。

"秦可学妹？"

耳边的声音把秦可的意识拉了回来。

秦可回过神，看向吴凛涛，问："学长刚刚说什么？"

吴凛涛有点哭笑不得。

他现在也看出来他跟这学妹是丝毫的可能性都没有了，也不再抱幻想，只遵循本分地给她介绍基本情况。

只是他刚想把自己方才的话再重复一遍，后背就突然被人一拍。

"哟，吴部长怎么在这儿啊？"

来人是个十分大大咧咧的女生，似乎是和吴凛涛熟识的。

她说着话，目光一扫，落到秦可身上时不由得停了两秒，道："这是……女朋友？这么漂亮，难怪瞒我们瞒得这么紧呢。"

"不是不是！"吴凛涛一听，脸都红了，又怕秦可生气，连忙摆着手否认，"这是今年保送生班的新生，老师让我领着在学校里转一圈。"

"啊……原来是这样啊。"

那女生眼珠转了转，笑嘻嘻地问秦可："小学妹，你有男朋友吗？我们吴部长人超级好，你要不要考虑……"

"林倩，你别乱说话！"吴凛涛有点急了。

秦可却神色平静，闻言也淡定地开了口。

"谢谢学姐，不过我有男朋友了。"

这话一出，其他两人顿时愣了下。

吴凛涛表情有些讪讪，心想难怪小学妹那么排斥他，感情根本就是名花有主的。

而那个叫林倩的女生回过神，感慨道："也对，长得这么好看的小学妹，哪轮得到现在才谈恋爱的？"

她不知是想起了什么，咕哝了句。

"好看的人都有主了，可真让人不爽啊。"

秦可听出这话好像不只是指自己，正要去细看对方神色，突然就听见林倩惊喜地问："参观学校啊？那是不是还没去教室体验大学课堂呢？"

吴凛涛："这还要去吗？一般就从教室外面看一看就行了吧？不然实在太

耽误时间了。"

"那怎么行？这可是新生参观的必要流程！"林倩拍拍胸脯，"我带学妹去，吴部长，你回去忙吧！"

吴凛涛深深地看了她一眼，压低声音，问："你这算是假公济私吧？"

林倩装作听不懂，道："不用谢不用谢，我和这小学妹有缘分……我随便带她找个教室听节课就是了！"

说完，没给吴凛涛拒绝的机会，林倩就把秦可给"劫"走了。

林倩嘴上说是"随便找个教室听节课"，但出发之后，显然就是有目的地的，她带着秦可直奔休息区东边的那栋教学楼过去了。

一路上即便和秦可说话，她也是心不在焉的模样。

秦可不以为意。

她现在只等着熬过这节"参观课"，找个借口离开，想来这个看起来都心不在焉的学姐也不会阻拦。

这么一想，秦可顿时轻松了不少。

这种轻松的情绪持续了很久，直到跟在林倩身后上了教学楼四楼时，秦可的心情都一直很好。

林倩停在电梯间对面的一间教室外，踮着脚尖看了看门内。

明明是下课时间，这个教室里竟然十分安静，连站在位子外的学生都不见多少。在大学里，这种情况绝对算得上诡异了。

林倩观察几秒后，回过头神秘兮兮地对秦可笑："这节课是理学院的一位老师的线性代数课。这老师特别凶，偶尔抽查的时候按花名册点名，学生们连蹭课都不敢。"

"蹭课？"秦可一愣，"线性代数应该是基础课，为什么还要来蹭课？"

"嗯？你对大学课程很清楚啊，不过也难怪，毕竟保送生班的。"林倩笑了笑，"学姐跟你说实话吧，不是这节课的问题，是上这节课的学生的问题，但凡是他们商学院金融系的基础课，都能遇见学生爆满的情况。"

"商学院？"秦可心跳漏了一拍，"因为那个……霍重楼？"

"嗯？你知道他？"林倩惊讶地回头看向秦可，几秒后林倩回过神，摇头感慨，"这都美名远播到还没入校的新生都听说过他了？唉，情敌是越来越多了。"

秦可心想：不好意思，真情敌。

秦可心情正微妙的时候，一抬眼，却见林倩已经上去推教室的前门了。

秦可下意识地开口道："学姐，不是不能蹭课吗？"

林倩理直气壮，道："所以我这不是带你来了吗？你是保送生班的新生，每年带你们体验大学课堂是参观流程之一，就算是这个老师也不能拒绝的。"

秦可心想：她总算明白吴凛涛说林倩假公济私是怎么回事了。

两人进教室时离上课还有两三分钟，那位严厉的老师却已经站在讲台上了。

一听见教室门被推开，他就抬头看了过去。

盯了两秒，线代老师眉毛一皱，问："你们是哪个专业的？我对你们没印象，你们不是金融系的学生吧？"

说完，甚至还没等两人解释，他就冷下了声音。

"我的课堂不允许蹭课，你们想要上课，很简单，去教务处提交辅修申请，我给你们加到花名册，不过丑话说在前面，加进来之后就是正规上课，作业不按时交、考试没到，一律挂科处理。"

这位老师果然凶啊。

而林倩此时终于在这个话隙里得了空，笑着跟讲台上的老师解释。

"老师，您误会了。这位学妹是今年保送生班的，我是校学生会里负责带学妹参观和体验大学课堂的。之前在教务处问了，说您这节是大学基础课，教得也好，适合来体验一下，所以我才带学妹上来的。"

听了这个解释，老师眉头稍稍松开了。

只不过他显然知道林倩那番话只是奉承的漂亮说辞，真实目的多半还是路人皆知的那一个。

老师不冷不热地看了林倩一眼，随后才望向秦可，打量了几秒，他开口问："你是这一届保送生班的？"

"嗯。"秦可从一进教室就注意到了中间某排角落里趴着的霍峻，此时声音都没敢说得太大，生怕惊动了某人。

某人最近不太正常，什么事情都有可能做得出来。

在学校门口说好了不许他主动来找自己，秦可本来以为就算万事无忧了，哪想到自己会主动撞到"狼窝"里呢？

简直就差掰开大灰狼的嘴巴，把自己的兔子脑袋搁进去了。

只可惜这位老师显然不懂她此时的煎熬，又追问了一句。

"你叫什么名字？"

这是怕她是冒充的？

秦可沉默几秒，轻声开口了。

"秦可。"

教室中排的角落里，趴在桌上的"大灰狼"尖耳机警地一竖，嗖的一下从桌上直起身来。

这动作之迅疾，把他旁边交头接耳的两个男生吓了一跳。

"霍哥，你怎么了？做噩梦了啊？"

霍峻没说话，紧紧地盯着教室前门那个明显感觉到自己目光后便有点生无可恋的女孩儿。

几秒后，他嘴角一弯："没有，美梦。"

"啊？那梦见什么了？"

"梦见……"霍峻轻轻舔了下上颚，笑了笑，"兔子自己跳进碗里了。"

同学："嗯？"

而此时，讲台上。

听秦可说了自己的名字，老师的疑虑已经去了大半，最后额外问了一句："你是参加什么竞赛保送上来的？"

早已察觉身上那道如影随形的目光，秦可蔫了。

"数学竞赛。"

已经低下头去的老师一顿，惊讶地抬头看向女孩儿。这还真是他没想到的。

而他还要再追问什么的时候，教室里的上课铃声已经打响了。

老师自然不会耽误上课时间，只不过此时看向秦可的目光已经非常柔和了。

"数学竞赛的保送生，确实很厉害啊，那你们找个位子坐下来吧。"

顶着那束目光，秦可慢吞吞地挪到了第一排的空位上，坐了下来。

一节课在秦可的心不在焉里很快就过去了。

老师宣布下课，学生们这才敢发出点声音。坐在霍峻身旁的男生问："霍哥，今天中午你是去食堂还是回……你去哪儿啊，霍哥？"

教室里的女生们本来就多数在盯着霍峻，此时听见了那男生的声音，剩下一部分人的目光也落过来了。

而在众人的注视下，霍峻十分坦荡地走向了第一排。

教室里的桌子是长连排的那种，桌面窄，离地也不高。

霍峻一路过去丝毫不旁顾。班里的学生原本是想离开的，此时却都忍不住好奇地停住了脚，等着看之后的发展状况。

然后他们就看见，霍峻停在了第一排的出口，往那长窄一排的桌面上一坐。

霍峻似笑非笑地垂了眼，看着被自己堵在位子上的女孩儿。

这信手拈来的小痞子似的做派，把全班学生看蒙了。

连坐在秦可另一边已经起身的林倩都愣了好几秒才回神，道："霍同学，你这是……"

"劫色。"

霍峻从喉咙里发出一声沙哑的笑。

其他人："嗯？"

跟在后面追过来的那个男生回神后尤为愤慨，这人上上节课还说要守贞呢！

秦可一听这话也不慌了，配合地陪他"演"："学长，我有男朋友了，请你自重。"

霍峻挑了下眉："你男朋友有我帅吗？"

无论她说有，还是说没有，好像都在变着法子地夸他帅？

秦可看他一眼，敷衍道："差不多。"

"你骗人，他肯定没我帅。"

秦可心想：这还演上瘾了。

霍峻话锋一转："不过你男朋友应该比我有钱。"

秦可没接住这一茬的戏，茫然地看向霍峻。

霍峻垂下眼，最近一两个月越发被他用得得心应手的装可怜的眼神戏又飙上来了："我没钱。"

秦可心想：那就把你手上那尾数一串零的戒指摘了再说话。

霍峻又补了一句："我虽然没钱，但是我可以把自己送给你。"

其他人惊呆了。

秦可心想：你可要点脸吧。

"但是有一点，他一定比不过我。"霍峻突然说。

秦可怔了下，下意识地问了句，道："哪一点？"

霍峻垂眼看着她："他一定没有我这么爱你。"

男生这一刻的眼神竟然是无比认真的，认真得让秦可不由得愣住，道："为什么？"

霍峻莞尔一笑。

"因为我是现在的我，他是过去的他。现在的我一定比过去的他更爱你。就算现在和过去之间只差了一秒，我也有这个自信。"

秦可彻底怔在了原地。

这番话里的意思只有他们两个人知道。

其他学生自然听不懂。

他们眼里所看到的，就是系里那位入学一年都以冷漠和难以接近著称的新校草，回来上课的第一天，就突然对一位来参观和体验大学课堂的保送班新生一见钟情，看架势像被人把魂儿都给勾了去了。

而且人家小学妹还有男朋友。

得不到他的女生们在心里愤愤地骂他。

而愣在旁边的那个和霍峻认识的男生这才反应过来，连忙上前给秦可道歉。

"不好意思啊，这位学妹，这个霍学长估计没吃药或者药吃多了，他跟你闹着玩的，你别当真。"

"不行，要当真，因为我很认真的。"霍峻在旁边适时地拆台。

努力给他找台阶下的男生差点当场气到昏厥。他转回头去磨了磨牙，压低声音，只是在这个安静的教室里却没什么效果："霍哥，你认真什么？你没听见人家说有男朋友了吗？你要认真当插足者？"

霍峻想了想："备胎也行。"

同学气极了。

秦可看这人还好心好意上来帮霍峻向她道歉，到底没忍心再陪霍峻演戏。

她瞥了霍峻一眼。

"别闹了。"

女孩儿语气轻和，是最自然的亲近态度。

这亲密无间的态度顿时让准备嗑瓜子了的围观学生们集体一愣。他们互相对视几眼，一脸茫然，这场戏的走向有点不太对啊……

而站在霍峻身旁的男同学终于慢半拍地反应过来。

他看看秦可又看看霍峻，眼神茫然。

"你们认识？"

霍峻仍有玩心，但秦可都开口了，他就没再做戏，只指了指自己。

"正主兼备胎。"

"什么正……"男同学话音一顿，睁大了眼看向霍峻，声音瞬间拔高了一个八度，"她是你女朋友？"

霍峻哑然失笑。

他没有直接回答，而是伸手钩起了女孩儿的指尖，道："现在都藏不住了，可以戴了吧？"

秦可十分无奈。

霍峻得逞，他解开两颗衬衫扣子，从修长的颈上摘下一条细链，上面串着的另一只戒指被他取了下来。

然后霍峻垂眼看着女孩儿纤细漂亮的手指，想都没想就把那只和自己手上成双成对的戒指给她戴到了无名指上。

秦可莞尔，道："那是结婚的时候戴的。"

"所以才要戴这里。"霍峻说，"这样还有谁敢伸手？"

"可你不是刚刚还要帮我找备胎吗？"

霍峻理直气壮："正主是我，备胎也只能是我。"

说完，他给女孩儿调好戒指的位置："好看。"无法藏住的笑从那双漆黑的眸子里溢出来。

霍峻牵起女孩儿的手，走出座位。

"走吧，去食堂。"

"你不是不喜欢食堂，将近一年都没去过？"

"今天不一样。"

"嗯？"

"我得让他们知道，这只秦秦是我家的，谁都不能抢。"

"这只？"

"汪。"

几秒后，女孩儿忍俊不禁，道："你这是犯规啊，霍峻。"

大学的第一个假期里，很快迎来了霍峻的生日。

霍晟峰有意为独子大办生日宴，却被霍峻一句"折寿"给顶了回去，提前送来作为生日礼物的跑车，也被霍峻看都不看一眼地扔进了车库里等着落灰。

生日的前一天晚上，霍峻已经戴着一只好看的腕表坐在秦可旁边，开始倒数计时。

"还有三个小时。"

"嗯？"

"距离我的生日。"

秦可笑了起来，她放下了手里在温习的大学基础课课本，从书桌前转回身，目光落到房间的小沙发上。

"我白天挑了一上午的礼物，但是最后还是没有确定下来，你有什么想要的吗？"

霍峻眼神一动，某种光在漆黑的眸子里亮起来。

"可以自己指定吗？"

秦可原本想说"可以"，却被霍峻那有点危险的眼神压了回去。她思忖两秒，微微一笑，道："你先说。"

霍峻神色间露出点遗憾。

"其实我更倾向于你在手腕上绑一条丝带，然后把你自己送给我。"

秦可伸手去摸椅子里的靠枕，同时轻轻眯起眼威胁："我给你三秒钟逃出这个房间。"

霍峻闻言一挑眉，不但没有起身，反而往沙发里一倚，枕着手臂看向秦可。

"不逃，我宁可'死'在你手里。"

说着，霍峻朝秦可伸出手，掌心向上，落地灯下的指节修长温润。

"来吧。"他笑得暧昧极了。

秦可脸颊发烫。

她从准备甩过去的抱枕上抽回手，轻轻咳了声，道："我还要复习。"

霍峻没有反应。

"你先回房间吧。"

霍峻还是没动。

不管秦可说什么，回应她的都只有安静，而某人就那样倚在沙发里，抬在半空的手也没动过。

秦可心里一叹。

她发现自己对霍峻已经越来越纵容了，而霍峻也越来越知道该怎么利用她的心软了。

其间，秦可已情不自禁地放下书。她起身走到沙发旁边，抬手扶住了那只手。

像是机关陷阱之类的东西突然被触发，原本一动未动的霍峻突然反握住女孩儿的指尖，无声一笑，把她径直拉下来抱进怀里。

随后霍峻一个轻松的翻身动作，便把女孩儿压到了身下的沙发上。

"要礼物，不然吃了你。"

秦可刚平复了因为失重而骤然加速的心跳，回神就听见了这么一句话。她抬眼，忍不住笑着说，"现在还没有到你的生日呢。"

"可我已经等了一天了。"霍峻埋下头，在女孩儿颈旁亲昵又委屈地蹭了蹭，"你这几天光顾着挑礼物，都没理我。"

"明天陪你去挑礼物？"

少年更委屈了，低头哀怨地看了她一眼。

秦可失笑。

明明是要装成一只可怜兮兮的流浪狗，眼里却还是藏不住那点狼性的凶光。

果然是本性难移。

她装作不知，轻轻咳了声，忍着笑问："那你想要什么？"

霍峻眼睛一亮，刚要开口。

秦可："'我'不行。"

霍峻委屈地看着她。

秦可乐不可支。

但被那双漆黑的眸子真委委屈屈地盯了几秒，她也有点扛不住了。

秦可收起笑，道："我确实给你买礼物了，你确定现在就要？"

霍峻闻言一顿，眼底掠过明显的失望情绪，问："你已经准备了？"

秦可轻轻眯起眼，道："你还真希望我没准备，然后随便你想要什么都得答应，是吧？"

霍峻毫不心虚地点头。

"除了'想要你'这个答案以外，其实我还有其他备选，你要不要听听？"

"不要。"

秦可一秒都没想。

猎物不上钩，霍峻遗憾地收回已经快要咬上猎物细嫩颈子的"獠牙"。

被霍峻放开后，秦可走向衣帽间。

很快她就出来了，只是双手背在身后，似乎是藏着什么东西。

霍峻有点好奇。

"到底是什么？"

秦可想了想，道："我先坦白，过一段时间，你可能偶尔会在某本杂志上看到我。"

霍峻神色一滞。两三秒后，他轻轻眯起眼，声音低沉下去，问："你去拍什么模特广告了？"

秦可心虚地沉默，和她有关的事情，某人就是这么机警得可怕。

霍峻眼神又沉了点，问："因为要给我买礼物？"

秦可小心翼翼地观察着他的神色，然后开始往沙发边慢吞吞地挪，同时小声解释："虽然有高中和保送生的奖学金，但是那部分还要用来还霍家的资助，这是我们之前说好的。"

霍峻神色有点阴沉，道："我们说好的是大学毕业后才开始还。"

秦可："霍老师那天说，你问过他在校大学生办结婚证需要多补办什么手续。"

霍峻一时不知如何反应。

秦可："难道你要我大学毕业后把钱还给自己？"

霍峻无可辩驳，因为他最开始提出这个资助计划时就是打得这个主意。

只要能在毕业前完婚，秦可和他之后拥有的便属于夫妻共同财产，到那时候就根本不存在借与还的概念了。

霍峻垂下眼，坐起身，声音微微沙哑。

"你明明知道我做这些，不是为了让你更辛苦。"

"我不辛苦啊。"秦可轻声道，"只是兼职平面模特，相比较起来，还是兼职之后哄你比较辛苦。"

霍峻无法反驳。

过了几秒，他还是心有不甘地看过去，道："以后可以不做了吗？"

"嗯。"

此时，女孩儿已经走到他面前，闻言躬下身来，藏在手里的东西被双手包着，不等霍峻看清，女孩儿的手臂便环下来，搂住了他的后颈。

同时秦可轻轻笑了声，在他薄薄的唇角上吻了一下。

"以后不做了，你以后的生日也别想得到这么贵的礼物了。"

霍峻轻轻叹了声，反手抱住女孩儿纤细的腰身，让她坐在自己腿上。

"本来就不需要。秦秦，你的存在就是我得到的最好的礼物了。"

秦可没说话。

几秒后，啪嗒一声轻响。

霍峻一怔。

那声音是在他耳后响起来的。而这个声音对他来说很熟悉，他几乎能想到但又无法确定。

"这是礼物。"女孩儿将手里的戒指盒拿到霍峻的面前。

一大一小两只极简的素圈戒躺在深蓝色的丝绒盒子里。

秦可脸颊不知何时红了起来，她有点不自在地低下视线，同时声音轻软地开口。

"我们订婚吧，霍峻。"

霍峻在看到戒指盒时，大脑就已经一片空白了，在女孩儿这一句话间便彻底蒙了。

过了不知有多久，他才慢慢回拢意识。

视线抬起，缓缓定格在女孩儿身上，几秒后霍峻才声音沙哑地开口："你再说一遍？"

秦可一噎。几秒后她脸颊彻底涨红了，捏紧了戒指盒想起身，同时语气愤慨地小声说："女生求婚你还要听两遍，是不是有点太过分了……"

说着，秦可已经想要往后逃了。

此时霍峻已然回神，怎么可能让送到嘴边的猎物再跑掉？他连两秒都没用到，便已经把戒指和人一起抢了回来。

这个有点窄的沙发已经不太方便他发挥了，霍峻想也没想便把人抱起来，直接进了里间卧室。

被扔到柔软的床面上时秦可猝然回神，往旁边一滚，借着被子把自己卷成了一团："我还有三四个月才成年，你坐远点。"

女孩儿那警惕的眼神，看起来像只受惊不轻的软兔子。

霍峻哑然失笑，跪到床边上。

"不是你求的婚？"

"我是求婚又不是求……"

最后一个字还是被秦可咽了回去，女孩儿只是更努力地把自己缩成了小小的一团。

"我不管，你再这样这礼物我要收回了。"

"你对我可真是没信心。"

逗弄够了，霍峻笑着侧躺下来，他拍了拍自己身前柔软的床铺，道："我什么都不会做的，过来。"

秦可显然还不是很相信，正满腹狐疑地看着他。

"秦秦。"霍峻无奈地垂眼，低下声音唤她。

秦可耳朵没来由得发热，犹豫了两秒，女孩儿还是慢慢蹭了过去。

霍峻伸出左手，把之前那个心形的情侣戒摘下来。

"你给我戴上。"

秦可犹豫了下，问："现在就戴吗？"

霍峻哑声笑："嗯。不是已经从情侣晋级为订婚对象了？"

女孩儿红着脸颊轻声磨了磨牙，小声道："不许再提了。"

霍峻今晚心情好极了，这会儿几乎是百依百顺的："嗯，不提。"

那对心形的情侣戒被取下，十分简洁的素圈戒取而代之，霍峻拉着秦可的手，在灯光下端详几秒，然后慢慢收拢指节，和女孩儿十指紧紧相扣。

房间里静谧无声。

不知多久后，楼外隐约传来了钟声。

秦可轻声道："生日快乐，霍峻。"

霍峻俯过身，轻轻吻在她的额头上。

他轻声笑了。

"和生日无关。"

"嗯？"

"余生有你更快乐，秦秦。"

-全文完-

番　外

　　七月初，暑假开端，恰是学生们最恣意玩乐的时候。

　　今年是秦可上大学后的第一个暑假，她比其他通过高考升学的普通学生多了上了半年的保送生班，也缺少了其他高三毕业生那种冲破牢笼的自由感，反而因为有着上了A大这所国内顶尖大学的压力在，心里多少有些对以后的迷茫和不安。

　　和她情况相近的，自然就是这个由来自五湖四海的精英学子组成半年而今即将解散的保送生班里的其他学生了。

　　这天一早，保送生班的临时班长在他们那个小群里发消息："等到开学，大家就再没有一起上课的机会了。趁这个假期还没有那么忙，我们一起出来聚一聚，办个'解散会'怎么样？"

　　保送生毕竟是学生里的特殊群体，有些问题还是内部更加了解一些，一想到将来分进各个专业，连个倾诉烦恼的人都没有，大家立刻对班长的提议做出积极响应。

　　群里七嘴八舌一通提议，最后把聚餐地点敲定在A大附近一家性价比和环境都不错的餐厅。

　　等秦可看到消息的时候，时间地点诸多事宜已经定好，班长在挨个确定在A市的学生们能不能及时赶到。

　　到秦可这里，班长问："秦可，我记得你刚进班填的居住地就是学校附近，应该可以赶过来吧？"

　　秦可一边把又蹭上来的某人推开，一边艰难地在对方的干扰下打字：

"可以。"

"那就好，果然还是秦学霸给面子。"

秦可还想继续打字，却被某人耍赖似的缠住了一只手，她只能改成语音输入："班长，我能带个人一起过去吗？"

话音刚落，她旁边的某人眼睛一亮，抬起头来紧紧地盯住秦可的手机，大有一副如果对面那个人敢不答应，他就要冲进手机里把人拎出来收拾一顿的架势。

不知道是不是隔空感受到了这种无形的威压，班长发来消息："可以啊，家属不限，人多热闹嘛。"

秦可松了口气，道："谢谢班长。"

发完消息，秦可把颈旁那只毛脑袋推开，说："这样可以了吧？"

"我还能要求更多吗？"

"不能。"秦可瞥了一眼这个得寸进尺的家伙。

霍峻："那可以了。"

秦可抱着手机想了想，道："我觉得我们需要制订新的规章。"

霍峻正思索着衣帽间里哪一套衣服看起来更容易和秦可搭配成情侣装，听见这句话后抬了抬头，他头顶一撮没安抚好的头发跟着他抬头的动作翘了下。

有点可爱，秦可心想：只可惜头发下面是双"狼眼睛"。

"新的规章？"霍峻问。

"嗯。"

"我们不是已经订婚了，还需要约法三章？"

"那也需要。"

"好吧，听你的。"霍峻眼底像有暗光闪烁了一下，显然嘴上这样说，心里却不知道在动什么小心思。

秦可当作没看到，一本正经地说："前两条不变，第三条稍作改动。"

"所以？"

"不准发疯，不准打架，不准在公共场合耍流氓。"

听完被明显加重语气的"公共场合"，霍峻哪里还能不懂秦可这是在为待会儿保送生班级的解散聚餐做准备？

为了他能顺利跟出去，霍峻勉为其难地点点头。

"好。"

"答应就得做到。"秦可不放心地叮嘱他。

"嗯。我答应你的事情，什么时候没有做到了？"

秦可想想也对，便欣然起身，去衣帽间换衣服了。

秦可和霍峻到得不早不晚。他们进门的时候，餐厅包厢里已经有半个班的学生在了。

听见声音，大家纷纷回头看向进门的位置。

秦可先走进来，霍峻跟在她身后。因为班长提前打过招呼，所以其他人对霍峻的出现并不意外，但在座的人对于这位全校闻名的风云学长大多止于听说过的程度，亲眼见过的很少，这样直接同处一室就更不容易了。

已经到了的同学纷纷站起来打招呼。

"霍学长好。"

"霍哥！"

"学……学长好……"

霍峻家世好，成绩也不错，再加上那张俊脸，在A大里早就有了无人不晓的知名度。他跟着秦可懒洋洋地打招呼落座后，班里的几个女生也跟着拘谨起来，目光时不时地飘过来。

霍峻百无聊赖地坐了片刻，没人敢上来搭话，但都在明里暗里地看着他。那些听不到的议论显然也都和他有关。

霍峻眼神晃了晃，原本懒散的情绪从俊脸上退去，他往旁边一斜身，凑到秦可耳旁，声音很是"可怜"："秦秦，她们总在看我。"

秦可瞥了他一眼，不知道他这是又抽哪门子疯。

"我是你未婚夫，不能被他们白看了，你应该宣示主权。"

秦可噎了下。

霍峻像是生怕她忘了，抬起左手晃了晃无名指上的素圈戒。

秦可突然有些后悔，今年霍峻生日，她一冲动跟他口头约下订婚，由此种下"恶果"。从生日那天后，霍峻每天平均要跟她提醒三次两人的未婚夫妻关系。

秦可装没看见，旁边的班长却注意到了，很是捧场地凑过来："霍学长和秦可换情侣戒了？你们之前那对情侣戒都快成校园爆款了。"

霍峻扭过头赞赏地看了一眼这个"上道"的学弟，问："好看吗？"

对着一只素圈戒指，班长实在夸不出太违心的话，只能点头笑着说："很好看，很好看。"

霍峻很满意，道："眼光不错。秦秦送我的订婚戒指。"

"……"

竖着耳朵听见"订婚"两个字的桌旁众人，皆是一愣，随即纷纷露出震惊的目光。

秦可无奈，只好应承着，霍峻则昂首挺胸，骄傲得像只威风凛凛的阿拉斯加犬在炫耀自己颈上定制的手工项圈。

后来保送生班的同学们再回忆起来，只觉得这顿"解散饭"吃的每一道菜都是甜的。

吃完饭，大家玩得开心，意犹未尽。不知道谁提议去旁边电影院包场看电影，大家一拍即合，当下拉着二三十人的队伍往隔壁影院去了。

秦可和霍峻左右无事，也就跟着一起去了。

班长挑了一部叫《人生履历》的轻喜剧电影。

从班长那儿拿到两张票后，秦可便被霍峻拉着坐到影院的最后一排去了。原本打算坐到后排的学生望见了，全都绕到前面避开。

其间，落过来的那些暧昧目光，让秦可很是无奈。始作俑者却是全程一脸无辜，直到电影开场，灯光暗下。秦可刚要看向大屏幕，旁边一只手握住了她的手。

黑暗里，他们十指交扣。

秦可并不意外，也任他又得寸进尺地把她的手指尖放进掌心把玩。

《人生履历》是讲主人公小美一生做了无数件善事，在她垂垂老矣躺在病床上的时候，一个天使降临，带来一份她的人生履历。她获得翻阅自己人生履历并找出遗憾的一幕，然后回到人生履历的那个节点重新来过直到满意的机会。

亲情、友情、爱情……小美一次次改变那些选择，却总在生命的最后时刻对自己之前的选择感到不满或遗憾。

在不知道多少次过后，天使终于不耐烦了。

他告诉小美，这一次她只剩下最后一次机会，要考虑清楚，到底想要怎样的一份人生履历。

天使的话说完，小美再一次回到某个节点。

这一次，那些经历过的无数件让她遗憾并且改变过的事情一件件地发生，而小美再也没有去做什么。她让自己的人生回到了最初没有改变过任何"遗憾"的那个原点……

电影的时间并不冗长，很快就灯光亮起，观众散场。

这部电影里有泪点有笑点，远不是初以为的轻喜剧，班里同学看完了却有些回不过神，也没了继续玩乐的兴趣。

秦可却坐在椅子里，久久没有回过神。

霍峻看出她情绪被牵动得厉害，难得安静地坐在旁边守着。

直到秦可回神。

"很喜欢这部电影？"霍峻问，"你好像感触很深。"

秦可沉默几秒，轻轻点头，说："拍得很有意思，电影最后留下的不是一个句号，而是一个问号。人生里的遗憾是不是不管重来多少次，都不会被磨灭？"

霍峻想都没想，"不是。"

秦可一怔，回头看他，道："为什么？"

霍峻漫不经心地说："因为不需要重来，这一生就算到这一秒为止，我在牵着你的手，我已经没有遗憾了。"

秦可愣住。

两人出了影厅安静地往前走了很久，霍峻突然低笑了声，问："你知道我们人生中最大的区别是什么吗？"

秦可顿了下，摇头。

"区别就是，如果在未来的某一天，有人打开两张分别属于你和我的人生履历。你的那一页上，"霍峻笑起来，"我猜大概会丰富绚丽，七彩斑斓，无数人的人生和你交织纠葛，而我不同。"

秦可停下来，看向霍峻的眼神微动。

霍峻也回眸看她，目光认真而平静，道："我的那一页上只会有一个名字。因为与'霍峻'这一生有关的世界里也只有这一个人。"

秦可呼吸一窒。

"秦可，你知道她是谁。"

在那样专注到近乎虔诚的目光下，秦可眼眶里都有些发涩。

她慢慢呼出一口气，缓缓呼吸，问："那你真的不会感到遗憾吗？"

霍峻笑了起来。

他抬起被他握着的她的双手，放在面前轻轻吻了下，然后抬眸看向她，眼神熠熠。

"我也知道，你那份履历里再多姓名都不及我，是吗？"

"当然。"

"那我就死而无憾了，秦秦。"

秦可慢慢抽回手，然后上前，主动抱住愣怔的霍峻。

在人影幢幢的来往行人里，她听着近在咫尺的胸膛里的心跳声，慢慢收紧手。

"这一生遇到真正的你，我也是死而无憾了。"